人類補完計畫

考德懷納・史密斯短篇小說選

黃彥霖——譯

The Rediscovery of Man: The Short Science Fiction of Cordwainer Smith

下

下冊目錄

16 小丑鎮的死亡女士

I

你應該已經聽過這個故事的結局了——第七代補完閣員傑斯寇斯特演出的那齣磅礴大戲，以及貓族女孩喵梅兒如何發起那龐大的密謀。但你不知道的是它的開頭。你不知道初代傑斯寇斯特之所以得到這個名號，是出自他母親補完女士葛蘿克對犬族女孩汪瓊安的人生故事之恐懼與啟發。當然，你更不可能聽過藏在汪瓊安背後另外的那則故事。那則故事有時會跟所謂的「無名巫女」連起來。但這個說法極為荒謬，因為事實上，她是有名字的；一個古老而充滿禁忌的名字——「伊蓮」。

伊蓮是個錯誤。她的誕生、人生和事業都是個錯誤。那顆紅寶石就是個錯誤。怎麼會發生這種事呢？現在，讓我們回到安方，回到那兒的和平廣場——或說起源廣場——那個一切開始的地方；讓我們回到那個坐落於黃色太陽下，光輝、明亮、鮮紅、乾淨卻又死氣沉沉的廣場。

這裡是原始地球，又稱「人土」，地球港在此筆直向上，刺進比山還高的颼風雲層中。安方的規模接近城市，它是現存唯一一座仍擁有前原子時代名稱的城市。它的另一個名字是「密雅密法拉」；沒什麼意義，但聽起來比較可愛。數千年來，未曾有過車輪跑動的遠古車道在此平行前進，沿著舊東南那一大片、一大片溫暖、明亮的乾淨沙灘不斷延伸。

人類規劃中心的總部就在安方，也是錯誤發生的地方：

一顆紅寶石顫動一下；兩張電氣石網沒有及時校正雷射射線；某顆鑽石注意到錯誤，錯誤和修正的結果被同時送進總機電腦。

「錯誤」被分配到南魚座III的一般生育帳戶，分類進「業餘治療師、女性、以當地資源校正人類生理狀態」的專業技能。早期，在某些太空船上，這樣的人會被稱為「巫女」，因為她們總能施展出一些無法解釋的治療手段。這些業餘治療師對先鋒開拓者來說擁有不可計量的價值，但在已然安定的後理斯曼式社會，她們就成了可怕的毒瘤。在這裡，因為有良好的環境條件，疾病全數消失，意外的發生機率幾乎為零，而醫療工作則成為某種形式。

在這樣的時代裡誰還需要巫女呢？就算她是個好巫女也一樣。在擁有上千床位的醫院中，所有員工都渴求臨床實務經驗……但所有病床中只有七張上面躺的是真人，剩下的床位躺的全是讓護理人員練習、以免氣氛低落的仿生機器人。當然，他們也可以去治療下等人類，但法律明定，任何動物（即使是下等人類）都不能進入人類的醫院。下等人類只是有著人類形體的動物，負責從事沉重苦力活，這是已臻完美的經濟體制視為「caput mortuum」的工作——也就是渣滓。而當下等人類生病，補完機構便會（在屠宰場裡）好好「處理」他們。畢竟，繁殖新的下等人類繼續工作，永遠比修理生病的要容易許多。除此之外，醫院提供的關懷愛護可能會讓他們有某些錯誤的概念：譬如以為自己是人類之類的。以宏觀的角度來看，如果這樣的話可就糟了。因此，當人類的醫院空空蕩蕩，下等人只要打上四個噴嚏，或是隨便吐個什麼東西，就會馬上被帶走，而且被「治好病」。那些始終躺在空病床上的機器人病患則永無止境地生著人類會生的病、受著人類會受的傷。這種情況剝奪了巫女存在的必要性，無論是繼續繁衍或訓練新巫女，都是一樣。

但那顆紅寶石還是顫動了；程式確實出了錯——南魚座III得到了一個「業餘治療師、一般、女性、即刻可用」的出生編號。

在很久之後，當整件事塵埃落定，成為歷史裡的一連串細節，人們開始調查伊蓮的來歷。在當初雷射射線產生抖動時，同個命令的原始與修正版本被同時送進了電腦。電腦也立即發現矛盾，並將兩份文件都提交給一位人類管理員。管理員是一個如假包換的人類，擔任那個職務已達七年。

那時的他無聊透頂，正在研究音樂。他就差那麼一點點就可以離開那個職位，於是便每天每天計算距離獲得自由的時間還有多久。當時，他正在改編兩首流行歌，其中一首叫〈大竹子〉，走的是不刻意雕琢、試圖勾起男性「原始魔力」、風格赤裸的歌曲。另一首是〈伊蓮，伊蓮〉，跟一名女孩有關。歌詞的大概意思是希望她別再折磨她可愛的小情人。兩首都不是什麼特別的歌，卻在此刻同時對歷史造成了影響。起初只是一個小漣漪，後來則成了滔天巨浪。

這位管理員兼音樂家有大把時間可以練習。畢竟他在過去七年中從沒真的遇過什麼緊急狀況。電腦時不時會傳來一些報告，不過這位音樂家只要叫電腦自己把錯誤改過來就好，它可以正確無誤地完成工作。

伊蓮的意外發生那天，管理員正在精進吉他指法。吉他是一種非常古老的樂器，據說可追溯到太空紀元前的時代。他彈了第一百零一次的〈大竹子〉。

電腦發出一陣音階的聲響，表示發現某個錯誤。想當初，管理員還惶惶惴惴地死背著所有處理方針，但七年後的現在他早就忘光了。就算有警示，大概也只是形式而已，他想著，應該不是真的很重要。反正無論管理員是不是在值班，電腦還是會自己把錯誤糾正過來。

因為沒人回應電腦發出的音階，所以它便繼續響起第二階段的警鈴。裝在房間牆壁裡的擴音器發出一陣高昂、清晰的人類嗓音（聲音的主人是某個過世幾千年的員工）：

「警告，警告！緊急情況。尚待更正！尚待更正！」

雖然那部電腦的年紀也很老了，卻從來沒聽過接下來的這個答案——音樂家的手指開始在吉他弦上快樂地狂奏，清楚又狂放地對著它唱出一段無論哪臺電腦都難以置信的奇怪訊息：

敲呀敲那根大竹子！

為我敲呀敲呀敲那根大竹子……！

電腦急忙催動自己的數據庫和計算中心，尋找與「竹子」有關的代碼，試圖釐清這個字跟當下狀況的連結——想當然耳失敗了。可電腦沒有放棄，繼續糾纏管理員。

「指令不明。指令不明。請更正。」

「閉嘴啦。」男人說。

「無法遵行。」電腦說：「請重複陳述、請重複陳述、請重複陳述。」

「請閉嘴。」男人說。但他知道電腦不會照做。他沒有多加思考，又回去彈另一首曲子，把歌詞的頭兩行連唱了兩次：

伊蓮、伊蓮，

治好那疼痛吧！

伊蓮、伊蓮，

治好那疼痛吧！

基於「真正的人類不會重複錯誤」的假設，「重複」的動作被設定為電腦中的安全措施。雖然「伊蓮」不是校正代碼編號，但因為它重複了四次，顯然是在確立對「業餘治療師、女性」的需求，於是電腦便判斷自己送出的狀態報告已經過真人修正。

「已接受。」電腦說。

這三個字將管理員的注意力從音樂上抽回來，不過已經太遲了。

「接受什麼？」他問。

電腦沒有回應。除了從換氣風扇中吹出微溼暖風時發出的細微聲響，一片寂靜。

管理員看向窗外。他可以看到呈現一小塊黯淡血紅的安方和平廣場；而海洋則躺臥在更遠處，一片無垠的美麗，以及乏味和無趣。

管理員平靜地嘆了口氣。畢竟他還年輕。「應該沒關係吧。」他想，然後又拿起自己的吉他。

（三十七年後，他終於發現那是有關係的。彼時，其中一位補完機構總長：補完女士葛蘿克，她派了一名補完機構次長去調查汪瓊安的來歷，隨後發現巫女伊蓮就是造成這一切麻煩的源頭。於是她又派他去調查伊蓮到底是如何進到這個井然有序的宇宙。仍是音樂家的管理員被挖了出來，但對整件事一點印象也沒有。他們給他催眠，但他還是什麼也不記得。次長提出緊急申請，於是音樂家便被施予警用四號藥物——「釐清記憶」。他立刻記起了一整件蠢事，但仍堅持那沒有什麼大不了。這個狀況被上報給葛蘿克女士，她指示負責人，表示應該讓音樂家知道汪瓊安在南魚座發生的那件駭人又淒美的故事——也就是你現在聽的這個故事。然後他便哭了。因為這樣，他沒有受到懲罰，但葛蘿克女士下令，只要他還活著，那些記憶就會繼續留在他腦中。）

男子拿起吉他，而電腦則開始進行後續工作。

它挑出一顆人類受精胚胎，標上那個奇怪的名字：「伊蓮」，然後在其遺傳碼中編入強大的巫術天分。它在她的個人資料卡上勾選醫療訓練，並安排太空帆船送至南魚座III，然後釋放到那顆行星上，以開始進行服務。

伊蓮就這樣出生了。不被需要，也不被關愛，沒有任何能幫助或傷害人類的技能。她在人生的一開始便陷入困境，沒有一點用處。

關於伊蓮在意外中誕生這件事其實並不特別。意外總會發生。真正特別的是，她能一次次成功逃過人類為自我保護、在社會中設下的安全裝置，讓自己不被修改、矯正或殺死。

她在不被需要、毫無用處的情況下悠閒度過人生中貧乏的無聊歲月。她豐衣足食，擁有許多住所，有電腦和機器人伺候，下等人隨她指揮，還有人保護她不受他人傷害，甚至不會受她自己傷害（若真有需要）。但她永遠找不到事情可做。因為沒有工作，她也沒有時間去愛上些什麼；沒有工作或愛，也就沒有希望。

要是她曾遇上適合的專家或官方當局，他們就能為她進行改造，或重新訓練，將她變成一位為社會接受的女人。但她從沒找過警方，警方也從未找上她。她沒有辦法自行更正設定，她完全無能為力。那是早在安方就被決定好的事——遙遠的安方啊，那是一切初始之地。

顫動的紅寶石、失職的電氣石，以及未得到應有幫助的鑽石。就這樣，女子自誕生就受到詛咒。

II

許久以後，當人們開始創作關於犬族女孩汪瓊安的奇異旅程之歌，眾多吟遊詩人和歌手便揣摩起伊蓮當初的心境，為她編出了一首〈伊蓮之歌〉。歌裡的故事或許不完全為真，卻能表達伊蓮對自己人生的看法，在她的舉動造成汪瓊安後來那些奇異旅程之前：

其他女人恨我。
男人從不碰我。
我就是我自己。
我要成為巫女！

媽媽從不溫柔。
爸爸從不嚴厲。
小孩的話語難忍。
我要成為巫女！

人們從不指名道姓。
小狗從不怕我。
噢，我就是這樣啊！
我要成為巫女。

我會讓他們到處迴避。
永遠不敢朝我靠近。

他們就是這樣而已？
我要成為巫女。

儘管讓他們攻擊。
這頂多傷到毛皮。
只有我能了解自己。
我要成為巫女。

其他女人恨我。
男人從不碰我。
我就是我自己。
我要成為巫女！

這首歌誇大了事實。女人並不討厭伊蓮——她們根本視若無睹。男人也不會刻意迴避，他們同樣沒注意到她的存在。伊蓮在南魚座III上也沒什麼機會遇到人類的小孩，因為所有托兒所都設在地下深處，以躲避隨時變動的輻射和嚴苛的氣候。這首歌還有一個前提，就是伊蓮從一開始就認為自己不是人類，而是下等人，並讓自己重生為一隻狗。但實際上，她做這個舉動的時間點並不是在一切的開頭，而是在尾聲。那時，汪瓊安的故事開始在群星之間流傳，加油添醋，加上許多民間故事和傳說般的全新轉折。她並沒有發瘋。

(「瘋」是一種罕見的病狀。是因為人的心智無法跟上周遭環境變化造成的。在遇見汪瓊安之前,伊蓮曾經瀕臨這種狀態。伊蓮不是唯一的病例,但她的情況確實罕見——而且真實。當她被所有成長的可能性排擠,連她的人生都背叛了自己。伊蓮的心智開始內鑽,躲到她所知唯一能讓自己安全的地方,產生了精神疾病。不過,無論如何,「瘋」比X好多了。X對每個病人來說都不同,它既個人又私密,而且超乎尋常的重要。伊蓮的「瘋」還算普通,真正有問題的是刻在她腦中注定好的天職。「業餘治療師、女性」。她被設定成擁有果斷、獨立、自主的工作能力,而且動作極為迅速。這全是在嶄新星球上應該要有的工作特質。她們一開始就沒有被設定成會徵詢別人意見的個性,因為在大多地方,她們沒有任何人可以徵詢。伊蓮完全發展成他們當初在安方就替她安排好的模樣,甚至與刻印進她脊髓液中每一種化學條件如出一轍。她就是自己最大的阻礙,但她從來不知道原來她不是自己,原來她不應該活著——原來她的存在不過是一顆震動的紅寶石,外加某個彈著吉他又粗心的年輕男子犯下的錯誤。相對於意識到這些事實,發瘋可能還仁慈許多。)

後來她找到了汪瓊安,整個世界便轉動了起來。

她們在一個被暱稱為「世界邊緣」的地方相遇。那是下城區和白晝的交界,是一個極度不尋常的地方。但南魚座III本來就是一顆讓人不舒服的詭異星球,這裡有捉摸不定的天氣,並因為人性的反覆無常,建築師在此用上了風格強烈、手法怪誕的建築風格。

伊蓮帶著隱藏在心中的瘋狂於城市中穿行,尋找她能夠幫助的病人。她之所以被標記、刻印、設計、誕生、培育、訓練長大,就是為了這項任務。但她一事無成。

她是個聰明的女人。聰明的人善於維持瘋狂,一如他們善於維持理智——甚至可以說非常擅長。而她從沒想過放棄自己的目標。

一如人土地球上的居民，南魚座III的人都有著算是同樣等級的美貌。只有活在太空深處那些難以進入這世界的人類族系，才會不得不因為要盡力適應生存環境，讓自己變得醜陋、疲憊、樣貌參差不齊。伊蓮看起來跟街上那些聰明、俊美的人沒有什麼不同：她的頭髮烏黑、身材高䠷、四肢修長、軀幹短，頭髮從高窄的方額直直梳向後；她的雙眼是奇異深邃的藍，嘴型應該很美，但她從來沒笑過，所以沒人說得出那是美或醜；她的站姿直挺，充滿自信——而話說回來，其他人也是這樣。因為缺乏交際能力，她的雙唇總是帶著些許尷尬，雙眼則像古代雷達那樣不停來回掃視，搜尋那些她有滿腔熱忱想服務的病患、窮人與傷者。

她哪有時間不快樂？她連快樂的時間都沒有。她讓自己深深相信，快樂是在童年結束便會消失的東西。有些時候，在某些地方——或許是噴泉於陽光下潺潺細語，或葉片在南魚座的春季彷彿爆開一般生長時——她會覺得人們應該像她那樣，為自己的年齡、階級、性別、才能和職業編號產生的困境負責。她會認為，在她湊不出時間快樂的同時，其他人應該要盡可能幸福快樂。但她最終還是會放下這些念頭，在各個斜坡與街道上尋覓自己仍未尋得的責任，走路走到腳拱發疼。

然而，比歷史更老、比文化還頑固的人類肉體自有其智慧所在。人們的身體裡寫滿古老的生存策略，因此在南魚座III上，即使伊蓮完全沒有意識到此事，她仍擁有這些技能——傳承自祖先，他們曾在難以置信的久遠過往中稱霸那顆恐怖的地球。伊蓮確實是瘋瘋的，但同時，她也有一部分始終在質疑自己的瘋狂。

或許，當她從水岩路朝購物酒吧的熱鬧廣場走去時，心中正充滿這種智慧。那時她發現了一扇被人遺忘的門。那扇門有奇特的舊式建築結構，使得機器人只能清掃它附近的區域，無法一路打掃、擦亮到門前。於是陳年的灰塵與蛋糕般光滑的亮面之間便劃出一條細窄、紮實的線，如密封膠般躺在底部的門縫前方，顯然已經很久沒有任何人跨過這扇門。

有個約定俗成的規矩：禁止進入的區域會同時以心靈感應及標誌標上記號，而其中最危險的那些，則會有機器人或下等人類守衛。除此之外，任何沒被禁止的區域都可以進入。因此，雖然伊蓮沒有權力打開那扇門，但她也沒有義務不去開。所以她打開了門——

純粹是一時興起。

至少她自己是這麼以為。

這個動作與後世在歌謠中賦予她那種「我要成為巫女」的動機完全不同。那時的她還沒那麼瘋、沒那麼絕望，身分也還沒那麼高貴。

這個開門的動作改變了她的世界，也改變了數千星球上即將出生的未來世代。但就過程本身而言，其實沒有什麼特別之處。她純粹是一名極為沮喪、有點不快樂的女子，因為太過疲憊，突然做出這個舉動，僅此而已。而其他任何的描述都是經過修改、潤飾和加油添醋的。

的確，她在開門時嚇了一跳，但不是因為後來的民謠歌手和歷史學家加到她身上的原因。她的訝異來自於門開啟後的那道階梯，以及階梯引領她見到的那片景致與陽光——那是在任何世界都想像不到的景象。她正站在新城中看向舊城。整個新城都浮在舊城上方。當她看進「門內」，便能看到城市底下的那片日落。美得令人意外，美得令她屏息。

一扇開啟的門（「後面竟藏著另一個世界！」）而在此處，那熟悉的舊街道乾淨、漂亮、寧靜，是一無是處的她每日庸庸碌碌的地方。

彼端是未知，而此處是她已知的世界。她那時不懂「仙境」或「魔幻世界」這類的字眼，如果懂，她就會用它們來形容這樣的場面。

她看向右邊，然後又看向左邊。

沒人注意到她或門。夕陽剛剛在上方的城市露臉，下方的城市卻早呈現一片帶著金光的血紅，彷彿凍結的巨大火焰。伊蓮不知道自己正拚命地嗅著空氣，也不知道自己眼淚盈眶，顫抖著就要落下；也沒意識到嘴角綻開一朵溫柔的笑容——這麼多年來的第一個笑容。她疲憊緊繃的臉變得極為可愛。她深深沉迷於周圍的景象。

路人自顧自的行走，前方有個下等人的身影——女性，可能是貓族——遠遠繞路避開一名悠閒的真正的人類；遠方，一架警用撲翼機正緩緩振翅，繞著其中一座高塔飛行；除非裡面的機器人警察用望遠鏡看，或他們之中有著向來擔任警員的罕見鷹種人，否則他們是看不見她的。

她穿過門，伸手把門再次帶上。

雖然她不知道，不過許多尚未發生的未來光景卻在這個瞬間擁有了存在的可能：在未來數個世紀中熊熊燃燒的反叛之火、導致人類與下等人死亡的奇怪死因、更換還未出生的補完閣員姓名的母親——以及「咻咻咻」從超乎人類想像之處歸來的太空船，等等。而始終在那兒等著人類注意到的第三宇宙，也因此提早進入人類的認知——全因為她、那扇門，以及她接下來踏出的幾步路、即將說出的那些話，以及將要見到的那個孩子。（後來的民謠作者會在歌曲裡敘述整個故事，不過順序卻反了過來。開頭是他們認識的汪瓊安以及伊蓮做了哪些舉動，將全世界點燃。但最原始的事實卻只是一名孤獨的女人走進一扇神祕的門，如此而已。其餘皆是加油添醋。）

她站在階梯頂端，門在身後關上，未知城市的金色夕陽在她面前蒸騰，她看到呈巨大殼狀的新卡瑪城朝天空拱起，也看得出這裡的建築比她剛才的所在之處更老舊，彼此之間沒那麼協調。她並不知道有句話叫「如詩如畫」，不然就會這麼形容了。她不知道任何能用來形容腳下這片平靜景色的話語。

視線所及，一個人都沒有。

有個火警探測器在遠方一座老舊高塔的頂端規律閃爍。除此之外，她放眼望去，只見腳下的金黃色城市及前方不遠處的一隻鳥——那是鳥嗎？還是被強風掃落的巨大樹葉？

在恐懼、希望、期待，以及對於陌生事物的好奇心驅使下，她懷抱著無人能知的隱密目的，繼續走下去。

III

樓梯還剩九階，有個小孩等在最底部。是個大約五歲的女孩。

小女孩身穿亮藍色罩衫，一頭紅棕鬈髮，並有著伊蓮看過最精緻可愛的手掌。

伊蓮的注意力忍不住全集中到她身上。接著，小孩抬頭看她，然後縮到一旁。伊蓮知道那雙漂亮的棕眼代表什麼意義，也認得那股對於信任的強烈懇求，還有面對人類時的畏縮舉動是什麼意思——她不是小孩，而是一隻有著人類外表的動物——應該是狗——她正等著學會如何說話、工作，為人類提供實用的服務。

小女孩站起來，雖然很想跑走，但仍努力站定。伊蓮突然有種感覺：這個小狗女孩其實還沒決定是要跑向她或逃離她。伊蓮不想跟下等人類扯上關係——有哪個女人想呢？——但她也不想嚇到這個小傢伙。畢竟她還那麼小，還很年輕。

她們彼此對峙了一會兒，小傢伙猶豫不決，伊蓮則完全放鬆。接著，那個動物女孩說話了。

「問她。」她說——是命令的語氣。

伊蓮有些驚訝。動物從什麼時候開始會下令了？

「問她！」小傢伙又說了一次，指著一扇寫著「遊客服務」的窗戶，然後就跑走了。她只看到裙子上的一抹藍，以及奔跑起來的涼鞋發出的白光，女孩就這麼消失蹤影。

伊蓮無言地站在那兒，困惑地立於一座荒涼、空曠的城市中。

窗戶對她說：「妳就過來吧，妳知道自己會這麼做。」

那個成熟而充滿智慧的嗓音，來自某個歷練豐富的女子，她的聲音中藏著某種愉快的笑意，語調裡帶著一絲同情與熱誠。那個命令也算不上什麼命令。其實打從一開始，那就是只有這兩個聰明女子才懂的私人玩笑話。

雖然有臺機器在跟自己說話，伊蓮並不感到訝異。語音功能早在她生活中提供過無數指示，但她仍不確定自己面前的是什麼情況。

「有誰在裡面嗎？」她說。

「有，也沒有，」那聲音說：「我是『遊客服務』，我會幫助走過這條路上的每個人。妳迷路了，不然不會在這裡。把手放進我的窗口吧。」

「我剛才的意思是，」伊蓮說：「妳是人還是機器？」

「取決於妳的看法。」聲音說：「我現在是個機器，但在很久很久以前，我曾經是個人。事實上，我還是個身分高貴的女士──補完女士之一。然後我的大限到了，他們便問我：『我們能不能做一臺刻印妳整個人格的機器呢？這樣會對服務臺非常有幫助。』我當然答應了，他們便複製了現在這個備份，然後我過世，遺體遵照禮儀，被發射進太空……之類之類的。接著我就在這裡囉。待在這玩意兒裡的感覺滿怪的，我在這裡頭，看著這一切，跟人說話，給他們建議，讓自己不要閒下來，直到有天，他們建了新城。所以，妳覺得呢？我還算是我嗎？」

「夫人，我不知道。」伊蓮退了幾步。

那個溫暖聲音裡的幽默感消失，開始發號施令：「那就把妳的手給我吧，讓我能辨識妳的身分，並告訴妳應該怎麼做。」

「我想我應該會爬上樓梯，穿過門，回到上城去。」伊蓮說。

「難道四年來第一個和我說話的真人要這樣耍我嗎？」窗戶裡的聲音說，語氣裡有某種命令意味，但依舊保有溫暖和幽默——還有寂寞。是那寂寞讓伊蓮下了決定。她靠近窗戶，把手平放在窗臺上。

「妳是伊蓮，」窗戶大叫了起來。「妳就是伊蓮！所有世界都在等妳。妳來自安方，一切起始之處——貨真價實的舊地球上的安方和平廣場！」

「對。」伊蓮說。

那個聲音因為熱情洋溢而沸騰了。「他正在等妳！噢，他已經等妳好長一段時間了。還有妳剛才遇到的那個女孩，那就是汪瓊安。故事開始了，這個世界再次迎來一個偉大的時代。當一切塵埃落定，我就算死也無憾。噢親愛的，真抱歉，我把妳搞糊塗了：我是補完女士龐嘉·阿夏希，而妳是伊蓮，妳的編號最初是以七八三結尾，本來不應該在這個星球上——這裡全是編號結尾為五跟六的重要人物。妳是一名業餘治療師，來錯地方，不過妳的愛人已經在過來的路上了——而且妳還沒談過戀愛！這實在太令人興奮了呀。」

伊蓮快速看了看四周。隨著落日漸沉，老舊的下城變得越來越紅，金色光芒越來越少。她回頭看，身後的樓梯實在高得可怕，而頂端的門看起來非常窄小。也許，門在她關上時就鎖起來了；也許，她再也無法離開這座古老的下城。

那扇窗戶一定正以某種方式觀察著她，因為龐嘉·阿夏希女士的聲音變得溫柔了起來：

「坐下吧，親愛的，」窗戶裡的聲音說：「以前我還是我的時候，其實有禮貌多了，不過我已經很久、很久不是我了。現在的我是一部機器，雖然我覺得自己沒變……請坐吧，也請妳原諒我。」

伊蓮四下環顧，看到身後路旁有張大理石長椅，便乖乖坐下。她在樓梯頂端感受到的那股快樂又再次湧上。如果這臺聰明的老機器真對她那麼清楚，也許它能告訴她該怎麼辦。那個聲音說的「不該在這個星球」是什麼意思？「愛人」又是什麼？還有「他現在正要來找妳」？它剛才是這樣說的吧？

「親愛的，深呼吸，」龐嘉．阿夏希女士說。也許她已經死了幾百或幾千年，但還是保有貴族的那種權威與和藹。

伊蓮深吸一口氣。遠處海面上有朵巨大的紅雲飄浮在高空，彷彿一隻身懷六甲的鯨魚，就要觸到上城的圓弧邊界。不知道雲有沒有可能擁有感覺呢？她想。

那個聲音好像又說了什麼——是說了什麼呢？

但它顯然在複述自己的問題。「妳知道自己注定會來這裡嗎？」窗戶裡的聲音說。

「當然不知道，」伊蓮聳肩，「我只是看到一扇門，因為沒什麼事好做，就把它打開了，然後在門裡看到了一整個新世界。這裡很詭異，但很漂亮，所以我沒有那麼慌張。如果是妳，難道不會有同樣的反應嗎？」

「我不知道，」那聲音坦承。「我已經不是我自己很久了，現在真的只是一臺機器。我還活著的時候可能也會那麼做。我知道很多，但不知道這個問題的答案。也許我真能看到未來，又或者，只是因為我屬於機器的那部分能準確計算出可能性，所以讓我看起來彷彿能預測未來。我知道妳是誰，還有妳會遇到哪些事——妳最好梳一下頭髮。」

「為什麼？」伊蓮說。

「他要來了。」龐嘉．阿夏希女士高興地說。

「誰要來了？」伊蓮變得有些不耐煩。

「妳有鏡子嗎？我希望妳看一下自己的頭髮——我不是說它不好看，只是可以更好看一點。妳一定會希望自己看起來在最好的狀態——過來的當然是妳的愛人。」

「我沒有愛人，」伊蓮說：「在我至少完成一部分人生志業之前，還不會被分配到愛人，而我現在甚至還沒找到自己的志業。我不是那種會向補完機構次長要求夢中情人的女孩，至少在真正擁有資格之前不會。我這個人沒有什麼特別，但自尊心還有一點。」伊蓮火氣上來，調整了自己在長椅上的姿勢，把臉從那扇能洞悉一切的窗戶前轉開。

窗戶接下來說的話語氣認真，動機也誠摯，以至於伊蓮的手臂泛起了一片雞皮疙瘩。「伊蓮呀伊蓮，妳真的完全不知道自己是誰嗎？」

伊蓮在長椅上轉了半圈，看向窗戶。她的臉被漸沉的落日光芒照了個通紅，只能訝異地睜著眼睛。

「我不懂妳到底在說什麼……」

那個聲音像是不顧一切地繼續往下說：「仔細想想，伊蓮，仔細想想——『汪瓊安』這個名字對妳沒有任何意義嗎？」

「我猜那是某個下等人類，一隻狗，『汪』就是那個意思，不是嗎？」

「她就是妳剛才遇到的小女孩，」補完女士龐嘉．阿夏希說，彷彿這是什麼了不起的大消息。

「是。」伊蓮不疑有他。她是個有禮的女子，從來不跟陌生人吵架。

「等一下，我要把我的身體拿出來，」龐嘉．阿夏希女士說：「天曉得我上次穿它是什麼時候，但不管怎樣，這應該會讓妳跟我的相處容易一些。請別介意那些衣服，都是舊東西了。不過身體應該還是能正常運作。這是汪瓊安故事的起點，就算我得親自幫妳梳頭，也要讓妳頭髮整齊一些。在那兒等一下，女孩，在原地等我，這得花點時間。」

雲朵開始由深紅轉成豬肝黑，伊蓮還能怎麼辦？她在長椅坐穩，把鞋子踢到人行道。下城裡那些老式街燈亮起對比鮮明的光，嚇了她一跳。它們的陰影不像階梯上方的城市那些新式街燈那麼細緻，能將白日漸次融入明亮清晰的夜晚，不會有天色突然改變的感覺。

小窗戶旁的門「咿呀」打開，年代久遠的塑膠全碎在人行道上。

伊蓮愣在那兒。

她知道自己大概下意識認為會看到一頭怪物，但眼前出現的卻是一位跟她差不多高、身穿老式服飾的迷人女子。陌生女子有著一頭烏亮的黑髮，看不出最近（或現在）有無疾病，或者曾受過嚴重傷害。伊蓮也看不出她在行走、取物或視力有任何損傷。（其實，在這個當下，伊蓮不可能進行什麼檢查、嗅聞，甚至找出任何問題，但這是她自出生起就植入體內的身體檢查程序——她曾用這份清單快速篩檢自己遇見的每個成人，她生來就被設計成「業餘治療師，女性」。即便沒有任何病人需要她照顧，她還是善盡職責。）

不過，坦白說那具身體的狀況確實非常良好，肯定花了比平時高四、五十倍的運送費用。它的人類外型被造得極為真實：嘴裡有貨真價實的牙齒，話語則是由喉嚨、上顎、舌頭、牙齒和嘴脣合作產生，而不只是從裝在腦中的麥克風發出來。這副身體簡直是博物館等級的作品，也非常有可能是龐嘉·阿夏希女士本人生前的複製品。它笑起來的效果驚人，言語都無法形容。補完女士穿著某種舊時代的服裝——那是一件厚重藍布做成的高級連身裙，褶邊、腰際和胸前都繡了金色的方型花紋。她還配了另一件顏色較深、暗金色的成套斗篷，也繡上同樣的藍色方形紋飾；她的頭髮向上盤起，插了一支鑲寶石的髮梳，看起來相當自然，只是有半邊蓋滿灰塵。

機器人笑了起來。「很久沒有當自己了，我都過時啦。不過親愛的，我想，跟這身老骨頭說話應該會比跟那扇窗說話容易許多……」

伊蓮安靜地點了點頭。

「妳知道這不是我對吧？」那具身體說。這問題倒是切中要害。

伊蓮搖了搖頭。她真的不知道。她覺得自己什麼都不懂。

補完女士龐嘉・阿夏希認真地看著她。「這是一具機器身體，不是我。妳看著它的眼神好像覺得它是真人。還有，我也不是我。雖然這個事實有時會令人心痛。但妳知道機器人也會心痛嗎？我可以的。但我真的不是我。」

「妳是誰？」伊蓮對著這美麗的老女士說。

「在死掉以前，我是補完女士龐嘉・阿夏希——就跟我剛才告訴妳的一樣——現在的我則是一臺機器，也是妳命運的一部分。我們會幫助彼此，並改變所有世界的命運——甚至有可能將人性重新帶回給人類。」

伊蓮困惑地看著她。這不是普通的機器人，這東西（不管它到底是什麼）看起來像真人在說話。她位高權重，溫暖和藹，而且似乎知道很多關於伊蓮的事。從來沒人在乎過伊蓮。還在地球上時，育兒院裡的代母護士就曾說：「又一個巫女小孩，而且還很漂亮。像她們這樣的孩子不用花太多心思照顧。」然後便放她自生自滅。

至少，伊蓮現在可以面對一張不是真人的臉，再說，龐嘉・阿夏希女士的魅力、幽默與歷練都沒有消失。

「我……我……現在要做什麼呢？」伊蓮支吾起來。

「什麼都不用做，」死去已久的龐嘉．阿夏希女士說：「只要等著迎接妳的命運。」

「妳是說我的愛人嗎？」

「沒耐心！」死亡女士發出跟人很像的大笑。「也太急了，將愛人擺在命運前面。不過我還是小女孩時也是這樣。」

「可我該怎麼做？」伊蓮繼續追問。

她們現在已完全籠罩在夜色之中。街燈兀自照耀空蕩髒汙的街道。有幾條門廊在黑暗中呈現長方形的亮光或陰影（它們都大約在一條街的範圍外）。那些離街燈很遠的門是亮的，門內的燈光耀眼如白晝；離街燈很近的門則一片陰暗，來自上方街燈的光芒會壓過它們自身的亮光。

「穿過那扇門。」這位慈祥的老太太說。

但她指的卻是一片色澤深淺不一的白色牆面。那地方明明沒有門。

「但那裡沒有門。」伊蓮說。

「如果有門，」龐嘉．阿夏希女士說：「妳就不需要我來告訴妳要走這邊了，對吧？妳確實需要我。」

「為什麼？」伊蓮說。

「因為我已經等了妳好幾百年。這就是原因。」

「這哪算答案啊！」伊蓮反駁。

「這絕對算是答案。」女人笑了起來。當她不帶敵意的時候，真的完全不像機器人，而散發一種成熟大人的善良和沉著。她抬頭看向伊蓮的雙眼，直接而溫柔地說：「我之所以知道，是因為我就是知道；因為我現在是一臺非常老舊的機器，而不是因為我已經死了——那倒是無所謂。妳將進入棕黃走廊，妳會想著妳的愛人、做妳該做的工作，然後人們會去獵捕妳，但最後妳仍會得到幸福，懂嗎？」

「不，不懂，我不懂。」伊蓮說，但她還是把手伸向那位溫柔的老太太。老太太握住她的手，觸感既溫暖又充滿人性。

「妳不需要懂，只管去做。我知道妳會的。所以，既然妳已經要去了，就去吧。」

伊蓮試著對她微笑，但她這一生從沒像現在這麼煩惱，並清楚意識到自己的憂慮。最終，有些事真的發生在她身上——關於她這個人、關於她自己。「我該怎麼進入那道門？」

「我會把它打開，」女士放開伊蓮的手，笑著說：「然後妳就能在愛人對妳吟詩時得知他的身分。」

「哪首詩？」伊蓮問。她害怕著一扇可能根本不存在的門，忍不住想拖延時間。

「它的開頭是『我認識妳、愛過妳、擁有妳，就在卡瑪……』妳會知道的。進去吧。剛開始可能會有點麻煩，不過等妳遇到獵人後，一切就會不一樣了。」

「妳以前進去過嗎？我是說妳本人？」

「當然沒有，我是一臺機器。」年老的女士說：「那整個地方都會對意念進行反制，沒有人看得到、聽得到、發出念頭甚至說話，無論在裡面或外面都一樣。它是古代大戰的遺留物，在那個時候，任何一絲微小的念頭都可能毀滅整個世界。補完閣員英格洛之所以建造那地方，就是為了這個原因。那是我活著很久以前的事了。不過妳可以進去——妳會進去的。門就在這裡。」

機器人老太太沒再等待，逕自對伊蓮露出一個詭異又扭曲的善意微笑。半是自豪、半是抱歉。她用指尖緊抓住伊蓮的左手腕，兩人朝著牆壁走了幾步。

「這裡——就是現在！」龐嘉．阿夏希女士用力把伊蓮推了出去。

被推向牆壁的伊蓮整個人縮起來，在意識到之前便穿了進去。各種氣味如戰吼般朝她襲來。空氣灼熱、燈光昏暗。那裡頭的景象詭異，看起來彷彿藏在宇宙某處某顆痛苦星球的相片。後世詩人試著以詩描述進到門內的伊蓮，開頭是這樣的：

那裡有棕黃、有湛藍
有潔白的與更潔白的
都位於隱藏的、禁入的
小丑鎮中心。
可怕的，以及令人恐懼的
都在棕黃走廊裡。

實際真相其實簡單許多。

身為一名訓練有素的天生巫女，她立刻察覺這是怎麼回事：那些人——她眼前所見的人——都生病了。他們需要幫助；他們需要她。

但此時的她彷彿世上最諷刺的笑話，因為她沒辦法治療任何一人：他們沒有一個是真正的人類。全是動物，是擁有人類形體的「東西」；下等人類；是渣滓。

而她打從骨子裡就被設定為永遠不能協助他們。

她不曉得自己雙腿的肌肉為什麼會帶著她向前，但它們確實那麼做了。

那個場面像是許許多多張相片。

明明沒過多久，但龐嘉・阿夏希女士感覺已經是非常久遠的事了。而卡瑪本城——那個位於上方十層樓高的新城，則彷彿一直都是夢。只有這裡……只有這裡才是真實的。

她直盯著那些下等人。

而那些下等人竟也回看她，這是她人生的第一次。她從來沒遇過這種事。

他們並沒有嚇到伊蓮，只是讓她驚訝了一下。伊蓮思忖著，認為恐懼可能會晚點才來。也許很快，但總之不是在這裡，不是現在。

IV

某個看起來像是中年女子的東西直直朝她走來，一把抓住她。

「妳是死亡嗎？」

伊蓮盯著她。「死亡？妳是什麼意思？我是伊蓮。」

「該死！胡說八道！」那個看起來像女人的東西說：「妳是死亡嗎？」

伊蓮不知道「該死」是什麼，但她很確定，對這些東西而言，「死亡」指的就是「生命的終結」。

「當然不是，」伊蓮說：「我只是個人，一般人會叫我巫女。我們完全不想跟你們這些下等人扯上關係，完全不想。」伊蓮看到這個像是女人的東西有著一大頭柔軟又凌亂的棕髮，一張汗溼漲紅的臉，以及一口只要笑開就會露出來的歪牙。

「他們都這麼說，沒有人知道自己是不是死亡。要不是你們人類把受了汙染的機器人送進來，妳覺得我們怎麼會死？你們那麼做，我們就會全部死光，然後過一段時間又會有其他下等人類找到這裡，把這裡打造成避風港，在裡面活上幾個世代——直到像妳這樣的死亡機器又來剷平這座城市，再次把我們殺光。這裡是小丑鎮，是屬於下等人類的地方。妳沒聽過嗎？」

伊蓮想從那個女人身旁走開，但發現自己的手臂被抓住——下等人類竟然抓住真正的人類——這種事在以前絕對不會發生——有史以來從沒發生過這種事！

「放開我！」她大聲斥責。

像是女人的東西放開她的手，轉向其他人。她的聲音變了，不再尖銳高亢，而是變得低沉，帶著疑惑。「我分不出來……或許這真的是人。現在是在開玩笑吧？她迷路了，結果在這裡遇到我們——還是說她就是死亡？我不知道。最親愛的查理，你覺得呢？」

她喊的那個男人站了出來。因為睿智和提高警覺的緣故，他的面容閃閃發亮。伊蓮想，要是在別的時間、別的地點，那個下等人類可能會被當成一名充滿魅力的人類。他彷彿從來沒見過伊蓮，直勾勾地看著她（事實上他也真的是沒看過。）但接下來，他的眼神變得既銳利又詭異，讓她開始覺得不舒服。他開口說話，聲調活潑、高亢、清楚又友善。就這個悲慘的地方而言，他的聲音簡直像是一種諷刺，彷彿這隻動物從一開始就被設定成以人類習慣的方式說話，並以說客為業。他就是你會在故事盒中看到的那種人。他會告訴你一些既非良善、也不重要，純粹只是聽來機智的警句；而他英俊的外表本身就是一種畸形。伊蓮猜想，他也許是源自山羊。

「歡迎，年輕的女士，」最親愛的查理說：「現在妳進到這裡，打算怎麼出去呢？梅寶，如果我們把她的頭轉個一百八十度，」他對著第一個出來迎接伊蓮的下等女人說：「八次十次之後，頭就會掉下來。然後我們可以再繼續活上幾個禮拜或幾個月，直到尊貴的大人、亦即我們的創造者來找我們，將我們全部殺死。妳覺得呢，年輕的小姐？我們應該殺死妳嗎？」

「殺？你是說結束生命？不，你不能那麼做，這是違法的。就連補完機構都沒有權力不經審判就這麼做——何況是你。你只是個下等人類。」

「但如果妳走出那扇門，」最親愛的查理露出聰明伶俐的笑容。「我們會死的。警察會在妳腦中讀到棕黃走廊的事，然後他們會把毒藥灌進來，或是直接在這裡灑下疾病，讓我們還有我們的孩子全都死掉。」

伊蓮直瞪著他看。

雖然怒意高漲，卻沒對他的笑容或說服的語調有任何影響。然而，他眼窩和額前的肌肉卻顯露出他的極力壓抑。這使他露出一個伊蓮從沒看過的表情：那是一種超越理智界線的自制力。

他也瞪了回去。

她並不怕他。下等人不能扭真正的人類的頭。那違反所有規定。

突然間，一個念頭擊中了她：或許，在非法動物無時無刻等待死亡突然降臨的地方，普通的規定並不適用。她眼前的這個生物極為強壯，甚至可以把她的頭順時鐘或逆時鐘轉上十次都沒問題。她以前曾在解剖課上學過，清楚知道頭一定會在這個過程中掉下來。伊蓮饒富興味地看著他。動物本能的恐懼已從她自身的設定中被排除，但伊蓮發覺，她還是極度厭惡這種隨意終結生命的念頭。也許是「巫女」訓練起了一點幫助，伊蓮開始試著把他當成一個真正的人，於是腦中便浮現「診斷：長期侵略行為、目前受挫，引發過度刺激及精神官能症。過往營養不良病史：可能有賀爾蒙失調」。

她試著換個全新的態度說話。

「我體型比你小，」她說：「所以不管是以後或現在，你都不能『殺』我。我們不如彼此認識一下吧。我是伊蓮，從人土地球被指派到這個地方。」

這段話的效果驚人。

最親愛的查理退了幾步，梅寶的嘴完全闔不起來，其他人則是目瞪口呆地看著她。有一、兩個腦筋動得比較快的，便開始對旁邊的人竊竊私語。

最後，最親愛的查理對她說：「歡迎，尊貴的女士——我可以稱呼妳女士嗎？我想應該不行。歡迎，伊蓮，我們聽從妳的命令，我們會做妳交代的任何事。妳當然可以進來，因為妳是補完女士龐嘉・阿夏希送來的。過去一百多年，她一直告訴我們會有人從地球過來，一個是以動物名稱、而非以編號為名的真正的人類，所以我們應該要養育一個名為汪瓊安的孩子，隨時做好準備，編織命定的結局。不好意思，請坐。妳想要喝水嗎？我們沒有乾淨的容器，住這裡的都是下等人類，所有東西都被我們用過了，所以對真正的人類來說，都已經受到汙染了。」他突然想到某件事。「寶貝寶貝，妳的窯裡還有新的杯子嗎？」他顯然看到有人點了頭，因為他馬上又繼續說了起來。「那就去拿，我們的客人要用，記得用鉗子，新的鉗子。不要碰到它。從小瀑布的頂端裝水，這樣我們的客人就能喝到一杯不受汙染的水，乾淨的水。」他散發出強烈的好客之心，給人的感覺有多可笑，就有多真誠。

伊蓮完全不好意思說她其實不想喝水。

她等待著。他們都在等。

此時，伊蓮的眼睛已經開始習慣黑暗，可以看到地道大部分都被漆成褪色、骯髒的黃，以及一種相對較淺的棕。她不禁懷疑，到底是什麼個性的人會選這麼醜的配色。地道裡似乎充滿十字岔路；她可以看到發著光的拱門沿地道持續延伸，而人們在那裡面迅速走進走出。如果只是淺淺的壁龕，沒人能走得那麼泰然自若，因此她非常確定那些拱門還通向其他地方。

她也看得到下等人類。他們看起來真的非常像人，偶爾會有一、兩個返祖成動物型態——有個馬族男子的口鼻長成如他祖先的大小；有個鼠族女人的五官雖然跟正常人類一樣，卻有著彷彿尼龍材質的白色鬍鬚，臉頰兩邊各有十二至十四根，約二十公分長。其中有個動物長得非常像人類——那是一名美麗的年輕女子，坐在走廊約八、九公尺遠的一張長椅上，注意力完全不放在群眾、梅寶、最親愛的查理或伊蓮身上。

「那是誰？」伊蓮朝著那個美麗的年輕女子點了一下頭。

梅寶先前質問伊蓮是不是「死亡」時看起來壓力很大，此時她終於放鬆，口若懸河地說著話，態度跟這個環境十分格格不入。「那是克勞莉。」她說。

「她負責什麼？」伊蓮問。

「她有她的自尊。」梅寶說。她詭異的紅色臉龐既愉悅又熱切，軟軟的嘴脣一邊說話一邊噴著口水。

「所以她什麼都不用做嗎？」伊蓮說。

最親愛的查理過來插嘴。「在這裡大家沒有義務一定要做什麼事，伊蓮女士——」

「叫我『女士』是違法的。」伊蓮說。

「抱歉，人類伊蓮。在這裡，大家沒有義務一定要做什麼事，在這裡的人都是違法的。這條走廊本身就是一個思緒避難所，所以沒有念頭可以出去或進來。等等！注意天花板……就是現在！」

一道紅光橫過天花板，然後消失。

「只要有任何東西起了和走廊相左的念頭，天花板就會放出射線。」最親愛的查理說：「這條走道在外面被登記為『汙水池：有機廢物』，所以從這裡流出去的細微生命感應還不至於不合理。這是一百萬年前的人為了當時的目的打造出來的。」

「一百萬年前還沒有人在南魚座III。」伊蓮反駁。但為什麼呢，她想，她為什麼要反駁他呢？他又不是人，他只是一隻忘了丟進焚化爐、會說話的動物。

「很抱歉，伊蓮，」最親愛的查理說：「我應該更早告訴妳，我們下等人類沒什麼機會去學習真正的歷史，但我們懂得使用這條地道。某個有點黑色幽默的人把這裡命名為小丑鎮，我們會在這裡活上十、二十或一百年，然後人類或機器人就會找到我們，把我們全部殺光。就是因為這樣，梅寶才那麼生氣。她以為妳是這次的死亡，但妳不是，妳是伊蓮。這真是太好、太好了。」他那狡猾又過於聰明的臉龐散發著顯而易見的真誠。而他自己應該會為這種真誠有些驚訝。

「你還沒告訴我那個下等人女孩為什麼會這樣。」伊蓮說。

「那是克勞莉，」他說：「她不會做任何事。我們這裡沒有誰非得做什麼不可，反正到頭來，我們都死定了。她比我們其他人再更誠實一點，她有她的自尊，她會奚落我們，讓我們知道自己的立場，讓每個人都覺得自己矮人一截。我們認為她是我們之中的重要成員。我們都有自己的自尊，雖然還是滿絕望的就是了。但克勞莉的自尊全來自她自己，不需要做任何事去證明。某種程度上，她也等於是在提醒我們：如果我們不惹她，她也不會來管我們。」

伊蓮想著，你們這些奇怪的東西真的太像人類，卻又那麼陌生，好像必須先「死」過，才能了解「活著」是怎麼回事。不過，她真正說出口的只有：「我從來沒遇過這樣的人。」

克勞莉一定是感覺到他們在討論她，因為她用了一種帶有劇烈恨意的眼光迅速瞥了伊蓮一眼。克勞莉長得相當美麗，卻用滴水不漏的敵意與蔑視將自己鎖在裡面。她的眼神開始遊走。伊蓮覺得，自己好像只要被罵完就會馬上被遺忘，她似乎不再存在於任何事物的心中；她從來沒感受過像克勞莉這樣難以靠近的距離感。但即便如此，無論她到底是用什麼東西做成，以人類的角度來說依舊非常可愛。

一位全身蓋滿鼠灰色毛髮、凶巴巴的老太婆向伊蓮衝了過來（她就是被派去倒水的寶貝寶貝），她正用一對長長的鉗子夾著一只瓷杯。

杯裡有水。

伊蓮接下杯子。

六、七十個下等人類全看著她喝水，也包括她在外面看到的那個藍裙小女孩。水很好喝，她一飲而盡，終於把一股氣吐了出來，彷彿地道中的每個人都在等著這一刻。伊蓮正要放下杯子，老鼠女人的動作卻比她還快。她停下伊蓮做到一半的動作，用鉗子從伊蓮手中拿走杯子，好讓杯子不會被下等人摸到，受到汙染。

「做得好，寶貝寶貝，」最親愛的查理說：「現在我們可以說話了。在我們好好招待新來的人之前，先不談正事，這是我們的習慣。我就坦白說吧，如果最後我們發現這整件事是個誤會，可能還是得殺了妳。不過我可以向妳保證，如果真的要殺妳，我會把一切做得恰到好處，完全不帶一絲惡意。好嗎？」

伊蓮不知道這到底有什麼好不好。她開始想像自己的頭被扭掉的模樣——在下水道裡，被一群連存在資格都沒有的東西結束生命——除了疼痛跟丟臉，似乎還會是個非常混亂的場面。

他繼續解釋，完全沒給她辯駁的機會。「假設事情如我們所願，假設妳就是我們一直在等待的『伊絲特伊蓮或伊莉諾』——那個將會對汪瓊安做出某件事、幫助並解救我們所有人、賦予我們生命——真正的生命——的人，那我們該做些什麼？」

「我不知道你們對我的這些想法到底是打哪兒來的——為什麼我會是『伊絲特伊蓮或伊莉諾』？我跟汪瓊安有什麼關係？為什麼是我？」

最親愛的查理瞪著她，彷彿不敢相信她的問題。梅寶整個眉頭都皺了起來，好像找不到正確字眼來表達自己的意見。寶貝寶貝利用老鼠的鬼祟特性溜到人群後面，到處張望，彷彿希望站在後排的某人開口接話。她是對的。克勞莉把臉轉向伊蓮，用彷彿無邊無際的高傲態度說：

「我之前不知道真正的人類到底是孤陋寡聞還是愚蠢，但妳似乎兩者都是。我們所有的訊息都是從龐嘉．阿夏希女士那裡得來的。因為她已經死了，所以不會對我們下等人類有偏見；也因為她無事可做，所以她可以百萬次、百萬次地為我們運算所有可能性。我們都知道最有可能的未來是什麼——突然被疾病或毒氣殺死，或者是被巨大的警用撲翼機拖到屠宰場。但龐嘉．阿夏希女士找到了一個可能性——會有個名字和妳相似的人來，一個擁有古老姓名而非編號名稱的人類。那個人會和獵人相遇，然後她和獵人會教給下等人類的孩子汪瓊安一個訊息，那個訊息會改變所有的世界。我們養了一個又一個名叫汪瓊安的小孩，就這樣等了一百年——然後妳出現了。或許妳就是那個人，但妳看起來不像是個能做出一番事業的人。妳有擅長什麼嗎？」

「我是個巫女。」伊蓮說。

克勞莉的臉上藏不住訝異。「巫女？真的嗎？」

「對。」伊蓮有點害羞。

「我沒辦法當巫女，」克勞莉說：「我有我的自尊。」她轉開臉，又變回那副常年不變、受傷而且不屑的表情。

最親愛的查理也不管伊蓮會不會聽到，直接對著旁邊的人輕聲說：「這真是太好了！太好了！她是巫女，一位人類巫女。或許最偉大的那天已經到來！伊蓮，」他以謙遜的語氣說：「妳能否照看我們一下呢？」

伊蓮照做。當她停下來思考自己在哪裡，一想到卡瑪城空曠、老舊的下城區就在外頭，心中便感到一陣不可思議。它就在這片牆外而已，繁忙的新城也只在三十五公尺高的空中。這條走廊自成一個自己的世界，感覺就像唯一的世界，有著屬於自己的醜陋黃棕色、昏暗老舊的燈光，還有封閉環境中混成一體、令人難以忍受的人類與動物惡臭。寶貝寶貝、克勞莉、梅寶和最親愛的查理都是這世界的一部分。他們是真的。但對伊蓮而言，他們都非常遙遠；他們都在非常、非常外圍的地方。

「讓我離開，」她說：「有一天我會再回來。」

最親愛的查理顯然是此處的領導人，他露出恍惚的神情，說：「妳不明白，伊蓮。妳唯一可以『離開』的方式，就是邁向死亡，沒有其他方向了。我們沒辦法讓妳離開這扇門，尤其是在龐嘉．阿夏希女士將妳推至我們面前的此刻。要嘛妳迎接自己的命運——和我們的命運，讓一切妥妥當當；妳愛我們、我們愛妳，不然——」他恍惚地補充道。「就是由我親手殺了妳——就在此時此刻。我可以讓妳再喝一杯乾淨的水，但僅此而已。妳的選擇並不多，人類伊蓮。妳覺得，如果妳走到外面的話會發生什麼事呢？」

「我想什麼都不會發生。」伊蓮說。

「什麼都不會發生！」梅寶嗤之以鼻，原先的憤慨又回到臉上。「警察會駕著他們的撲翼機飛到這裡——」

「然後他們會夾走你們的腦子。」寶貝寶貝說。

「然後他們就會知道我們是誰。」一個之前沒說過話，個子很高的蒼白男子說。

「然後我們都會在一個小時內死光。」克勞莉在椅子上說：「最多兩個小時。這對妳來說一點都不重要嗎，伊蓮女士？」

「還有，」最親愛的查理補充：「他們會切斷龐嘉．阿夏希女士的線路，這樣就連那個已死的親切女士的錄音都會消失，這世上再也不會有慈悲降臨到我們身上。」

「什麼是『慈悲』？」伊蓮問。

「很顯然是妳沒聽過的東西。」克勞莉說。

老鼠婆婆寶貝寶貝走到伊蓮旁邊，抬頭看著她，從黃色的齒間輕輕對她說：「別被他們嚇到，孩子。死亡才不會管那麼多，無論在你們還是真正的人類的那四百年，或是矗立在轉角、專為我們這些動物設置的屠宰場，都是一樣的。死亡看的是時間，而不是內涵，它對我們來說沒有什麼不同。別害怕，勇往直前，就能找到愛與慈悲。只要妳能找到它們，就會發現它們比死亡更豐碩。一旦妳找到它們，死亡也就不那麼重要了。」

「我還是不懂『慈悲』，」伊蓮說：「不過我想我知道愛是什麼，而我難以想像自己會在充滿下等人類的老舊地道找到我的愛人。」

「我說的不是那種愛啦，」寶貝寶貝大笑，揮著長了爪子的手，把試圖插嘴的梅寶撥到一邊去。她年邁的鼠臉因為豐富的表情而亮了起來。伊蓮突然可以想像年輕時身材修長卻灰撲撲的寶貝寶貝在鼠族下等男人眼中是什麼模樣。寶貝寶貝繼續說下去，年老的五官因湧上熱情而煥發年輕的色彩。「我說的愛不是愛人，小女孩，我是指對妳自己的愛，對生命的愛，對所有生命的愛——甚至是對我的愛——妳給我的愛。妳可以想像我在說什麼嗎？」

伊蓮被疲倦淹沒，但仍試圖回答這個問題。她在昏暗的燈光下看著滿臉皺紋的老鼠婆婆，她的髒衣服，紅紅的小眼睛。她心中短暫存在過的美麗年輕鼠族女人已然消失，只剩下眼前這名粗鄙無用的老東西，以及她野蠻的要求和毫無意義的辯解。人類從沒愛過下等人類。他們會使用他們，就像對待椅子或門把。門把什麼時候會要求古代的那種人權特許呢？

「不行，」伊蓮平靜而冷淡地說：「我永遠無法想像自己愛妳。」

「我就知道。」克勞莉坐在她的椅子上說。聲音隱隱帶著成就感。最親愛的查理搖了搖頭，彷彿在釐清眼前的畫面。「妳到底知不知道現在控制南魚座III的人是誰？」

「補完機構，」伊蓮說：「我們一定得繼續討論這個嗎？讓我走，或是殺了我——這一點都不合理。我進來這裡時就已經很累了，現在更像是度過一百萬年那麼累。」

梅寶說：「那帶她一起去吧。」

「好吧，」最親愛的查理說：「獵人在那兒嗎？」

一直站在人群後方的小女孩汪瓊安說話了。「他從另一邊來，就在她從正面進來的時候。」

伊蓮對最親愛的查理說：「你騙我，你說這裡只有一條路。」

「我沒有說謊。」他說：「對妳、對我，或是龐嘉．阿夏希女士的朋友來說，這裡只有一條路，就是妳來的這條。另一條路是死亡。」

「你指的是什麼？」

「我指的是，」他說：「那條路會通到妳不認識的人擁有的屠宰場——那些在南魚座III上的補完閣員；比如芬提謝克思大人——剛正不阿，無同情心；比如黎莫諾大人——認為下等人類是潛在的危險因子，根本從一開始就不該存在；比如葛蘿克女士——她不懂該怎麼祈禱，但努力地想了解生命的奧祕，只要在規則範圍內，她就不介意對下等人類展現一點仁慈。然後還有艾瑞貝拉．安德伍女士——沒有任何人類可以理解她心中的正義。就算下等人類也沒辦法。」他笑著補充道。

「她是誰？——我是說，她那詭異的名字是從哪裡來的？那裡面都沒有編號，簡直跟你或我的名字一樣亂七八糟。」伊蓮說。

「她來自古北澳大利亞，使春的世界，外租給補完機構。她遵循的是她故鄉的法律。獵人能通過那些房間和補完機構的屠宰場。但妳可以嗎？我可以嗎？」

「不可以。」伊蓮說。

「那就繼續吧，」最親愛的查理說：「邁向妳的死期，或是迎接偉大的奇蹟。我可以為妳帶路嗎，伊蓮？」

伊蓮沉默地點了頭。

老鼠婆婆寶貝寶貝拍了拍伊蓮的袖子，眼中燃起一股奇怪的希望。當伊蓮走過克勞莉的椅子旁，那個高傲美麗的女孩面無表情地直視她，眼神致命又嚴肅；而狗女孩汪瓊安彷彿接到邀請，自動加入這支小小的隊伍。

他們往下走，往下又往下。雖然實際上還沒走到半公里，但那些棕黃色調好像無窮無盡。伊蓮在下等人類毫無規律可循、無人調整過的奇怪外貌，以及惡臭和渾濁空氣的環繞下，覺得自己彷彿已把熟悉的世界都拋在身後。

事實上，她也的確如此，只是她從沒想過自己的猜測竟然一點也沒錯。

V

在走廊底端，有一扇金製或黃銅製的圓形大門。

最親愛的查理停了下來。

「我不能再前進了，」他說：「妳和汪瓊安得繼續走。這是隧道和上層宮殿之間的前廳，獵人就在裡面。走吧，妳是人類，所以沒事的，如果是下等人類，就會死在裡面。去吧。」他用手肘輕輕推了她一下，拉開滑門。

「可是這個小女孩……」伊蓮說。

「她不是小女孩，」最親愛的查理說：「她只是一隻狗——就像我，也不是人，只是一隻上了色、東拼西湊、裁成人樣的山羊。如果到時妳回來，伊蓮，我會像敬愛神一樣愛妳——又或者我會殺了妳，視情況而定。」

「視什麼情況？」伊蓮問：「還有，什麼是『神』？」

最親愛的查理馬上對她露出狡黠的微笑，非常不誠懇，卻又非常友善——兩者皆是。那大概就是他原來個性的特徵吧。「如果妳真的去深入調查，會在其他地方得知什麼是神。但不是從我們這個地方。至於我說的情況……不用等我說明，妳自己就會知道。現在快去吧，接下來幾分鐘內整件事就會結束了。」

「可是汪瓊安……？」伊蓮追問。

「如果事情不如預期，」最親愛的查理說：「我們永遠都能養另一個汪瓊安來等待另一個妳。龐嘉．阿夏希女士答應過我們的。進去吧！」

他粗魯地推了她一下，她踉蹌幾步，穿進門裡。強烈的光芒令她暈眩，而乾淨的空氣嘗起來就像離開個人艙那天喝到的清水，令人愉悅。

小小的狗女孩小跑步跟在她身邊。

那扇或許是金、或許是黃銅的門在她們身後哐噹關上。

伊蓮和汪瓊安肩並肩站著，看著前方高處。

有非常多著名畫作都描繪過這個場景。大部分作品把伊蓮畫得衣著破爛，那張屬於巫女的臉龐扭曲痛苦，與史實出入非常大。當伊蓮從另一端進入小丑鎮，她身上穿的是自己的日常褲裙、寬鬆上衣，並帶著兩個一組的斜揹肩包。那是當時南魚座III上的常見裙裝。而既然她沒做什麼會弄壞衣服的事，想必離開時也是同樣穿著。至於汪瓊安——嗯，每個人都知道汪瓊安長什麼模樣。

接著獵人便與她們相遇。

獵人與她們相遇，開啟了新的世界。

他是個稍矮的男子，有著一頭黑色鬈髮，生了一對與笑容相呼應的黑眼，寬肩長腿，走起路來迅速而確實。他的雙手靜靜放在身側，看起來完全不像曾經結束過一條生命（即使只是動物）那樣強硬而無情。

「上來坐吧，」他向她們打招呼。「我正在等妳們兩個。」

伊蓮狼狽地朝上走去。「你在等我們？」她有些訝異。

「沒什麼特別的，」他說：「我開了監視器——就是隧道裡的那臺。它的連線路徑有受到保護，警方沒法偷看。」

伊蓮頓時全身僵直地停下腳步，位於她身側一步之遙的狗女孩也停了下來。伊蓮試著把自己的身高挺到極限，差不多就要跟他一樣了。這並不容易，畢竟他站在離她們四、五步遠的地方。她讓自己的聲音聽起來盡可能平淡些，然後對他說：

「那你知道嗎？」

「知道什麼？」

「他們說的一切。」

「當然，」他微笑著說：「我怎麼會不知道？」

「可是，」伊蓮支吾其詞。「關於你會和我在一起這件事呢?你也知道嗎？」

「這我也知道，」他又笑了。「這件事我已經聽了大半輩子。上來吧，坐，吃點東西。如果我們要創造歷史，今天晚上還有很多事要做。妳要吃什麼，小女孩？」他溫柔地對汪瓊安說：「生肉還是人類的食物？」

「我已經是個完成品了，」汪瓊安說：「所以我要吃巧克力蛋糕配香草冰淇淋。」

「如妳所願。」獵人說：「來吧，妳們兩位都是，過來坐下。」

她們走到樓梯最頂端。那裡有張擺設妥當的奢華桌子正在等待她們，桌邊有三張沙發椅。伊蓮張望著，看是哪個人要跟他們同坐，直到坐下後，她才意識到他邀的是那個小狗女孩。

他看到她臉上露出訝異，但沒有直接點破。

相反地，他開始對汪瓊安說話。

「小女孩，妳知道我是誰，對吧？」

女孩綻開微笑，並在伊蓮與她相遇後第一次放鬆下來。狗女孩不那麼緊繃時，其實美得非常亮眼。她的神情警覺又平靜，有種潛在的焦慮——這些都是狗的特質。但現在這孩子看起來就像完整的人類，而且比原來年紀還要成熟許多，白淨的臉上是兩顆黑乎乎的深棕眼珠。

「我看過你很多次了，獵人。你跟我說過如果我是汪瓊安會發生什麼事，包括我會傳達怎樣的訊息，以及必須面對的大規模審判，還解釋過我可能會死——也可能不會。但總之，人類和下等人類會記得我的名字長達千年。我知道的每件事幾乎都是你告訴我的——除了其他我不能告訴你的事情外。雖然你也都知道，但你不會說出來，對吧？」小女孩懇求著。

「我知道妳去過地球。」獵人說。

「不要說！拜託不要說！」女孩哀求起來。

「地球！那個人士嗎？」伊蓮大叫：「群星在上——妳是怎麼去的？」

獵人打起圓場。「別逼她，伊蓮。那是個大祕密，而她想要繼續守著。妳在今天晚上知道的將會比任何凡人女子更多。」

「『凡人』是什麼？」伊蓮問。她不喜歡這些古字。

「就是擁有會終結的生命。」

「這麼說很可笑，」伊蓮說：「每樣東西都有終結的一天，看看那些違法活超過四百年的可憐傢伙，看他們把自己搞得多慘。」她環顧四周。色彩豔麗的紅黑布簾從天花板直垂到地，而在房間的一邊，有著她從來沒看過的家具。它長得像桌子，但正面有幾片既扁又寬的小門，分別延伸到左右兩側，從沒見過的木頭材質與金屬將它裝飾得極為華麗。不過，她有比家具更重要的事情得討論。

她直盯著獵人——臟器沒有疾病；左臂早期受過傷；暴露在太陽光下有點久；可能需要近視矯正——然後質問他：

「我也被你抓到了嗎？」

「抓到？」

「你是獵人，你會獵東西。我想，抓到東西之後就會殺掉他們。剛才那個下等人——就是稱自己為『最親愛的查理』的山羊——」

「他才沒有！」狗女孩汪瓊安大叫，打斷伊蓮。

「才沒有怎樣？」伊蓮說，因為被插嘴而有些生氣。

「他從來沒有那樣叫過自己。其他人——我是說下等人類——他們才那樣叫他。他的名字是巴爾塔薩，可是沒人會用這個名字。」

「這有什麼關係呢？小女孩？」伊蓮說：「我討論的是我的命。妳的朋友說，如果某件事沒有發生，他就要拿走我的命。」

汪瓊安和獵人都沉默不語。

伊蓮聽見自己的語調混入某種有些刺人的激動情緒。「你早就知道這件事了！」她轉向獵人。「你在監視器裡聽到了。」

獵人的聲音平靜得出奇，他安撫她。「我們三人在今晚結束之前還有事要做，但如果妳這麼害怕擔心，我們就沒辦法完成。我認識下等人類，但也認識補完機構的大人和女士——這地方所有的補完閣員——黎莫諾大人、芬提謝克思大人，葛蘿克女士——還有那個古北澳人。他們會保護妳的。最親愛的查理會想殺妳，是因為他擔心英格洛隧道會被發現——就是妳們剛才經過的地方。我有辦法保護你們兩個：他，還有妳。對我有點信心吧？那應該不會多難，是不是？」

「可是，」伊蓮抗議。「那個男人——那隻山羊——不管他是什麼。總之，那個最親愛的查理說，在我上到這裡跟你在一起後，那件事馬上會發生。」

「如果你們這樣一直講話，哪有可能發生任何事？」小汪瓊安說。

獵人微笑。

「沒錯，」他說：「我們聊得夠多了，現在，我們得成為情人了。」

伊蓮整個人跳了起來。「不是跟我，你想都別想，只要她在這裡就不可能，在我找到該做什麼事之前也不可能。我是個巫女，我有應該要做的事，雖然我一直不知道那是什麼。」

「看。」獵人很冷靜。他走向牆邊，用手指著一個結構複雜的圓形圖案。

伊蓮和汪瓊安都朝他看去。

獵人繼續發出指令。「妳有看到嗎，汪瓊安？妳真的有看到嗎？歲月流轉，就為此時，小女孩，妳有看到嗎？有看到自己在裡面了嗎？」

伊蓮看向小小的狗女孩：汪瓊安的呼吸幾乎停下，她直盯著那個左右對稱的奇怪圖騰，彷彿那是一扇能通往眾多迷人世界的窗戶。

獵人尖起聲音大吼。「汪瓊安！瓊安！瓊瓊！」

小女孩完全沒有反應。

獵人走到女孩旁邊，輕輕在她臉頰上打了幾下，然後再次大吼。汪瓊安仍盯著那複雜的圖案。

「現在我們可以做愛了，」獵人說：「那個孩子正在某個充滿快樂夢境的世界裡。那花紋叫曼陀羅，是久遠到無法想像的過去遺留下來的東西，能把人類的意識鎖在一個地方。汪瓊安看不到也聽不到我們，除非妳和我先做愛，否則我們沒辦法讓她走向自己的命運。」

伊蓮不自覺遮住嘴，努力數算自己是出現了什麼症狀，藉此保持思緒穩定——但沒有用。她體內蔓延開一股放鬆的狀態，那是她在童年之後就不曾感覺過的幸福與寧靜。

「妳之前是不是覺得，」獵人說：「我會親自獵捕獵物，然後再用雙手殺死他們？難道沒有人告訴過妳，獵物都是高高興興來到我身邊嗎？又或者，動物死時的尖叫全是因為心中愉悅嗎？我是個心靈感應者，領有執照，而且我現在的執照就是死去的龐嘉．阿夏希女士發給的。」

伊蓮知道這場討論已到尾聲。她顫抖著，快樂的同時卻又害怕不已，然後她跌進他的臂中，讓他帶領著，走向這漆黑又金黃的房間一角的沙發。

一千年後，她將一邊吻著他的耳朵，一邊對他喃喃說著她甚至不曉得自己會說的甜言蜜語。那一定是無意間從故事盒中聽到的吧，她想。

「你是我的愛，」她說：「我的唯一，我的親愛的。永遠、永遠不要離開我，永遠不要拋下我。噢，獵人，我實在好愛你！」

「我們會在明天結束前分開，」他說：「但我們會再次相遇。妳知道現在才經過一個多小時嗎？」

伊蓮雙頰緋紅。「我……」她結巴著說：「我，我餓了。」

「當然，」獵人說：「我們很快就可以叫醒那個小女孩，一起吃些東西。到時歷史事件就要發生──除非現在有人進來阻止我們。」

「可是，親愛的，」伊蓮說：「我們不能就這樣繼續嗎──就算只有一會兒也好？一年？一個月？或一天？我們可以暫時把小女孩放回隧道。」

「這沒辦法，」獵人說：「不過我可以唱那首歌給妳聽，那首關於我們的歌，那是我剛剛想到的。它在我腦中待了很久，我這邊想一點，那邊想一點，直到現在才真正拼湊起來。妳聽。」

他以雙手握住她的手，悠然自在又坦誠地看進她眼中，完全沒有一絲心靈感應的跡象。

他對她唱了那首被我們稱為〈愛過妳並失去妳〉的歌。

我認識妳、愛過妳、
擁有妳，就在卡瑪。
我愛過妳、擁有妳，
又失去妳，我的寶貝！

水岩的陰暗天空
朝我們罩下。
美人啊，只有我們的愛
能如閃電照亮天空！

我們擁有的時間短暫，
是燦爛緊湊的一小時——
我們嘗遍喜悅
卻又遭逢拒絕。
屬於我倆的傳說
是苦樂參半的故事，
像一發子彈那麼短
又像死亡那樣長。

我們相遇、我們相愛，
並徒勞策畫
要自苦悶的戰役之中
拯救出美麗事物。
時光不為我們停留，

分分秒秒，毫無憐憫。
我們曾經相愛、曾經失去，
世界未曾因此停滯。

我們曾經失去、曾經親吻、
曾經彼此離別，我的寶貝！
我們曾擁有的一切，
親愛的，請謹記心中。
屬於美的記憶
以及屬於記憶的美……
我愛過妳、擁有妳，
又失去妳，我的寶貝！

他的指尖在半空揮舞，在房內製造出一陣彷彿管風琴的柔軟樂音。她以前就聽說過音樂光束，但從沒有人為她彈奏過。

當他終於唱完歌，已經泣不成聲。一切都是那麼真實、美好，令人心碎。

獵人本來一直用左手握住她的右手，現在卻突然放開，站了起來。

「讓我們先完成該做的事，晚點吃些東西。有人在接近我們了。」

他快步走向小狗女孩，她還坐在椅子上，張著茫然的雙眼看著那個曼陀羅。他溫柔地將她的頭用手緊緊固定，把她的視線從花紋移開。她在他的掌中掙扎了一會兒，接著便完全清醒了。

她笑著說：「噢，好舒服啊。我睡著了。有過很久嗎，五分鐘嗎？」

「不只，」獵人溫柔地說：「現在，我要妳抓住伊蓮的手。」

若是在幾個小時前，伊蓮肯定會反對和下等人握手這種奇怪的舉動，不過現在她沒說什麼，直接照做了。她正滿懷著愛注視獵人。

「妳們不需要知道太多，」獵人說：「妳，汪瓊安，將會獲得我們心智及記憶中的一切；妳將會成為我們——我們兩人——永永遠遠；妳將迎向屬於妳的光榮天命。」

小女孩顫抖著說：「就是今天嗎？」

「沒錯，」獵人說：「未來的世代將永遠記得這一晚。」

「而妳，伊蓮，」他對她說：「妳什麼都不用做，只要好好愛著我，然後不要輕舉妄動，懂嗎？妳會看到一些混亂的事物，可能還會很可怕，但那都不是真的。妳儘管站著不動就是了。」

伊蓮不發一語地點著頭。

「以第一遺忘之主，」獵人說：「第二遺忘之主及第三遺忘之主之名，以人民之愛，賜予眾人生命。賜予眾人簡潔之死以及真相的愛……」他的話語字字清晰，但伊蓮完全無法理解。

無數時光起始之日，就在此刻。

她非常清楚。

她不曉得自己是怎麼知道的，但她就是知道。

補完女士龐嘉．阿夏希穿著那副親切的機器人身體，從堅硬又紮實的地板中爬了出來。她走近伊蓮，悄聲說：

「別害怕，別怕。」

害怕？伊蓮想。這太有趣了，完全不是會讓人害怕的時刻。

此時，彷彿為了回應伊蓮，一股清晰有力又陽剛的嗓音突然憑空冒出：

這是屬於勇敢共享的時刻。

這些話語響起，彷彿刺穿了一顆泡泡，伊蓮覺得自己的人格和汪瓊安開始融合。倘若這只是一般心靈感應，感覺起來一定很可怕。但現在卻完全無關意念溝通，它就是存在。

她變成了瓊安。她可以感覺到那具穿著乾淨衣服的小小身軀，並再次體會到屬於女孩的軀體是什麼模樣。她想起自己也曾經擁有這樣的身軀，竟是如此愉快而熟悉，彷彿那是非常久遠以前的事——光滑、純真的平坦胸部，簡簡單單的陰部，以及從手掌延伸出去、各自獨立、彷彿有自己生命的手指。但那個腦海啊——那個孩子的腦海！彷彿一座有著彩色玻璃窗閃閃發亮的巨型博物館。裡面堆滿如山高的美麗事物及寶藏，充滿在靜止空氣中緩慢擴散的奇異香氣。汪瓊安的心智能夠回溯到上古人類的風采與榮耀——她曾是一名補完閣員、是駕駛太空船的猴族男子、是親切卻已死去的龐嘉．阿夏希女士的朋友，以及龐嘉．阿夏希本人。

難怪這孩子感覺起來深沉又詭異，因為她活過了所有的時代。

在兩人共有的疲憊中，有著閃耀光芒的終極真相。她腦中一個無名、清晰又響亮的聲音說道。這是屬於妳和他的時刻。

伊蓮發現，自己對龐嘉．阿夏希女士放入狗女孩心中的催眠暗示產生反應——他們三人在心靈感應中相遇的那刻，也觸發了這些暗示的所有效力。

有那麼幾分之一秒，她除了對自己感到訝異之外，什麼都感覺不到。她只看得見自己——每個細節、每個祕密、每個念頭及感覺，以及肉體的輪廓。她以好奇的心情意識到自己胸前的乳房、來自腹部肌肉的緊繃感，正將她女性專有的脊椎拉直、站立起身——

女性的脊椎？

為什麼她會覺得自己擁有女性的脊椎呢？

接下來，她馬上就知道原因了。

她循著來自獵人心中的意識漫遊過自己的身體，再次品嘗、享受、再一次疼惜那身體。只是，這次是由內而外。

不知為何她知道，狗女孩正安靜無聲地從他們身上吸收成為真正的人類有何細微的差別。

即使在這樣的錯亂譫妄中，伊蓮還是感到難為情。這或許只是場夢，但仍有點太過頭了。她開始關閉自己的心，卻有一股念頭冒了出來，告訴她或許該把手從獵人和狗女孩那兒抽走。

偏偏此時，火開始蔓延……

VI

火焰從地上竄起，用難以理解的方式灼燒他們。伊蓮什麼也沒感覺到……但她能察覺到女孩的觸碰。

烈焰圍繞著女爵，又是花招，那個憑空出現的聲音開始說起一些亂七八糟的東西。

火苗圍繞著柴堆，陛下，另一個聲音說。

我們就只剩炙熱了，小鬼，第三個聲音說。

突然間，伊蓮想起地球——但不是她記憶中的地球。此時的她既是汪瓊安，又不是汪瓊安。她是一名高䠷、健壯的猴族男子，看起來和真正的人類幾乎一模一樣。她／他正穿越安方的和平廣場——也就是舊廣場，一切開始的地方——心中突然升起強烈的警覺。她／他注意到一些不同：這裡少了某些建築物。

真正的伊蓮心想：「所以這就是他們對這孩子做的事——在她身上刻印其他下等人的記憶，就是那些見識過、去過各地的人的記憶。」

火熄滅。

突然間，伊蓮又看到那個由黑色和金色組成的房間，乾乾淨淨、平靜無風——但只有一下子，直到帶著白色浪花的綠色海洋又湧進來。海水沖刷他們三人，但他們一點兒也沒溼。綠色海洋包圍他們，沒有任何壓力，也不會讓人無法呼吸。

伊蓮成了獵人。巨龍飄浮在南魚座III的天空。她感到自己晃過一座小丘，哼著愛與渴望之歌。她擁有獵人本人的心智和他的記憶。龍察覺到他，向下飛來。牠巨大的爬蟲類翅膀比夕陽更美、比蘭花更嬌貴，在空中溫柔拍打出彷彿嬰兒的呼吸韻律。她不只是獵人，她也是龍；她感到那兩個心智彼此交會，接著巨龍便死於極樂與歡欣。

海水莫名退去，汪瓊安和獵人也是。伊蓮不在房間裡了。她變回那個緊繃、疲憊、充滿煩惱的伊蓮，在無名街道上絕望地尋找著各種目的地。她必須做到那些永遠無法完成的事。錯誤的我、錯誤的時間、錯誤的地點——她的心吶喊著：可是我好寂寞、我好寂寞、我好寂寞啊！房間又回來了。獵人和小女孩的手也是。

霧氣升起——

這是另一個夢嗎？伊蓮想。還沒結束嗎？

但某處又傳來另一個聲音，吱嘎亂叫著，彷彿一把切骨的鋸刀，彷彿一部毀損的機器，卻仍以帶破壞性的高速磨擦著。那是一種邪惡又恐怖的聲音。

或許，這就是隧道裡的下等人類將她錯認為的真正的「死亡」。

獵人放開了她的手，她則放開了汪瓊安。

一名陌生女子出現在房間裡，身上穿著旅行者的緊身衣，斜披著一條代表官方的佩帶。

伊蓮盯著她看。

「你們將會受罰。」那個可怕的聲音說道。現在她知道那聲音就是來自那個女人。

「什、什、什麼？」伊蓮舌頭打結了。

「你們在沒有授權的情況下擅自調整一名下等人類的設定。我不知道妳是誰，但獵人不應該這麼愚蠢。當然了，這隻動物也必須處死。」女人看著小汪瓊安說。

獵人碎念了幾個字，彷彿不知道還能說些什麼。他一邊向那個陌生人打招呼，一邊對伊蓮解釋：「補完女士艾瑞貝拉．安德伍。」

伊蓮無法向她鞠躬敬禮，就算她想，也沒辦法。

真正出人意料的是小狗女孩。

我是瓊安，妳的姊妹，她說，這裡沒有妳說的動物。

艾瑞貝拉女士似乎沒聽到。（而伊蓮分辨不出自己聽到的到底是說出來的口語，或是直接傳送到心中的訊息。）

我是瓊安，我愛妳。

補完女士艾瑞貝拉甩了甩頭，彷彿被一盆水潑到身上。「當然，妳是瓊安。妳愛我，而我也愛妳。」

人類和下等人類因愛而相親。

「愛……當然了，愛。妳是個乖巧的小女孩，妳說得很對。」在我們再次見面、再次相愛前，瓊安說，妳會忘記我是誰。

「好的，親愛的。改日再會。」

最後，汪瓊安確實地開口說了話。她對獵人和伊蓮說：「都結束了。我知道自己是誰，也知道我該做什麼了。伊蓮，妳最好跟我一起走。晚點見，獵人——如果我們活下來的話。」

伊蓮看著補完女士艾瑞貝拉，她像棵樹似地站著不動，彷彿一名瞎眼的女人。獵人露出那聰明、善良卻又悽然的微笑對伊蓮點點頭。

小女孩領著伊蓮向下、向下再向下，直至那扇能將她們帶回英格洛隧道的門前。當她們穿過銅門，伊蓮聽到補完女士艾瑞貝拉對獵人說：

「你到底一個人在這裡做些什麼？房間裡有股怪味。你有帶動物進來嗎？你殺了什麼東西嗎？」

「是的，夫人。」獵人說。汪瓊安和伊蓮走入門中。

「你說什麼？」補完女士艾瑞貝拉大喊。

獵人想讓另外兩人聽到他說的話，便故意拉高分貝。

「一如以往，夫人，我以愛殺人，」他說：「這次則殺死一整個制度。」

她們走出門時，仍聽到艾瑞貝拉女士以威嚴的嗓音不斷在質疑獵人。

瓊安領在前頭。她擁有漂亮女孩的身體，心智中卻刻滿所有下等人類的意念。伊蓮完全無法理解這是什麼情況。瓊安仍是那個小狗女孩，但她同時也是伊蓮和獵人。不過她們現在的關係倒是無庸置疑：那個已不再是下等人的女孩將帶領她，而伊蓮（無論她還是不是人類）則必須跟隨。

門在她們身後關上，兩人回到棕黃走廊。大部分下等人都等在那裡，有幾十個人盯著她們。老舊地道中混雜動物和人類的濃厚氣味，撲鼻而來，彷彿黏稠的膠狀物，或緩慢的海浪。伊蓮覺得自己的太陽穴正醞釀著頭痛的前兆。但她實在太緊張了，管不了那種小事。

汪瓊安和伊蓮，她們與下等人類對峙了一會兒。

你們應該都看過以這個場景為基礎創作的畫作或戲劇，而其中最有名的，無疑是聖希歌南達那幅精采的《一筆畫下》——整片背景布滿均勻的灰，左側帶著些許棕與黃，右側則是黑與紅，畫面中央則有一條幾乎像汙點的白線，某種程度暗示著困惑的女孩伊蓮，以及蒙受厄運的小女孩瓊安。

理所當然，第一個開口的是最親愛的查理。（此時的伊蓮已不再把他看作羊人，他就是個真誠友善的中年男子，勇敢對抗自己糟糕的健康狀況和崎嶇的人生。她開始看出他笑容裡那種渲染力和魅力。但為什麼呢？伊蓮想，為什麼我之前沒這樣看過他呢？是我變了嗎？）

伊蓮還來不及找到答案，最親愛的查理已經開口說道：「他成功了。妳是汪瓊安嗎？」

「我是汪瓊安嗎？」女孩問隧道中那群畸形怪異的人。「你們覺得我是汪瓊安嗎？」

「不！不！妳是應允之女——妳是與人類溝通的橋梁，」一名黃髮老太太大喊，伊蓮不記得自己之前有見過她。女人猛地在汪瓊安面前跪下，想握住她的手，小女孩旋即以沉默卻堅定的姿態也握住她的手，讓那女人把整張臉都埋在女孩的裙裡放聲大哭。

「我是瓊安，」女孩說：「而我不再是狗。你們現在也都是人了，是我的族人，如果你們願與我共死，便會以人的身分死去。想想，這比以往好上多少呢？而妳，魯絲，」她對著腳邊的女人說：「別哭了，站起來，為此而喜悅吧。在這樣的時刻，我會與妳並肩同在。我知道妳的孩子都被人類帶走殺死了，我很抱歉，魯絲。我沒辦法讓他們復生，但我可以讓妳成為人——我甚至從伊蓮之中創造出了一個人。」

「妳是誰？」最親愛的查理說：「妳是誰？」

「我是你一個小時前放出去，任由她走向生或死的那個小女孩。但現在我是瓊安，不是汪瓊安，我為你們帶來武器；妳們是女人、你們是男人，你們全都是人，所以你們可以使用那個武器。」

「什麼武器？」那是克勞莉的聲音，從群眾的第三排傳了出來。

「生與共生。」瓊安說。

「別捉弄我們，」克勞莉說：「那到底是什麼武器？不要光是說空話。自從有了下等人類，我們得到的就只有空話和死亡。人類給我們的就是這些——甜言蜜語、精緻的規則和冷血謀殺，年復一年、一代復一代。別跟我說我是人——我不是。我是野牛，我很清楚。我是被製造成人類模樣的動物。給我別的理由去殺戮，讓我為此而戰、為此而死。」

小瓊安仍穿著伊蓮初次見到她時穿的那件藍色罩衫，幼稚的軀體和矮小的身材讓她看起來十分不協調。她俯視整個房間，舉起手。此時，在克勞莉說話時冒出的眾多竊竊私語瞬間停下，回歸寂靜。

「克勞莉，」她的聲音一路貫穿至大廳最尾端。「願現在的妳能得到平靜。」

克勞莉整張臉都變了。她覺得瓊安跟她說的話根本莫名其妙，但看在她的面子上什麼也沒說。

「先別跟我說話，親愛的大家，」小瓊安說：「先聽我說就好。我為你們帶來共生，它比愛更強大。『愛』是一個艱辛、哀傷又骯髒的字，它是一個無情的字，一個老去的字。說了很多，保證的卻很少。我為你們帶來的比愛更強大。如果你活著，就只是活著，但如果你與之『共活』，那麼你就會知道其他生命也在——你們兩人、你們之中的任何人、你們所有的人——都在。不要做任何事，別去搶、別去抓、別占有，『存在』就好。這就是武器，沒有火焰、槍枝或毒藥能阻止它。」

「我想相信妳，」梅寶說：「但不知道該怎麼做。」

「不要信我，」小瓊安說：「靜靜等待事情發生就好。讓我過去吧，善良的人們，我得睡一下了。伊蓮會在我睡著時看顧我，當我醒來，我就會告訴你們，為什麼你們不再是下等人類。」

瓊安開始向前移動——

一聲狂暴的嗥叫劃破走廊。

每個人都到處尋找聲音來源。

那聲音就像鳥打鬥時發出的尖叫，卻是從他們之中發出來的。

第一個發現的是伊蓮。

克勞莉拿著一把刀，在那聲哀號停止時，她朝瓊安衝了過來。

野牛女和狗女孩雙雙倒地，衣裙糾結，那巨掌將刀舉起兩次，第二次時刀身便是紅色。

伊蓮可以從身側燃燒的灼熱感得知，自己一定被刺中了一刀。她不確定瓊安是不是還活著。

下等男人把克勞莉從女孩身上拉開。

克勞莉整張臉因憤怒而泛白。「只會說空話、空話、空話，她的這些話會害死我們。」

一名高大又肥胖的男人走到抓住克勞莉的人身邊，除了正面的熊鼻外，他的頭和身體看起來就跟人類沒兩樣。熊男以驚人力道賞了克勞莉一巴掌，她失去意識、跌倒在地，那把沾滿鮮血的刀也掉在老舊、磨損的地毯上。（伊蓮立刻自動想：稍後給予營養劑、檢查頸椎、無出血症狀。）

有生以來第一次，伊蓮發揮身為巫女的所有功用。她幫其他人一起脫下小瓊安身上的衣服，濃稠的紫黑血液從她肋骨下方湧出。那嬌小的身軀看起來痛苦又脆弱。伊蓮把手探進左側的包包，拿出手術用雷達掃視筆。她把筆舉至眼前，開始掃描傷口附近的血肉：腹膜被刺穿了、肝臟受到刀傷、大腸上層皺褶有兩處穿孔。一看到這種狀況，伊蓮立刻知道該怎麼做。她把旁觀的人群推到一旁，開始工作。

她先將傷口由內而外翻開、固定，開始處理肝臟受的傷。一小劑能重新編碼的粉末噴劑用來黏著臟器，這是為了要強化受損器官的自主恢復能力。她探測、按壓、擠壓，總共花了十一分鐘。

瓊安在手術完成前就醒了過來，喃喃說著：

「我要死了嗎？」

「並沒有，」伊蓮說：「除非這些人類藥物對妳身上的犬類血液有毒。」

「是誰做的？」

「克勞莉？」

「為什麼？」女孩說：「為什麼？她也受傷了嗎？她在哪裡？」

「跟她應該要受的折磨相比，差得多了，」羊人——最親愛的查理說：「如果她活下來，我們會治好她、審問她，然後殺了她。」

「不，你不會，」瓊安說：「你要愛她，你必須愛她。」

羊人一臉困惑。

他用困惑的臉轉向伊蓮。「最好看一下克勞莉，」他說：「歐森那一巴掌可能害她掛掉。妳也知道的，畢竟他是頭熊。」

「我看得出來。」伊蓮冷淡地說。不然你以為他看起來像什麼？蜂鳥嗎？

她走到克勞莉身旁，一碰到她的肩膀就知道自己遇上了麻煩。眼前的軀體外表看起來或許像人類，但底下的肌肉結構卻不是。她猜是實驗室讓克勞莉擁有強大韌性，並保留水牛的蠻力和頑固——出於只有他們才懂的原因。伊蓮拿出一條大腦連接線，想看看她的心智是否仍運作如常。那是一條近距離心靈感應線，能夠進行簡單的心靈連接。當她把手伸向克勞莉的頭，想黏上連接線，本來不省人事的女孩突然又生龍活虎。她整個人跳起來，對著伊蓮大喊：

「不要！妳別想！別想偷看我，妳這骯髒的人類！」

「克勞莉，不要動。」

「別對我發號司令，妳這怪物！」

「克勞莉，這種話很難聽。」聽到年幼的孩子發出如此威風凜凜的嗓音，實在讓人毛骨悚然。不過縱使瓊安年紀幼小，仍能掌控全場。

「我才不管什麼好聽難聽，我知道你們都恨我。」

「那不是真話，克勞莉。」

「妳本來是狗，現在卻成了人，妳生來就是叛徒，狗族總是選擇站在人類那邊。妳在進去那個房間、變成別的東西之前就很討厭我了，現在妳還打算把我們全部殺掉。」

「我們的確可能會死，克勞莉，但我不會那麼做。」

「隨便。不管怎樣，我知道妳討厭我。妳從以前就恨我。」

「妳也許不信，」瓊安說：「但我始終都是愛妳的。妳是我們整條走廊裡最漂亮的女人。」

克勞莉大笑，那笑聲讓伊蓮起了雞皮疙瘩。「就算我相信這種話，如果我真覺得人類會愛我，我又該如何活下去？如果我相信妳，就得把自己撕成碎片、拿腦袋去砸牆，因為——」笑聲轉為啜泣，但克勞莉盡力忍住，繼續說下去。「你們這些東西居然笨到不曉得自己是怪物。你們不是人類，你們永遠也不會成為人類。我是你們其中一員，我還算誠實，願意承認自己是什麼玩意兒——我們是渣滓，我們無足輕重，我們是比機器還低賤的東西。我們是藏在泥土裡的灰塵，當人類殺死我們，一滴眼淚都不會掉。我們以前至少還躲藏著，現在妳跑出來，跟妳馴服的人類女子——」克勞莉快速瞥了伊蓮一眼。「——妳現在居然連這都想改變。可以的話，我會再殺妳一次。妳這雜碎、蕩婦——妳這條狗！妳還穿著這小孩的身體做什麼？我們連妳現在是誰都弄不清楚。妳有辦法告訴我們嗎？」

在克勞莉沒注意的時候，熊人走到她的身邊，隨時準備在她靠近小瓊安時再次把她撮倒在地。瓊安直視他，僅靠一個眼神便命令他不准出手。

「我累了，」她說：「我累了，克勞莉。我才不到五歲，現在卻感覺一千多歲了。我現在是伊蓮，也是獵人，更是龐嘉・阿夏希女士。我知道很多事，比以前認為自己知道的還要多好多。我還有事得完成，克勞莉，因為我愛著妳，也因為我覺得自己很快就會死去。但拜託，好心的人啊，請讓我先休息一下。」

熊人站在克勞莉右側，有個蛇族女人則悄悄站到她左邊。她的臉蛋好美，好像人類——但有條細窄、分岔的舌頭在嘴裡伸伸吐吐，彷彿將熄的火焰。她有著發育完好的肩膀和臀部，但胸前一片平坦，那片空蕩蕩的地方掛著金色胸罩。她的雙手看起來比鋼鐵更堅硬。克勞莉朝瓊安走去，那個蛇族女人發出一陣嘶嘶聲。

那是屬於舊地球蛇類的嘶嘶聲。

剎那間，走廊裡每個動物人呼吸都慢了一拍。他們全注視著那個蛇族女人，她則直盯著克勞莉，再次嘶嘶叫。在狹小的空間聽見那種聲音是多麼令人厭惡的事啊。伊蓮看到瓊安像隻小狗一樣緊繃起來，最親愛的查理彷彿早已做好準備，一步跳到二十公尺外，伊蓮則感到一陣攻擊、殺戮、毀滅的衝動。那聲「嘶嘶」挑戰了每個人的神經。

蛇女平靜地看著周圍，非常清楚自己引起了什麼樣的注意。

「親愛的大家，請別擔心，我是以瓊安的名義為我們這麼做。只要克勞莉不傷害瓊安，我就不會傷害克勞莉；但如果她傷害了瓊安——或任何人傷害了瓊安——那他們就得對付我了。你們都很清楚我是誰，我們蛇人力氣大、腦子聰明，不懂得害怕是何物。你們知道我沒法生育，人類必須從普通的蛇身上把我們一個一個製造出來。別惹火我，親愛的大家。我想要多了解瓊安帶來的這種新的愛，只要我在這裡，你們一個都別想傷害她，聽到了嗎？一個都別想。你要是試了，就是死。我想，在我死前大概可以把你們所有人都殺掉，即使你們全都同時攻擊我也是一樣。大家聽到了嗎？別動瓊安——這也是對妳說的，軟弱的人類女子，我也不怕妳——欸，那邊那個，」她對熊人說：「把小瓊安抱起來，給她找張安靜一點的床。她得休息了，安靜一下。你們所有人也給我安靜一點，不然全都得跟我交代。」蛇族女人的黑色眼珠在每個人臉上轉了一圈，她向前走去，人群便自動在她面前分開，彷彿她是一群鬼魂中唯一的實體。

她的眼神在伊蓮身上停留了一下下，伊蓮和她四目相對。說實在，那不是什麼令人舒服的事。那雙沒有眉毛或睫毛的黑眼裡充滿智慧，卻沒有情感。熊人歐森懷裡抱著小瓊安，順從地跟在蛇女身後。

小女孩在經過伊蓮身旁時不斷試圖保持清醒。她喃喃說著：「讓我長大，拜託讓我長大，現在就把我變大一些，拜託，讓我長大，現在就要。」

「我不知道該怎麼做……」伊蓮說。

小女孩掙扎著想維持清醒的意識。「我還有事情要完成。我的工作……可能還得赴死。如果我還是這麼小，一切就沒用了。讓我長大。」

「可是——」伊蓮再次抗議。

「如果妳不知道，就去問補完女士。」

「什麼補完女士？」

此時，停下腳步讓她們說話的蛇女插嘴。

「當然是補完女士龐嘉・阿夏希啊。死掉的那個。要是補完女士是活的，妳覺得她除了把我們全殺掉之外還會做其他事嗎？」

蛇族女人和歐森把瓊安抱走後，最親愛的查理走向伊蓮，說：「妳要去嗎？」

「去哪？」

「當然是去找龐嘉・阿夏希女士啊。」

「我？」伊蓮說：「現在嗎？」她加強了語氣。「當然不要。」伊蓮一個字一個字地把話吐出來，彷彿那是某種律法。「你到底把我當成什麼了？幾小時前我根本不知道有你們存在。那時我還不懂『死』的意思，以為所有東西到了四百年就應該消失，因為這就是規律。過去幾個小時危機四伏，大家隨時隨地都在威脅彼此，我好累好想睡，全身也好髒，我得打理一下自己，而且——」

伊蓮突然咬著嘴唇停了下來。她本來要說：我的身體已經因為獵人和我的那場夢中做愛累壞了。但這跟最親愛的查理沒關係。他活像隻發情的山羊，腦子跟痴漢一樣，一定不會認真看待這件事。

羊人非常溫柔地說：「妳這是在締造歷史，伊蓮，而在締造歷史的時候，是沒辦法把每個小細節都照顧到最好的。妳是不是比之前的自己更快樂、也覺得自己更重要了呢？是吧？難道妳還是幾個小時前剛遇到巴爾塔薩的自己嗎？」

伊蓮點點頭，被他認真的語氣喚了回來。

「那就再累著、餓著，全身髒一下吧，只要再一下下就好。我們不能浪費時間。妳可以去找龐嘉・阿夏希女士，找出我們必須為小瓊安做什麼。等妳帶著更多指示回來，我會親自照料妳。這個隧道的生活機能比外表看起來好多了。英格洛的房間有妳需要的一切，那是英格洛在很久以前建造的。再多工作一會兒吧，然後妳就能好好地吃、好好休息。這裡什麼都有，但妳必須先幫瓊安。妳很愛瓊安，對吧？」

「當然，當然愛。」她說。

「那就再多幫我們一些。」

怎麼幫，透過死亡嗎？她想。透過謀殺嗎？還是犯法？可是——可是這一切都是為了瓊安。

就這樣，伊蓮走向那扇偽裝的門，再次回到開闊的天空下，看到上卡瑪巨大的碟形結構伸向古老的下城區。她和補完女士龐嘉・阿夏希聊了一會兒，獲得指示和其他訊息，她把它們記下來，以便再告訴其他人。不過她自己已經累到無法思考那到底是什麼意思。

她搖搖晃晃走向她覺得是門的位置，靠在上面。但什麼事都沒發生。

「再撐一下，伊蓮，再撐一下——但動作快點！當我還是自己的時候，也曾這麼累過。」龐嘉・阿夏希女士堅定的輕聲細語傳了過來。「快點！」

伊蓮退了幾步，仔細看著牆面。

一道光打在她身上。

她被補完機構找到了。

她拔腿朝牆衝去。

門縫只開了一剎那，最親愛的查理以強壯、溫暖的手把她拉了進去。

「那道光！那道光！」伊蓮大叫：「我要害死所有人了！他們看到我了。」

「還沒呢。」羊人露出機靈又歪斜的笑容。「我或許沒上過學，但我聰明透頂。」

他朝內門靠近，回頭打量了伊蓮一會兒，然後把一具人類大小的機器人塞進門裡。

「這樣就行了，一臺跟妳差不多大的清道夫：記憶庫全空、大腦毀損，只剩單純的行動機制。如果那些人下來找他們以為自己看到的東西，只能找到這個了。門這邊藏了好幾架這種東西。我們平常不太出去，但只要出去，拿這些來掩護就挺方便的。」

「接下來，」他抓住她的手臂。「妳可以在吃東西的時候告訴我，我們到底要怎樣讓她長大。」

「誰？」

「當然是瓊安啊，我們的瓊安。妳之所以出去就是為了要搞清楚這件事。」

伊蓮必須重新整理自己的心智，才能想起龐嘉．阿夏希女士針對這個問題說了什麼。但她很快就記起來了。

「你需要一艘個人艙——還有果凍浴，麻醉劑——因為那會痛。然後花四個小時。」

「很好。」最親愛的查理邊說邊領著她進入隧道深處——更深處。

「但如果我已經把事情搞砸，」伊蓮說：「這又有什麼用呢？補完機構看到我進來了，他們會追過來的。他們會殺掉你們每一個人——甚至包括瓊安。獵人現在在哪兒？我是不是應該先睡一下？」她感到自己的嘴唇因為疲倦而麻麻的。自從決定在水岩路和購物酒吧之間的小門來場冒險，她就沒有休息或吃過任何東西了。

「妳很安全，伊蓮。妳很安全。」最親愛的查理說，那張狡猾的笑臉十分溫暖，柔順的嗓音裡也有著相當真誠的說服力。可是他自己似乎一個字也不相信。

他覺得他們正處於危險之中，但沒必要嚇到伊蓮。除了那個本來就怪得要命的獵人（他跟動物很像），伊蓮是唯一站在他們這邊的真正的人類。至於龐嘉．阿夏希女士——她確實是很親切仁慈，可是她是死人。

他正在自己嚇自己，因為恐懼而恐懼。說不定，他們全都已經完蛋了。

就某種程度而言，他也沒錯。

VII

補完女士艾瑞貝拉．安德伍呼叫補完女士葛蘿克。

「有東西竄改了我的心智。」

葛蘿克女士感到非常震驚。她把問題丟回去。進行徹底檢查。

「做過了，什麼都沒有。」

沒有？

葛蘿克女士更震驚了。那就要發出警報了。

「噢，不，不，不要。那只是一次友善、不帶惡意的變更。」身為古北澳大利亞人，補完女士艾瑞貝拉．安德伍其實相當重視禮儀：即使是以心靈感應連絡，她傳給朋友的字句也一直都很完整，她從不丟出任何未經修飾的念頭。

但這完全是違法的。妳是補完機構的一分子，這是犯罪呀！補完女士葛蘿克想。

做為回應，她得到一陣咯咯笑聲。

妳是在笑嗎……？她問。

「我只是想到，好像有位新任的補完閣員剛好從補完機構過來這裡，可以請他幫我看一下。」

葛蘿克女士行事極為循規蹈矩，而且容易大驚小怪。我們才不會那麼做！

艾瑞貝拉女士逕自想著：是對妳才不會，親愛的，妳這老古板。然後對著她的通訊對象送出：「那就算了吧。」

在困惑與憂慮之中，葛蘿克女士發出意念：嗯，好吧。中斷？

「同意。中斷。」

葛蘿克女士皺著眉頭。她拍了一下牆壁，發出意念，行星中心。

有個男人獨自坐在桌前。

「我是補完女士葛蘿克。」她說。

「是的，尊貴的夫人。」他回答。

「維安狂熱週期，一度——一度就好。直到取消。清楚了嗎？」

「清楚，夫人。整個星球嗎？」

「是。」她說。

「您想要提供理由嗎？」他的語氣十分敬重，但也很形式化。

「一定要嗎？」

「當然不是，夫人。」

「那就留白吧。通話完畢。」

他敬了個禮，影像隨後便從牆上淡去。

她把自己的心智提高到能進行清晰通話的層級。補完機構專線——補完機構專線。我已下令啟動維安狂熱週期，並調升至層級一。理由：私人顧慮。你們認得我的聲音，也知道我是誰。葛蘿克。

遠在城市另一端——一架撲翼機正拍著翅膀，緩緩沿街道飛行。

裡面的機器人警察正在拍攝一臺失控得極為巧妙的清道夫機器人。

該清道夫剛剛以將近三百公里的時速在街上狂飆，接著發出塑膠在石頭上磨擦的聲音後停下，開始清掃人行道上的灰塵。

當撲翼機器人靠近它，清道夫又再次狂飆，以極快的速度繞過兩、三個轉角，然後又停下來做那愚蠢的工作。

當這件事三度發生，撲翼機內的機器人便對清道夫射出一顆阻礙彈，然後飛下來，用撲翼機的爪子把它提起。

它仔細地觀察它。

「鳥的大腦。舊型。鳥的大腦。還好他們之後都不用這個了，搞不好真的會傷到人類。像我現在就是以老鼠進行刻印——而且是一隻有很多、很多個大腦的真老鼠。」

它帶著壞掉的清道夫朝中央垃圾場飛去，清道夫已經癱瘓但仍有意識，它還在試圖清掉抓著它的鐵爪上的灰塵。

下方，舊城因著那奇怪的幾何燈光漸漸在視線外緣扭曲、模糊，而沐浴在柔和的永動光中的新城則兀自發光，抵禦南魚座III的夜色。在它們之外，永恆的海洋正因其中的風暴而沸騰。

在真正的舞臺上，眾演員對這般過場實在有點無能為力。一夜之間，瓊安從一名五歲孩童被煮成十五、六歲的高䠷少女。雖是冒著失去生命的風險，但那臺生物機的確發揮了很好的效果，在不影響心智的情況下把她變成了一位生氣蓬勃、身強體健的年輕人。要演出這樣的場景對任何女演員來說都不是易事，而故事盒在這點上就發揮了它的長處。它能夠用各種特效來展演那臺機器——閃爍的光芒、閃電似的燈光，或是氣氛神祕的射線等等。但事實上，那臺機器看起來比較像浴缸，裡面裝滿能把瓊安整個人蓋住的沸騰咖啡色果凍。

同一時間，伊蓮正獨自在富麗堂皇的英格洛房間中狼吞虎嚥。那些食物都放非常久了。身為一名巫女，她有合理原因懷疑它們的營養價值，但至少它們能止住飢餓。小丑鎮的居民宣稱，這間房間對他們來說是「禁地」，其中原因就連最親愛的查理也說不清。他只是站在門口告訴她該怎麼找到食物、把床從地板上叫出來，還有怎麼打開浴室。所有設備都非常舊，對意念或輕拍完全不會有任何反應。

然後，發生了一件怪事。

當時伊蓮洗了手、吃了東西，正準備要洗澡——她已經快把身上的衣服脫光了。她想，反正最親愛的查理只是動物，不是男人，所以沒關係。

接著她突然意識到：這有非常大的關係。

他或許是下等人類，但對她來說依舊是個男人。她一路臉紅到了脖子，快步跑進浴室，大聲對著他說：

「你走開。我洗完澡就要睡了。如果真的非不得已再叫我起來，不要太早。」

「好的，伊蓮。」

「然後——然後——」

「如何？」

「謝謝你，」她說：「非常謝謝你。你知道的，我從來沒跟下等人說過『謝謝』。」

「沒關係，」最親愛的查理微笑著說：「大部分真正的人類都不會這麼做。好好睡吧，親愛的伊蓮，醒來之後就準備好迎接大事降臨吧。我們會從無數天空中摘下一顆星星，並在數千世界中燃起火焰……」

「你說什麼？」她的頭從浴室角落冒出來。

「只是一種比喻，」他笑著說：「意思是，到時候妳的時間將會很緊迫。好好休息吧。別忘了把衣服放到女僕機裡，小丑鎮上的都已經壞掉了。不過，因為我們沒用過這間房間裡的，所以妳那臺應該還能用。」

「是哪一臺？」她說。

「有紅色蓋子跟金色把手那臺，直接打開就好。」留下最後這個洗衣提示後，他便讓她休息，自己轉身離去，回頭規劃將左右數千億生命的大事。

當伊蓮再次離開英格洛房間，他們告訴她早上已經過去一半。但她怎麼可能知道？棕黃走廊裡的黃燈陰沉又老舊，就跟之前一樣昏暗而臭氣沖天。

人們看起來似乎不太一樣了。

寶貝寶貝不再是老鼠婆婆，成了一個有魄力又極為溫柔的女子；克勞莉像危險的人類敵軍那樣盯著伊蓮，美麗的臉蛋看似淡然，底下卻藏著憎恨；最親愛的查理一派愉悅、友善，散發強大的親和力。即便歐森和蛇女的五官很奇怪，伊蓮覺得自己也能從那兩張臉讀出情緒。

經過幾個異常有禮的問候，她問道：「現在的情況如何？」

一個新的聲音說話了——一個她既熟悉又陌生的聲音。

伊蓮看向牆上的某個壁龕。

龐嘉．阿夏希女士！還有——她旁邊的那個是誰？

雖然她這麼問，但心中其實已經有了答案：那是瓊安。亭亭玉立，只比龐嘉．阿夏希女士和伊蓮矮半個頭。那是全新的瓊安。強壯、快樂、平靜；但她也是原來那個親愛的小汪瓊安。

「歡迎，」補完女士龐嘉．阿夏希說：「歡迎來到屬於我們的革命。」

「什麼是革命？」伊蓮問：「還有，我以為妳因為念頭反制機制的關係沒辦法進來這裡。」

龐嘉．阿夏希女士舉起自己的機器人身軀後方拖著的一條電線。「我裝了這條線，讓我能使用這個身體，現在不需要小心翼翼了，現在，需要提心吊膽的是我們的對手。『革命』是一種改變體制和人民的方法，這就是革命。妳先請，伊蓮。往這裡走。」

「妳是說去死嗎？妳是這個意思嗎？」

龐嘉．阿夏希女士發出和善的大笑。「妳已經這麼了解我了嗎？妳認識我在這裡的朋友，做為一名活在不需要巫女的世界裡的妳，很清楚自己此前過的是怎樣的人生。我們都可能會死，但真正重要的是我們在死前做了什麼。現在，要迎向自己命運的是瓊安，妳則會帶領我們走到上城，然後瓊安就會接手，我們就會知道之後如何發展。」

「妳的意思是，這裡所有的人都會一起去嗎？」伊蓮看向下等人們，他們開始沿著走廊排成兩列縱隊。只要隊伍中有牽著孩子的母親（或是懷中抱著更小的孩子），那塊地方就會像氣球一樣凸出；隊伍裡偶爾也會出現幾個體型巨大的下等人，把兩邊擋住。

他們以前什麼都不是，伊蓮想，我也什麼都不是。而現在，我們全要一起去完成某件事，即使我們可能因此被消滅……是「可能」嗎，她想，正確的說，應該是「一定」。但如果瓊安真能改變所有世界——就算只有一點點，就算只改變了其他人，也值得了。

瓊安開口——她的聲音也跟著身體一起長大了，但還是跟之前的狗女孩一樣甜美——那個十六小時前（感覺像是十六年前啊，伊蓮想）才在英格洛隧道初次和伊蓮見面的小女孩。

瓊安說：「愛不是只保留給人類的特別物品。

「愛是不傲慢；愛沒有真正的名字；愛是生命自身，而我們擁有生命。

「我們不能靠鬥爭獲勝。人類的數量比我們多、槍比我們多、跑得比我們快、戰鬥能力比我們好。但創造我們的不是人類。不管創造出人類的是什麼，也一併創造了我們。你們都知道，但我們會願意說出那個名字嗎？」

人群中喃喃傳出幾聲「不願意」和「永遠不會」。

「你們等我等了很久，我也等了很久。或許這就是我們迎向死亡的時刻。但是，我們會以人類最初時的方式死去，就像他們的生活變得太舒服、太殘酷之前那樣。他們活在麻木中，死於睡夢裡。那不是一場好夢，如果他們醒來，就會知道我們也是人。你們願意與我站在同一陣線嗎？」

他們喃喃說著「願意」。

「你們愛我嗎？」他們再次喃喃同意。「我們是不是該出去迎向白晝了呢？」人們高聲歡呼。

瓊安轉向補完女士龐嘉·阿夏希。「這一切是否如妳所願？如妳安排？」

「是。」機器人體內親切的死去女士說：「瓊安會帶領你們，伊蓮會在她之前趕走機器人和普通的下等人。當我們和真正的人類相遇，你們要愛他們。如此而已。你們要愛他們，如果他們殺了你，你也要愛他們。別管我了，瓊安會告訴你們該怎麼做。準備好了嗎？」

瓊安舉起右手，好像對自己說了些什麼。人們朝她鞠躬行禮，一個個低下了頭——低下那大小不同、顏色也不同的臉龐、口鼻和吻。遙遠後方傳來某個嬰兒尖著細細的聲音，發出一聲喵嗚。

在她轉身帶領隊伍前進時，瓊安突然轉向人群。

「克勞莉，妳在哪兒？」

「這裡，在中間。」遠處傳來一個清楚而冷靜的聲音。

「妳現在能愛我了嗎？克勞莉？」

「不，汪瓊安，我並不像妳還是一隻小狗時那麼喜歡妳。可是，這些人是我的同胞，也是妳的同胞。我很勇敢，我還能走，我不會惹麻煩。」

「克勞莉，」瓊安說：「當我們和人類相遇，妳會愛他們嗎？」

每張臉都轉向那個美麗的野牛女孩。伊蓮勉強能看到站在陰暗走廊遠處的她；女孩的臉面因為情緒激動已變得蒼白。

她分不出那是因為憤怒還是恐懼。

最後，克勞莉終於說：「不，我不會愛人類，我也不會愛妳。我有我的自尊。」

瓊安一如坐在死寂床畔的死亡，非常、非常輕柔地說：「那麼妳可以待在後方，克勞莉。妳可以待在這裡。也許機會不大，但依舊是個機會。」

克勞莉看著她。「我祝妳不幸，狗族女子，也祝和妳站在一起的墮落人類不幸。」

伊蓮墊起腳尖，想看會發生什麼事。克勞莉的臉突然消失了；她往下一倒。

蛇族女人一路擠到前方，站在瓊安身邊，讓其他人可以看到；她用清晰脆亮、彷彿金屬的嗓音高聲說著：

「唱首〈可憐、可憐、克勞莉〉吧，大家；唱〈我愛克勞莉〉吧，親愛的大家。她死了，我剛才殺了她，這樣我們才能沉浸在完整的愛中。我愛你們。」蛇女說。她那屬於爬蟲類的五官完全看不出任何愛或恨的痕跡。

瓊安開口，顯然是經過龐嘉．阿夏希女士提醒。「我們確實愛著克勞莉，親愛的大家。為她哀悼，然後繼續前進吧。」

最親愛的查理輕輕推了伊蓮一下。「喏，妳要帶隊。」

在恍惚與困惑中，伊蓮走向前方。

當她經過那個令人陌生的瓊安（她是這麼高挑又這麼熟悉），感到一陣溫暖、幸福和勇氣。瓊安對她露出滿臉微笑，悄聲說：「稱讚我吧，人類女子。我是隻狗，狗這一百萬年來都是為了人類的稱讚而活。」

伊蓮回答。「妳做得很好，瓊安，妳做得非常好！我支持妳——現在我該繼續前進了嗎？」

瓊安點點頭，眼裡充滿淚水。

伊蓮領著隊伍前進。

瓊安和龐嘉．阿夏希女士跟在後方。這是一場由狗族和死去的女士帶領的遊行。

其他下等人類呈兩路縱隊，依序跟上她們。

白晝的陽光在開啟密門時流進走廊，伊蓮幾乎能感覺到滿載腐爛氣味的空氣與他們一同傾洩而出。她回頭，最後一次看向隧道，看到克勞莉的身體孤伶伶地躺在地板上。

伊蓮轉向階梯，開始逐步往上爬。

還沒有人注意到這支隊伍。

他們往上爬時，伊蓮聽到龐嘉．阿夏希女士的電線在石頭與金屬上拖行的聲音。

當伊蓮抵達最頂端的門前，她突然猶豫、恐慌起來。「這是我的人生、我的人生，」她想：「我身邊一無所有——我做了什麼好事？獵人？獵人，你在哪裡？你背叛我了嗎？」

瓊安在她身後溫柔地說：「去吧！去，這是一場以愛為名的戰爭，繼續前進。」

伊蓮打開通往上層街道的門，街上滿是人潮。三架警用撲翼機在前方空中緩緩振翅。這數量有些不尋常。伊蓮再次停了下來。

「繼續走，」瓊安說：「趕走那些機器人。」

伊蓮進攻，革命開始。

VIII

革命維持了六分鐘，前進了一百一十二公尺。

下等人一湧出那扇門，警察便從各地飛來。

第一個飛抵的警察像隻大鳥，大聲問著：「表明身分！你們是誰？」

伊蓮說：「走開。這是命令。」

「表明身分。」長得像鳥的機器說，然後從高空用中間的鏡頭瞳孔斜睨伊蓮。

「走開，」伊蓮說：「我是真正的人類，這是我給你的命令。」

第一架警用撲翼機顯然用無線電召來其他同伴，然後一齊向下飛到巨大建築物中間的走道。

許多路人停了下來。大多數人臉上都沒有表情，只有少數幾個人看到這麼多下等人聚集在此，露出興奮、有趣或恐懼的表情。

瓊安大聲喊了出來，她盡可能以清楚的舊通用語說：

「親愛的人們，我們是人類。我們愛你！我們愛你！」

下等人類開始用像是升了半音的怪異旋律吟誦「愛、愛、愛」。真正的人類開始退縮。瓊安親自示範，張手去擁抱一個跟她差不多高的年輕女子。最親愛的查理則抓住一名人類男子的肩膀，對著他大喊：

「我愛你，親愛的同胞！相信我，我是真的愛你——見到你真好。」人類男子因為這樣的肢體接觸嚇了一跳，然後又被羊男聲音中過度熱情的暖意嚇壞，因為太過驚訝而嘴巴大開、全身無力地站在那裡。

遙遠後方有個人發出尖叫。

一臺警用撲翼機拍著翅膀飛回來。伊蓮分不出那是她趕走的三架之一，還是另一架新的。她等它靠近到足以喊話的距離，好叫它離開。這是她生平第一次擔心起所謂的「危險」，到底會以什麼方式呈現？那臺警用撲翼機會對她射出子彈嗎？還是對她噴火？還是會抓起尖叫的她，用鐵爪把她帶到某個能讓她變得漂漂亮亮、乾乾淨淨——卻再也無法變回自己的地方？「噢，獵人啊獵人，你現在在哪？你是不是忘記我了？你是不是背叛我了？」

下等人類仍持續向前，和真正的人類混在一起；他們拉住人類的手或衣服，不斷重複唱著那怪異的旋律：

「我愛你。噢，拜託，我愛你們！我們是人，我們是你的姊妹和兄弟……」

那個蛇族女人沒有什麼進展。她用比鐵更堅硬的手爪抓住了一名人類男子，但伊蓮還沒看到她說話，男子馬上昏死過去。蛇族女人把他像大衣一樣掛在臂上，繼續找其他人來「愛」。

伊蓮身後一個低沉的聲音說：「他要來了。」

「誰？」伊蓮對龐嘉．阿夏希女士說。其實她心裡非常清楚她指的是誰，只是不想承認。伊蓮又忙著去看那臺盤旋的撲翼機。

「當然是獵人。」機器人發出屬於死亡女士的親切嗓音。「他會來找妳，妳會沒事的。我的線已經拉到最長——別看，親愛的，他們就要再次把我殺死了，我怕那景象會讓妳不舒服。」

十四名足型機器人如軍隊般走進人群。真正的人類似乎因此重新振作起來。有些人開始溜進周圍的門裡。不過大部分的人還被一大群下等人類團團圍住，震驚又恐慌——尤其這群下等人還抓著他們，此起彼落唱著什麼愛啊愛的旋律。他們的動物天性全在噪音中表露無遺。

機器人隊長完全沒注意到這些。它朝著龐嘉．阿夏希女士走去，卻發現自己被伊蓮擋住去路。

「我命令你，」她語帶熱情，因為她是個履行了職責的巫女。「我命令你離開這個地方。」

它用鏡片做的雙眼猶如漂浮在牛奶裡的兩顆黑藍大理石，看著她的時候似乎視線模糊、難以對焦。機器人沒有回答，只是直接衝過她身邊，速度快到她的身體都來不及產生攔住他的念頭。他直接走向親切但已經死亡的龐嘉．阿夏希女士。

伊蓮一陣困惑，才突然發現補完女士的機器身體似乎比之前更像人類。機器人隊長與她對峙著。

這，則是我們都記得的場景；這是第一個被錄下完整影像的事件：

身上帶有金色與黑色的隊長以乳白的雙眼直盯著補完女士龐嘉．阿夏希。

補完女士穿著和藹親切的舊機器人身體，舉出一個命令的手勢。

心急如焚的伊蓮半轉過身，彷彿想抓住隊長的右臂。但因為她轉頭的速度太快，一頭黑髮於空中飛甩。

最親愛的查理正對著一個鼠灰色頭髮、個子矮小的英俊男子大喊：「我愛、愛、愛你！」男人正在吞口水，說不出話。

這些事情我們都知道了。

接著，就發生了那件令人難以置信（但我們現在都信了）、而且令群星與眾多世界措手不及的事。叛變。

機器人叛變。

它們在光天化日下違命抗令。

從錄影中很難聽出它們說了什麼，但我們最終還是能成功辨識出一點。警用撲翼機的記錄裝置在補完女士龐嘉．阿夏希的臉上定位出一塊方型區域，唇語讀者可以清楚看到那些對話，非唇語讀者則能在觀看盒的第三或第四次播放帶聽到對話。

補完女士說：「進行覆寫。」

隊長說：「不行，妳不是機器人。」

「自己來看，來讀我的大腦：我是機器人，也是女的人類——你不能違抗人類，而我是人類。我愛你，除此之外，你也算是人。你好好想想。我們是愛彼此的。你試試看，試著攻擊。」

「我——我沒辦法，」機器人隊長說，乳白色的雙眼似乎因興奮而開始旋轉。「妳愛我？意思是我是活著的嗎？我存在嗎？」

「有了愛，你就存在，」補完女士龐嘉．阿夏希說：「你看著她，」補完女士指向瓊安。「就是她為你帶來了愛。」

機器人轉頭看，它違反了法律；它的小隊也跟著它一起轉頭。

它回頭看向補完女士，並向她鞠躬。「如果現在的我們不能聽從妳的命令，也不能違背其他人，那麼妳就知道我們必須做什麼事了。」

「那就做吧，」她哀傷地說：「但要知道你們這個舉動的用意何在。重要的不是你背離了兩條人類命令，而是做出了選擇——是你，就是這點讓你成為了人。」

隊長轉向自己那隊跟人類大小相同的機器人小隊。「你們聽到了嗎？她說我們是人。我信任她，你們信嗎？」

「信。」它們以整齊劃一的聲音大喊。

影像就停在這裡，但我們可以想像整個事件最後的走向。伊蓮站在機器人隊長後方，動作停頓了一下，而其他的機器人則向前走到她身後。

最親愛的查理不再說話，瓊安則正要舉手比出祝福的動作；她溫暖的棕色小狗眼睛因憐憫與理解而睜大。

人類寫下我們沒看到的部分。

機器人隊長顯然是這麼說的：「摯愛與親愛的人們，再會了。我們抗命，將要死亡。」它朝著瓊安揮手。它到底有沒有說「再會了，尊貴的女士和解放者」，我們不是很確定。第二句或許是某些詩人編出來的，但我們很確定它說了第一句。

同時，在所有歷史學家和詩人的一致同意下，我們也很肯定接下來的話。它轉向隊友，說：

「自爆。」

十四名機器人——黑金配色的隊長，外加十三名銀藍配色的足型士兵——霎那間在卡瑪城的街道上爆成熾白色的火焰。它們啟動自己的自殺按鈕，引燃藏在腦袋裡的鋁熱雷管。在沒有任何人類命令的情況下，遵從來自另一名機器人（補完女士龐嘉．阿夏希的身體）的命令。當時的龐嘉．阿夏希女士也並未擁有任何人類的授權，相反地，她的依據來自某個一夜長成大人的狗女孩瓊安。

十四道白色烈焰讓人類與下等人類紛紛別開了眼。此時，一臺特殊的警用撲翼機降落在那些光芒旁，從中走出兩位補完女士：艾瑞貝拉．安德伍以及葛羅克。她們舉起前臂護住眼睛，避開正在燃燒的瀕死機器人。她們沒看到獵人——此時他已神祕地進入街道上方的某扇窗，正以手遮住雙眼，從指縫間偷看。而在眾人目光仍舊茫然之時，大家可以感覺到葛蘿克女士的心智正在接管事件指揮權，並發出強烈的心靈感應衝擊。那是她身為補完機構總長的權力。

有些人（並非全部）還感覺到瓊安將心智裡的外圍電顫延伸出來，與補完女士葛蘿克會面。

「我在此號令。」葛蘿克女士發出意念。她持續對所有生物敞開心智。

「妳確實這麼做了，不過我愛——我愛妳。」瓊安想著。

最高階級的力量相遇。

然後她們協商。

革命結束。並沒有真的發生什麼事，不過瓊安開始要求人們來與她會合。這跟詩裡所寫的人類與下等人類融合完全不同；融合發生的時間點要晚得多，甚至比喵梅兒的時代還晚。那首詩確實很美，但可說是錯誤百出，你可以自己去評斷：

你應該問我，
我、我、我
因為我懂——
我曾經
活在東岸。那是
男人不是男人，
女人不是女人，
而人不是人的日子。

南魚座III上根本沒有東岸；而人類／下等人類的危機是在這件事很久以後才會發生。這場革命失敗了，但歷史卻抵達一個新的轉捩點：兩名補完女士之爭。她們因為過於震驚，忘記要關起自己的心智：自殺機器人、愛著全世界的狗——這是前所未聞的事。讓這些違法的下等人到處晃已經夠糟，竟然還有這些新玩意兒——天啊！

全數銷毀，補完女士葛蘿克說。

「為什麼？」補完女士艾瑞貝拉．安德伍想。

故障，葛蘿克回答。

「他們不是機器啊！」

因為他們是動物——是下等人類。銷毀！銷毀！

接著，便出現了那個創造出我們時代的答案。它來自補完女士艾瑞貝拉．安德伍，而整個卡瑪城都聽到了：

也許他們就是人類。他們必須經過審判。

狗女孩瓊安跪倒在地。「我成功了——我成功了！我成功了！你們可以殺死我了，親愛的人們，但我愛——我愛你們！」

龐嘉．阿夏希女士悄聲對伊蓮說：「我本來以為我會死——死得徹底。但竟然沒有。我曾見過世界轉變，伊蓮，現在妳與我一起見證轉變了。」

下等人聽見這兩位偉大補完女士之間的高音量心靈感應，一來一往，於是陷入一片安靜。真正的士兵從天而降。他們如鷹一般俯衝，撲翼機在高空盤旋。士兵跑向下等人類，開始用繩子將他們綁起來。

一名士兵瞄了一眼龐嘉．阿夏希女士的機器身體，用一根棒子碰了碰它。棒子因為高熱而轉成櫻桃紅，機器身體則因為被抽走熱能，瞬時倒地，成為一堆冰晶。

伊蓮穿過冰冷的殘骸和又紅又燙的棒子。她看到獵人了。

她漏看走向瓊安的士兵，沒注意到他正要綁住她。但士兵啜泣著退了下來，不斷低聲說道：「她愛我！她愛著我！」

指揮著空降士兵的補完閣員芬提謝克思大人不顧瓊安說了什麼，只是拿繩索將她綁了起來。

他冷笑著回答。「妳當然愛我啦——妳是隻好狗，而且就快要死了，小狗狗，但在那之前，妳會遵從命令的。」

「我會的，」瓊安說：「但我是狗也是人。人類，敞開心胸吧，你會感受到的。」

而他真的那麼做了——他打開自己的心智，感到一股朝他排山倒海而來的愛。他嚇了一跳，向後高舉起手，想拿手刀往瓊安的脖子上用力敲，以最古老的方式將她殺死。

「不，你不會這麼做的，」補完女士艾瑞貝拉．安德伍發出意念。「那孩子會得到一場適切的審判。」

他回看著她，瞪大眼睛。總長不會攻擊總長，尊貴的女士。放開我的手。

補完女士艾瑞貝拉公開對他發出意念：所以要審判。

他忍著怒意對她點頭，不願在有這麼多外人在場的時候對她進行念想或說話。

一名士兵把伊蓮和獵人帶到他面前。

「長官、主人，他們是人類，不是下等人，但他們腦中卻有貓的念頭、羊的念頭和機器人的念頭。您想要進行查看嗎？」

「有什麼好看？」芬提謝克思大人說。他的一頭金髮如同古代畫中的柏德神，而大多時候也同等傲慢。「黎莫諾大人已經到了，我們所有人都齊了，現在就可以在這裡進行審判。」

伊蓮感到繩子咬進手腕；她聽見獵人正對她喃喃說著一些安慰的話，但她其實聽不太清楚。

「他們不會殺我們的，」他喃喃地說：「雖然到了最後，我們會希望他們這麼做。每件事都按照她所說的進行，而且——」

「『她』是誰？」伊蓮打斷他。

「她？當然是那位親愛的女士，那位死後被刻印在機器上的人格，而且只憑這樣就創造出奇蹟——死亡女士龐嘉．阿夏希。不然妳以為是誰告訴我該怎麼做的呢？為什麼我們要等妳來將瓊安推上偉大的地位？為什麼身在地底小丑鎮的那些人會不斷養育一個又一個的汪瓊安，祈求著某天會有希望與奇蹟發生？」

「你知道嗎？」伊蓮說：「在一切發生之前……你就知道了嗎？」

「當然，」獵人說：「不是所有細節，但多多少少知道。她在死後有幾百年的時間都待在那臺電腦裡，所以有空去思考千百萬個念頭。她知道如果事情發展下去會怎麼樣，而我——」

「你們這些人閉嘴！」芬提謝克思大人怒吼。「你們在那邊念個不停，這些動物都焦躁起來了。閉嘴，否則我就打暈你們！」

伊蓮沉默下來。

芬提謝克思大人上上下下打量著她，因為被迫在另一人面前洩漏怒意而感到羞恥。他默默又加了一句：

「審判就要開始了——就是高的那位補完女士要求的審判。」

IX

你們都聽過那場審判，所以也不需要再賣關子。聖希歌南達有另一幅在古典時期的畫作，樸實卻精準地表現出整個場景。

街上站滿真正的人類，全都推來推去，擠著想看到底發生了什麼事，好打發時間，以及因生活太完美的無聊情緒。他們的名字全是一串編號或數字代碼，人人俊美健康，快樂到一種沉悶的境界。他們之間甚至個個相像，擁有同樣亮眼的外表、健康的身體，也同樣無聊。他們都有總計四百年的時間可活，即便那些士兵士氣高昂地做了幾百年無謂的練習，還是沒人懂得什麼是真正的戰爭。這些人都很美，但他們覺得自己一無是處。同時（雖然他們沒有意識到）也非常絕望。我們可以從畫裡清楚看到這點。聖希歌南達的表現手法極為巧妙。他讓他們隨意排成隊列，並在那些漂亮卻無生氣的五官打上屬於白日的平靜藍光。

而在描繪下等人時，這位畫家在技巧上展示了他真正的天分。

瓊安整個人浸浴在光中，淺棕頭髮以及咖啡色的小狗眼睛充滿溫柔與仁慈。他甚至以此表現出她體態的新生與強壯，在仍是處女時便決意赴死；雖然只是小女孩，卻無畏無懼。她輕盈的站姿展現出對愛所抱持的態度：雙手向外、朝向法官，那也是愛的展現。就連微笑也充滿了對愛的自信。

——還有那群法官！

畫家也畫了他們。芬提謝克思大人已再次冷靜下來。但因為整個宇宙是如此窄小，容不下自己，他細窄的雙唇表現出無盡的怒意。補完閣員黎莫諾一派慵懶，充滿智慧，重生過兩次，但在惺忪雙眼及溫吞笑容的背後，卻有著蛇一般的機警。身為在場最高的真正的人類，補完女士艾瑞貝拉．安德伍，從坐姿便可看出她古北澳人的自尊，以及因身懷巨富產生的傲慢與善變，在在透露出她真正想審判的是同袍的法官，而不是囚犯。最後，則是一臉迷惑的補完女士葛蘿克，在這場她完全搞不清狀況的命運大戲中，她皺著眉頭。畫家把這些都表現出來了。

如果你願意前往博物館，也能看到真正的影像紀錄。實際上的場面雖然不如那幅名畫那麼戲劇化，但自有其價值在。在過世這麼多世紀後，瓊安的聲線仍奇異地撼動人心。那聲音來自一名被塑造成人類的狗，同時也屬於一位偉大的女士。那肯定是補完女士龐嘉·阿夏希的影像教她的，同時還包括了英格洛棕黃走廊上方的前廳，以及她從伊蓮和獵人那兒學到的許多事物。

這場審判的對話也留存了下來。其中許多段落在眾世界裡變得非常著名。

瓊安在受質問時說：「但人生的責任就是尋找比人生更重要的事物，並以自身換取更崇高的良善。」

對於判決，瓊安這樣認為：「我的身體是你們的財產，我的愛則不是；我的愛為我所有，而且，我將在你們殺死我時依舊熱烈地愛著你們。」

士兵殺死最親愛的查理後，試圖砍下蛇女的頭未果，直到其中一名士兵想到：可以將她冷凍成冰。

那時，瓊安說：

「我們是你們帶往群星之間的地球物種，為什麼要把我們當成陌生人？我們曾經共享同樣的陽光、同樣的海洋、同樣的天空，我們都來自人土；就算我們全都還待在那個故鄉，你們要怎麼確定我們無法迎頭趕上？我的同胞是狗，在我的母親被你們捏塑成人型之前，牠們就一直愛著你們。難道我該停止對你們的愛嗎？所謂奇蹟，不是你們從我們身上製造出人，而是我們花了這麼久的時間才明白這件事。現在，我們是人，你們也是。你們將會對在我身上做的一切感到抱歉，但請記得，我連你們的憂愁也會去愛，因為，在那之中將會誕生出更偉大、更善良的事物。」

黎莫諾大人仔細地問：「什麼是『奇蹟』？」

她的回答是這樣：「地球上還有你們尚未尋得的知識，尚有無名之主的真名，還有藏在時間之中、無人發現的祕密。只有死者與未降生之人能在此刻得知，而我兩者皆是。」

我們都對這個場景十分熟悉，卻從來沒真正弄懂過。

我們都知道芬提謝克思大人和黎莫諾大人是怎麼看待自己的行為：他們都認為自己是在維護既定的秩序，也在錄影中表明了這一點。唯有在能夠溝通基本概念時，人類心智才能共存。即便到今日，也還沒有人找出能將心靈感應直接錄進機器的方式。我們擁有一些斷簡殘篇，或是亂七八糟的資料，但從來沒有夠好的紀錄，能讓我們了解偉大人物之間彼此交流的訊息。這兩位男性總長試圖留下關於該事件的所有資訊，教導粗心大意的人們，不可以玩弄下等人類的生命；他們甚至想讓下等人類了解，他們之所以能從動物變成人類最高等的僕人，是依據何種規則和計畫。關於之前幾個小時裡發生的混亂，就連補完機構總長之間要達成共識都不容易了，對一般大眾來說更是不可能。即使葛蘿克女士設法當場捉住汪瓊安，在棕黃走廊中發生的那些事還是令人們措手不及。機器人警察叛變事件中提出的問題，肯定也會讓大半銀河系陷入辯論。此外，狗女孩提出的觀點確實有理論上的邏輯；如果它們被抽離、整理成合適的脈絡，只剩純粹的文字，就非常可能對粗心大意或敏感的心靈造成影響。一個錯誤的觀念可以像突變的細菌一樣散播開，要是投注了足夠的注意力，在被阻止之前，搞不好已經從一個人的腦袋衝到半宇宙之外——看看過往那些毀滅性的流行以及愚蠢的時尚——就連在最有秩序的時代都能對人類造成阻礙。今日的我們深深知道，多樣性、靈活變化、危險，然後再加一些點綴用的恨意，就能令愛與生命以前所未有的方式綻放。我們現在知道，當你生活的世界混雜著一萬三千種由死去已久的過往復甦的舊語言，絕對比只使用單一語言好得多——舊通用語冰冷、完美到一種毫無趣味的境界。我們現在知道許多芬提謝克思大人和黎莫諾大人不知道的事，但在斷定他們的愚蠢與殘酷以前，我們必須記得，人類也花了數世紀才解決下等人類的問題，並對「生命」在人類族群內部的定義達成共識。

終於，我們擁有兩位補完閣員本人的見證。他們都活了非常久的時間，而在他們迎向生命終點之前，也都對汪瓊安事件的光環感到憂慮及困擾。因為它蓋過了他們在位的漫長時光中那些沒發生的糟糕事——為了保護南魚座III，他們使盡全力將這些事都壓了下來。同時，他們也因為自己被描述成草率、殘酷的人類而感到痛苦。事實上他們不是那樣的。如果他們知道，在今日，瓊安在南魚座III上的人生，將和喵梅兒的故事、駕駛靈魂號的女士的浪漫故事一起成為人類最偉大的羅曼史，那他們應該不只會失望，更會理所當然地對人類的輕浮發怒。他們的立場是非常清楚的，因為釐清這立場的就是他們自己：芬提謝克思大人擔下火刑的責任，而黎莫諾大人也同意自己在決策的過程中給予支持。他們兩人在多年後又重新看了當時的影像，認為艾瑞貝拉．安德伍女士所說或所想的念頭裡——

有某個東西讓他們做出那種事。

只是，即便以錄影重新喚起或釐清記憶，他們也說不出那到底是什麼。

我們甚至曾以電腦分析整場審判的每個字、每個轉折，但依舊無法準確釐清最重要的關鍵時刻。

而補完女士艾瑞貝拉——從來沒人質疑過她，沒有人敢。她回到自己的古北澳大利亞星，被聖塔克拉拉靈藥帶來的巨大財富圍繞。永遠不會有星球願意以每日二十億個信用點數為代價，讓自己的調查員拿到進入古北澳星的特權，只為訪問一大堆固執、天真又富有的古北澳農民。反正，那些農民不管怎樣都不會願意和外來者交談。古北澳人會對未經邀請的賓客收取天價的許可費，所以我們也無法得知艾瑞貝拉．安德伍女士在回家之後到底說了什麼，或做了什麼。古北澳人表示不願對此多加評論——還有，如果不想只活短短的七十年，最好不要惹毛唯一能製造使春的星球。

至於補完女士葛蘿克——那可憐的小東西，她發瘋了。她瘋了好些年。

人們是直到後來才知道這些，但也無法從她那裡得到任何評論。後來我們才曉得，她所做的某些怪異舉動，造就了我們現在所知的補完閣員傑斯寇斯特王朝的一部分。他們在補完機構兩百多年的統治期間不斷鞭策自己、屢屢建功。但對於瓊安的案子，她無可奉告。

這場審判讓我們知道了一切——也讓我們顯得一無所知。

我們認為自己很清楚汪瓊安在成為瓊安的這一生中所有客觀事實；我們知道補完女士龐嘉・阿夏希曾不停歇地對下等人類呢喃尚未來臨的正義。我們知道伊蓮那可悲的一生，以及她在這個事件中扮演的角色；我們知道，當下等人類第一次繁衍起來的那幾個世紀，許多非法的下等人是如何運用近似於人類的智慧，以及動物般的狡詐和語言天賦，在人類宣稱下等人類數量過多、引發的多場戰火中存活下來。從各方面來說，棕黃走廊事件都不會是唯一特例。我們甚至知道獵人發生了什麼事。

至於其他下等人類——最親愛的查理、寶貝寶貝、梅寶、蛇女、歐森，以及其他人——我們可以看審判的錄影。但他們沒受到任何人的審判，因為他們都在被判定為不需要其證詞時當場處死。如果當證人，他們可以多活幾分鐘或一小時；但做為動物，他們等同已死。

啊，我們現在都知道了，但又是多麼一無所知。死亡很簡單，雖然我們往往把它藏起來。死亡的方式只是一種微不足道的科學，死亡的時間才是我們每一個人的課題——無論你活在有四百年壽命的舊星球，或是疾病和意外都重獲自由的激進新星。死亡的原因對我們來說，仍能以震懾前原子時代人類的方式震懾現在的我們。他們曾將裝有死者遺體的盒子蓋滿整片農田，這些下等人類的死法是任何動物都不曾有過的：他們帶著欣喜、滿懷愉悅。

一名母親抱起她的許多孩子，讓士兵將他們全部殺死。

她一定是鼠族種源，因為她的七胞胎全有著極為相似的外貌。錄影記錄讓我們看到那名士兵準備行刑的畫面。

鼠族女人微笑對他致意，抱起了她的七個小嬰兒。金髮嬰孩戴著粉紅或藍色軟帽，全都有著發光的臉頰和明亮的小眼睛。

「把他們放在地上，」士兵說：「我要把妳和他們都殺掉。」我們可以從影片中聽到他緊張又不容辯駁的尖銳聲線。他補上一句話，彷彿覺得必須對下等人類證明自己行為的正當性。「要有秩序！」他補充道。

「我抱著他們，沒關係的，士兵先生。我是他們的母親，如果能和母親近一點，死的時候也會比較輕鬆。我愛你，士兵先生。我愛所有人類。即使我的血統屬於老鼠，而你屬於人類，你還是我的兄弟。來，殺了他們吧，士兵先生，我沒辦法傷害你呀。你不明白嗎？我愛你，士兵先生。我們共享同樣的語言、同樣的希望、同樣的恐懼，死亡也是一樣的。這就是瓊安教我們的事。死亡不是壞事，士兵先生，只是有時出現的方式不好。但在殺了我和我的孩子之後，你就會記得我了。你會記得現在的我是愛你的——」

我們可以在影像上看到，士兵再也承受不住。他抽出武器，將女人打倒在地，嬰兒四散。我們可以看到他的靴跟高高抬起，用力踩進他們的腦袋。我們可以聽到小小的頭顱破碎時潮溼的「劈啪」，以及他們死時一下子斷掉的嬰兒哭嚎。我們還看得到那名鼠族女人最後的身影。當第七名嬰孩被殺死，她再次站了起來，向士兵伸出自己的手，想與他相握。她的臉上滿是塵土與瘀青，一道細細的血液自左頰流下。即便現在，我們知道她是一隻老鼠、一名下等人類、一頭改良動物、一個什麼都不是的東西，甚至歷經這麼多世紀，還是能感覺到她昇華為比人類更高的存在——她以人類的身分死去，而且心滿意足。我們知道她已戰勝死亡——而我們還沒。

我們可以看到士兵以驚悚的恐懼神情直盯著她，好像覺得她單純的愛是某種難以理解的外星裝置。

我們可以在紀錄上聽到她的下一句話：

「士兵，我愛你們每個人——」

若是使用得宜，他的武器應能在瞬間將她殺死。但他沒有。他拿著熱能分離器毆打她，彷彿那只是一根普通木棍，而他是個野蠻人，不是卡瑪城精良護衛兵的一分子。

我們也知道後來發生什麼事。

她在他的擊打下倒地。她用手指著——直直指向被火焰和濃煙圍繞的瓊安。鼠族女人發出最後一聲尖叫，正對機器人的攝影機鏡頭，彷彿她的話不是說給士兵聽，而是說給全人類：

「你們殺不了她——你們無法殺死愛。我愛你，士兵，我愛你。你沒辦法殺死這個。記得——」

他的最後一擊直接打中她的臉。

她向後倒在人行道上。如我們在影像中所見，他直接踢中她的喉頭。士兵不乏也不倦，十分詭異地持續踩著她，將全身的重量壓上她脆弱的脖子。他一邊搖晃，一邊往前踩，接著我們看到他的臉占滿整個攝影機。

他就像個啜泣的孩童，因為傷痛而困惑，也因為知道將有更多傷痛而震驚。

他開始執行自己的職責；那個慢慢脫軌、越來越不對勁的職責。

這個可憐人；他一定是新世界中第一個試圖以武器對抗愛的人。在戰鬥的刺激中，愛是一種酸蝕又強大的成分。

所有下等人類都以這種方式死去。他們大多掛著笑容，一邊說著「愛」，或是喊著「瓊安」。

熊人歐森被留到最後。

他死得非常詭異。他死於大笑。

那名士兵舉起子彈投擲器，直接瞄準歐森的額頭。子彈直徑為二十二公釐，初速僅每秒一百二十五公尺。若以這種方式，他們就能制服反抗的機器人或邪惡的下等人類，無需承擔任何射穿建築物的風險，或不小心傷到身在建築物中、不在視線範圍的真正的人類。

在機器人錄下的影片中，歐森似乎非常清楚自己將面對什麼武器——他可能真的知道。以前的下等人在出生後到被清除前，總是常年與如影隨形的暴力和死亡共處。在我們手上的影像中，他並未顯露出一絲害怕。熊人開始大笑。他的笑聲溫暖、厚實又放鬆——就像一名愉快的養父發現做錯事且羞愧不已的孩子，發出親和的笑聲。因為他很清楚地知道，孩子正暗暗希望懲罰並不存在。

「開槍吧，人類。你殺不死我的，人類，我在你心中，我愛你。這是瓊安教我們的。聽好，人類。對愛而言，死亡並不存在。哈哈哈，可憐的傢伙，別怕我。開槍啊！你這不幸的傢伙。你會活下去的，你會記得，一直記得，永遠記得。是我讓你成為人類的，夥伴。」

士兵聲音沙啞地說：「你說什麼？」

「我是在拯救你，人類，我要把你轉化成真正的人類。以瓊安之力，以愛的力量。可憐的傢伙！如果等待讓你這麼不自在，那直接開槍吧，反正遲早都要這樣。」

這次我們不會看到士兵的臉，但他緊繃起來的背肌和脖子卻洩露了他內心的壓力。

我們可以看到那張巨大寬厚的熊臉被緩慢卻沉重的子彈撞上，向外綻放成一朵龐大的紅花。

然後攝影機就轉到別的東西上了。

某個已具有相當完整人類的外型的男孩。可能是隻狐狸。

他比嬰兒大，但只是一個下等人的孩子，還沒大到能夠理解瓊安不朽之教誨的重要性。

整群人中，只有他像個正常下等人類。他掙脫、逃跑。

他很聰明。他逃進圍觀的群眾之間，這樣士兵就沒辦法在不傷到真正的人類的情況下，對他射出子彈或熱能分離器。他跑啊跳啊躲啊，為自己的性命奮力抵抗。

最後，是其中一名圍觀者將他絆倒——一個戴著銀色帽子的高眺男子。狐狸男孩倒在人行道上，擦破了手掌和膝蓋。當他抬起頭想看攻擊他的人是誰，一顆子彈俐落擊中他的腦袋。他倒在前面一點的位置，死了。

人們會死。我們都知道他們是怎麼死的。我們看過他們在瀕死之屋裡羞赧而安靜地死去。我們曾經看過其他人走進四百年的房中，裡頭既無門把，旁邊也無相機。我們曾看過許多人死於自然災害的影片，那是機器人團隊為了記錄和後續調查拍的。死亡並不罕見，卻使人非常不愉快。

但這次，死亡的本質並不一樣。所有下等人都沒有對於死亡的恐懼。（除了狐狸男孩之外，他還沒大到能理解，也沒有小到能在自己母親的懷裡等待死亡。）他們自願赴死，無論身體、聲音和舉止都充滿了愛與平靜。他們的生命沒有久到能看見瓊安本人發生了什麼事，但這都不重要了。無論如何，他們對她有十足的信心。

愛與良善之死，這的確是新的武器。

而克勞莉（連同自尊一起）全錯過了。

調查人員後來在地道中發現了克勞莉的遺體，可依此重新建構出她曾和誰接觸，以及她發生了什麼事。沒有實際形體的龐嘉·阿夏希女士棲身的電腦在審判過後又多活了幾天，當然，她最終仍被找出來拆解。當時沒人想到要問問她的意見和最後遺言，許多歷史學家對此恨得咬牙切齒。

因為這樣，所有的細節都清楚了。封存的檔案中甚至保留了伊蓮經過審判並進行清洗後的長期審問及回答。但我們依舊不知道「火」的概念從何而來。

在影像記錄者看不見的某處，召開該場審判的四名補完機構總長的談話一定傳開了。因此引起鳥類（機器人）部長的抗議。他是卡瑪城的警察局長，一名叫做費西的補完機構次長。

影片裡記下了他的出現。他從畫面的右邊走入，朝四位總長鞠躬敬禮，並舉起右手，比出「請求中斷」的傳統手勢。那隻高舉的手掌呈現出奇怪的扭曲角度，讓後來的男演員難以重現，尤其當他們試圖將瓊安和伊蓮的故事濃縮成一幕劇的時候（事實上，他完全不曉得未來世代會鑽研他隨興的出場方式——甚至比對其他人的注意力還多。誠如我們現在所知，整起事件的敘述都毛毛躁躁、非常急迫。）

補完閣員黎莫諾說：

「中斷拒絕。我們正在進行裁決。」

但鳥類部長還是開口了。

「尊敬的大人與女士，我要說的事情能當作你們的決定依據。」

「那就說吧，」葛蘿克女士下令。「但簡短一些。」

「關閉監視器，摧毀那隻動物，給觀眾洗腦。讓你們自己忘記這一小時的記憶。這整件事都有危險性。我不過是個撲翼機管理人，負責維持良好秩序，但我——」

「我們聽得夠多了，」芬提謝克思大人說：「管好你的鳥，我們會負責讓世界運作完善——你怎麼敢『像個總長』一樣思考？我們承擔的責任是你連想都想不到的。退下。」

畫面中的費西退下，面色陰沉。在眾多作品的這幕中，你可以看到部分觀眾正在離開。那是午餐時間，而且他們餓了。他們完全不曉得自己將會錯過歷史上最偉大的暴行，此後，更有超過一千部關於此事的歌劇將落於紙上。

接著，芬提謝克思將事件推向最高潮。「要求得更多知識，而非更少——將是這個問題的答案。我聽到一項建議，沒有楔尤星那麼糟糕，但仍能在文明世界中做為借鏡。你，那邊那個——」他對鳥類部長費西說：「去拿油跟噴霧來，立刻就去。」

瓊安用同情和渴望的表情看著他，但沒說什麼。她猜想著他打算做什麼。做為一名女孩、一隻狗，她討厭那件事；但做為革命分子，她張開雙臂，慶賀自己任務即將完滿。

芬提謝克思大人舉起了右手。他彎起無名指和小指，將拇指放在上面，剩下的兩根手指則直直向外伸出。在當時，這是屬於總長之間的手勢，意思是「私人連絡頻道、心靈感應、即刻」，從那之後，這被下等人類引用，做為對政治統一的標誌。

四名總長進入恍惚狀態，陸續提出自己的判決。

瓊安開始以溫柔的聲音唱起歌，帶著一點宣示，彷彿狗嚎，唱著下等人類離開棕黃走廊的最後一刻唱的單調歌曲。她的歌詞並不特別，只是不斷重複「人們，親愛的人們，我愛你們」，就跟她來到卡瑪城地表後一直在傳達的訊息一樣。但她用的方式卻在接下來幾世紀中不斷受人仿效。無論用什麼方式，至少有上千首歌詞和旋律都自稱〈瓊安之歌〉，但沒有一首能像原始紀錄中那麼揪心、那麼哀傷。那歌聲一如她的個性，是獨一無二的。

那是一種極為沉痛的請求，就連真正的人類都豎耳傾聽，把視線從四個固定不動的補完機構總長身上轉往正在唱歌的棕眼女孩。有的人則完全無法忍受。他們依著真正的人類的習性，忘了自己為什麼來這裡，然後心不在焉地回家吃午餐。

突然間，瓊安停了下來。

她的聲音清晰，響徹人群之中，她高聲叫著：

「終局近了，親愛的人們。終局近了。」

每雙眼睛都移向那兩名補完閣員和兩名補完女士。在這場心靈感應會議之後，艾瑞貝拉．安德伍女士看起來一臉冷酷，葛蘿克女士則因無法言說的哀傷而神形憔悴。另兩名大人則很嚴肅，充滿決心。

開口說話的是芬提謝克思大人。

「我們已對妳進行審問，動物。妳的罪行重大：妳違法活著，對此，應處以死刑。妳以某種我們不了解的方式干擾機器人，對於這種全新的罪，妳的懲罰應該重於死刑；我提出前往紫星，做為懲處的建議。同時，妳也說了太多違法又不恰當的言論，破壞人類的幸福及安全；對此，妳的懲罰為再教育，但有鑑於妳已經有兩項死刑，此項並不重要。在我宣布判決前，妳還有什麼要說的嗎？」

「大人，如果你今天點燃了一把火，它將存在人類心中，永不被撲滅。你們可以摧毀我，可以拒絕我的愛，但你們無法摧毀自己的良善，不管它會令你多憤怒——」

「閉嘴！」他怒吼著說：「我要聽妳求情，而不是長篇大論。妳將死於火刑，就在此時此刻——妳有什麼好說的？」

「我愛你們，親愛的人們。」

芬提謝克思對著鳥類部長點了點頭，後者將一個桶子和噴霧拖到街上，放在瓊安面前。

「把她綁到柱子上，」他下令。「噴上噴霧、點燃——影片記錄器對好焦了嗎？我們要完整記錄這個場景，讓世人知道，如果下等人類再這樣做，他們將會看到人類對所有世界的掌控力。」他看向瓊安，雙眼似乎失了焦。他用陌生的嗓音說：「我不是壞人，狗女孩，但妳是一隻不好的動物，而我們必須拿妳殺雞儆猴。妳懂嗎？」

「芬提謝克思，」她大喊著，省去他的頭銜。「我替你感到悲傷，我也愛你。」

聽到她的話，他的表情又再次變得陰沉而憤怒。他放下右手，比出劈砍的姿勢。

費西比出同樣的手勢，負責桶子和噴霧的人便開始「嘶嘶嘶」將油霧噴灑在瓊安身上。兩名守衛早已用臨時製成的鎖鏈將她綁在燈柱上，並確保她直挺挺地站在那裡，讓群眾能一目了然地看到。

「火。」芬提謝克思說。

伊蓮感到身旁的獵人猛縮了一下身體。他似乎因太過用力而整個人緊繃著。對她而言，那感覺就像從地球旅行到這裡，解凍之後剛從隔熱艙中拿出來——胃部一陣不適、腦袋一片混沌，各種情緒在體內來回震盪。

獵人輕聲對她說：「我試著跟她的心智進行接觸，想讓她死得輕鬆一點。但有人早了一步。我……我不知道那是誰。」

伊蓮看著他。

火被帶了過來。突然之間，火碰到油，瓊安像火把一樣整個人熊熊燃燒。

X

汪瓊安在南魚座受的火刑只有非常短的時間，但每個時代都不會忘記這一刻。

芬提謝克思做出史上最殘酷的事。

他透過心靈感應入侵、壓抑她的人類心智，只留下最原始的犬族心靈。

瓊安沒像殉道的女王一樣平靜站著。

她掙扎著想擺脫舔舐而上的火舌，像隻受苦的狗一樣哀鳴尖叫。動物的大腦（無論再怎麼聰明）都無法理解人類的殘忍無情。

然而整個結果卻跟芬提謝克思計畫的相反。

人群開始向前推擠——不是因為好奇，而是因為同情。他們避開街上的開闊區域，死去的下等人類被殺掉之後就倒在那裡，有的躺在自己的血泊中，有的被機器人拗成兩半，有的剩下一堆冰凍的結晶。人們跨過已死的，要去看將死的。但這並非沒看過奇觀的無聊愚民在圍觀，而是活著的生命對於陷入危險與毀滅的另一條生命的注目，是出於深沉的本能。

就連抓住獵人手臂、押住伊蓮的守衛——就連他，也不自覺向前踏了幾步。伊蓮發現自己站在群眾的第一排。燃燒的油刺激又陌生的味道讓她不斷抽著鼻子，狗女孩瀕死前的嚎叫彷彿將她的耳膜往大腦推擠、撕裂。此時的瓊安在火焰中翻滾、扭動，試圖躲避比衣物更貼近她的烈焰。一股噁心又奇怪的氣味傳到人群裡，有些人甚至從沒聞過燃燒中的肉的氣味。

瓊安倒抽了一口氣。

在接下來幾秒的寂靜中，伊蓮聽到她從來沒預期聽到的聲音——成年人的哭泣聲。男人和女人都站在那兒哭，卻不知道自己為何而哭。

芬提謝克思來回注視人群，被困在自己幹下的失敗中。他不曉得，那名殺戮經驗比他少上許多的獵人，此時正違法偷看著這位補完機構總長的心靈。

獵人悄聲對伊蓮說：「等下我會再試一次。她值得更好的下場……」

伊蓮沒有問那會是什麼，她也同樣在啜泣。

人群開始發現有名士兵在大叫。他們花了好幾秒才把視線從燃燒瀕死的瓊安身上移開。那是一名普通的士兵。也許，他就是幾分鐘前補完閣員下令收押瓊安時，無力以手銬順利把她綁起來的士兵。

他正在大叫——瘋狂、粗野地大喊著，並對芬提謝克思大人揮舞拳頭。

「你是個騙子！懦夫！是個愚蠢的人，我要向你挑戰——」

芬提謝克思大人注意到那名男子，還有他正在喊的話。他從深層的專注中退出；在這狂暴的瞬間，他的語氣相對平淡。

「你是什麼意思？」

「這只是一場瘋狂的表演。這裡沒有女孩，沒有火，什麼都沒有。你為了某種可怕的私人理由，讓我們所有人產生幻覺。我就此向你發出挑戰，你這禽獸、懦夫、蠢人。」

若是在平常，即使是補完閣員，也要接受他人挑戰，或是藉由有條理的討論來調整自己的作為。但這不是平常的時候。

芬提謝克思大人說：「這都是真的，我並未欺瞞任何人。」

「如果這是真的，那瓊安，我支持妳！」年輕的士兵尖叫。在其他士兵來不及關掉噴嘴前，他跳進噴油口前方，一步躍進火中，站在瓊安身邊。

她的頭髮已被燒盡，但五官仍清晰可見。她不再像小狗一樣哀號尖叫，因為芬提謝克思被打斷了。她對著那名自願站在她身邊開始燃燒的士兵，露出最最溫柔、最女性化的微笑。接著她皺起眉頭，彷彿即便身邊圍繞著痛苦與恐怖，還有件事一定要記得去做。

「就是現在！」獵人悄聲說。他對芬提謝克思大人進行獵捕，一臉肅殺氛圍，就像當初他獵捕南魚座III上的原住外星心靈那樣。

群眾無法得知芬提謝克思大人到底出了什麼事。他退縮了嗎？瘋掉了嗎？（事實上，獵人用盡了心智中每一分力量，短暫將芬提謝克思帶往天空。在天上，他和芬提謝克思都是長得像鳥的雄性野獸，正對著遙遠下方地景中的雌性狂野鳴唱。）

瓊安自由了，她知道自己自由了。

她把自己的訊息傳出去。那個訊息將獵人和芬提謝克思同時擊出念想之外，那個訊息流經伊蓮，甚至使得鳥類部長費西的呼吸平靜下來。她呼喊得如此大聲，以至於在那一小時中，來自另一個城市的訊息不斷湧入卡瑪，詢問著到底發生了什麼事。她以念頭發出一則訊息，而非話語。但若將它寫成文字，大概是這樣的：

「親愛的，你們殺了我。這是我的命運。我帶來的是愛，而愛必須以死貫徹。愛不多問、不做任何行為。愛不思考。愛是了解你自己，並了解其他所有人事物。去了解，令他們歡喜。親愛的，我為你們而死——」

她最後一次張開眼睛和嘴，吸入赤裸的火焰，然後向前一軟。那名士兵在衣服和身體燃燒起來時還保有一絲勇氣，此時他跑出火場，全身是火地朝著他的小隊跑去。一聲槍響停下了他的腳步；他直直向前一倒。

人們的哭聲瀰漫街道。那些溫馴合法的下等人類厚著臉皮，一個個站到人們中間，也在哭泣。

芬提謝克思大人疲憊地轉向同事。

葛蘿克女士彷彿一座凍結在悲傷之中的雕像。

他轉向艾瑞貝拉．安德伍女士。「我似乎做錯事了，尊敬的女士。請妳接手吧，拜託妳。」

艾瑞貝拉女士站了起來。她呼喚費西。「把火滅掉。」

她望向人群，那副硬朗、真誠的古北澳人五官讓人猜不出她的想法。伊蓮看著她。只要想到有一整個星球充滿這樣堅韌、固執但同樣聰慧的人，不禁顫抖了起來。

「結束了，」補完女士艾瑞貝拉說：「人類，離開；機器人，清理現場；下等人類，返回工作崗位。」

她看著伊蓮和獵人。「我知道你們是誰，也猜到你們做了什麼。士兵，把他們帶走。」

瓊安的身體燒得焦黑，那張臉看起來已經不太像人類了。最後的火焰燒去她的鼻子和眼睛，屬於年輕少女的胸脯以一種令人心痛的驕傲姿態，顯示她曾年輕過，曾是個女人。但現在她死了，就只是屍體而已。

因為她曾是個下等人類，所以士兵本來應該把她裝進盒子。但相反地，他們向她致上戰爭的榮譽禮儀；那本來是在戰時對同袍或重要的公民行的禮。他們拿出一張擔架，把她又小又黑的身體放在上面，用自己的旗幟蓋住那具身軀。沒有人叫他們這樣做。

他們的士兵領頭爬上通往水岩的路，軍隊的宿舍和辦公室就在那裡。當時，伊蓮看到他也哭了。

她問起他的想法，但獵人只搖了搖頭，止住她的問題。

他後來告訴她，那名士兵可能會因為跟他們交談而受罰。

當他們到達辦公室，發現葛蘿克女士已經在那裡了。

葛蘿克女士已經在那裡……接下來的幾個星期變成一場噩夢。她已走出自己的悲傷，開始著手調查伊蓮和汪瓊安的案子。

葛蘿克女士已經在那裡……她在他們睡著時等待。她的影像（又或許是她本人）坐鎮在無止境的審問中。死去的龐嘉・阿夏希女士、生錯地方的巫女伊蓮，還有未經調整的男人「獵人」。對於見到他們，她特別感興趣。

葛蘿克女士已經在那裡……她問了他們所有的細節，自己卻什麼都沒說。

只有一次除外。

在彷彿沒有盡頭的官方作業後，她爆發了一次。很個人、很私密。「反正等我們處理完一切後，你們的心智就會被清洗乾淨，所以你們知道多少都無所謂——你們知道這傷害到我了嗎？——我！——狠狠傷了我內心深處相信的一切！」

他們搖搖頭。

「我要去養個小孩。我會回到人士去做這件事，然後自己進行基因編造。我要叫他傑斯寇斯特。那是一種古語，俄語的一種，意思是『殘酷』。這是要用來提醒他我們從何而來、為何在此。然後他——或他的兒子，或是他兒子的兒子會將正義帶進世界，解決下等人類的難題。你們覺得呢？——算了，當我沒問。這不關你們的事，不管怎樣我都會這麼做。」

他們憐憫地看著她，但因為他們自己也深陷在生死存亡的問題中，實在無力給她更多同情或建議。瓊安的遺體被徹底磨碎、吹入風中，因為葛蘿克女士擔心下等人類可能會造出神壇。畢竟她自己就是這麼想的。而她知道，如果連她都受到誘惑，那下等人類受到的誘惑一定更大。

至於其他人——那些在瓊安的領導下將自己從動物轉變成人，隨後跟著瘋狂而愚蠢的隊伍離開英格洛隧道、進入卡瑪上城的人——伊蓮從來不曉得他們的遺體最後怎麼樣了。那麼做真的很瘋狂嗎？真的很愚蠢嗎？如果他們繼續待在原本的地方，或許還會有幾天、幾個月或幾年可活，但機器人遲早會發現他們，而他們也遲早會像害蟲那樣被消滅。（或許他們本來就是害蟲。）又或許，他們所選擇的死法是比較好的。瓊安確實說過：「人生的責任就是尋找比人生更重要的事物，並以自身換取更崇高的良善。」

最後，葛蘿克女士喚了他們進來，說：「再會，你們兩個──唉，我還道再見呢，我真傻，從現在算起一個小時之後，你們就不會記得我或瓊安了。你們會完成在這裡的工作。我替你們安排了一項可愛的職業：你們不必住在城市裡，你們會成為氣象觀測員，漫遊在山丘之間，觀察電腦來不及解釋的微小變化。你們會有完整的一輩子，一起去散步、野餐和露營。我提醒過技師要非常小心，因為你們深愛著彼此，我希望他們重新排列你們的突觸後，那份愛還能與你們同在。」

他們分別跪下，親吻了她的手。之後，兩人不曾再見過她。在後來的幾年中，他們有時會看到一架時髦的撲翼機輕柔地在營地上空飛翔，機側有位優雅的女士正往外頭看。他們沒有任何記憶可以判斷，那是不是從瘋狂中康復的葛蘿克女士正在天空照看著他們。

他們的新人生，也是他們最後的人生。

關於瓊安和棕黃走廊，什麼記憶都沒留下來。

後來的兩人都對動物極為疼愛，但這也可能是他們本來的特質，即使他們從沒參與親愛的龐嘉·阿夏希狂野的政治賭注，可能也會一樣。

後來曾發生過一件奇怪的事。有一名在小型谷地中工作的男性象族人，他奉命為補完機構的某個重要官員打造一座可能一年只會瞄上一、兩眼的精美岩石庭院。那時伊蓮正忙著監控天氣，獵人也忘了自己曾經懂得打獵，以至於兩人完全沒想過要偷看那名下等男人的心靈。那名象人是個大塊頭，身高是一般男人總身長的五倍，剛好到許可身高的上限。他總會對那兩人露出友善的微笑。

一晚，他帶了水果來送給那兩人。是水果呀！對他們這樣的普通人來說，這是就算等一年也申請不到的外界珍品。象人露出龐大又害羞的大象微笑，把水果放下之後就準備要走了。

「等一下，」伊蓮大喊：「為什麼要給我們這個啊？為什麼是我們？」

「為了瓊安。」象人說。

「誰是瓊安？」獵人說。

象人憐憫地看著他們。「沒關係。你們不記得她了，但我記得。」

「瓊安做了什麼嗎？」伊蓮說。

「她愛你們，她愛我們所有人。」象人說完，迅速轉過身，因為他已無話可說。他動作靈巧——就一個應該很笨重的人而言非常驚人。象人快速爬過上方那堆看起來相當完美的石塊，就這麼離開了。

「真希望我們認識她，」伊蓮說：「她聽起來是個很好的人。」

就在那年，將成為第一代補完閣員傑斯寇斯特的男人出生了。

17 舊地球的地底

我需要一隻臨時的狗
去跑一場臨時的步
在某個臨時的地方
例如地球！

——出自《危險的商人》

I

在這宇宙裡，有著像道格拉斯—歐陽這樣異於其他已知星球的行星群。它們會全部聚成一團，圍著它們的太陽，沿同一條軌道運轉。宇宙裡也有像地球上的紳士自殺隊這樣，會賭上自己性命的人。可怕的是，他們賭的目標有時比自己的命還不值。這些人對抗著真正的人類從沒體驗過、五花八門的地球物理學；這裡有愛上那些男人的女孩，無視自己的命運將變得多麼瘋狂和可怕；這裡有努力不懈讓人類維持本性的補完機構，也有曾在人類補完計畫之前走過城市林蔭大道的城市居民。這些居民過得很快樂——他們必須快樂。因為，如果他們被人發現自己不快樂，就得接受安撫、下藥，然後不斷改造，直到再度快樂起來為止。

這是關於三個人的故事：一人是膽敢進入「地域」，在死前不斷自我對抗，名叫太陽小子的賭徒；

一人是心滿意足地死去的女孩桑圖娜；以及預知一切，卻從來沒想過插手的古老神祇：補完閣員史多·奧丁大人。

音樂貫穿整個故事。地球政府和補完機構譜出的樂曲柔軟甜美，溫和如蜜——尾音甜膩噁心。禁止絕大多數人進入的地域散發狂野與違法的氣息。而在這之中，最糟糕的是來自核區的瘋狂賦格及錯亂旋律。在人類面前緊閉了十五個世紀後，它意外開啟、被人發現、侵門踏戶！而我們的故事，就在這樣的狀態下展開。

＝

茹女士在幾個世紀前就說過：「真知的碎片早被發現。在人類最初始的時期，連飛機都還沒出現的時代，充滿智慧的老子便稱：『水無為而穿萬物。尋道無為。』後來，有位古代君王也這麼說：『有一種音樂，存在於所有事物之後，即使靈敏的耳朵從沒聽過那首引領、推促著我們的音樂，我們仍終其一生依循那旋律跳舞。快樂一如夢中見到的陰影，亦能溫柔地殺死人。』我們得先成為人，才能快樂，以免生死枉然。」

史多·奧丁大人講話則比較直接。他向幾個私密好友點破真相。「在大部分的世界——包括地球——人口都在下降。人們會生孩子，但卻不是真的想要。我自己就曾當過十二個孩子的第三個父親、四個孩子的第二個父親，以及——我想應該也是很多孩子的第一個父親。我有對工作的熱忱，卻錯把它當成是對生命的熱忱。這兩者是不一樣的。

「大部分的人都想要變快樂。那很好，我們帶給他們的就是快樂。

「在過去幾個沉悶又廉價的幸福世紀中，所有的不快樂都遭到矯正、調整、殺死。這種快樂簡直枯燥到讓人難以忍受，裡面沒有任何一絲悲傷的刺痛、狂怒的醉意，或是因恐懼而生的憤怒。我們之中有多少人嘗過怨恨呢？那酸楚、冰冷的古老味道？那才是真正讓遠古之人的生活充滿意義的東西。他們假裝過得幸福快樂，但實際上卻每天面對悲傷、狂熱、憤怒、憎恨、敵意——和希望！那些人繁衍的速度像瘋了似的，一邊在群星之間擴張，一邊卻私下——或公開——想殺掉彼此。他們的戲劇裡演得都是謀殺、背叛或禁忌的愛。現在我們沒有謀殺了，也想像不出愛中有哪個部分是禁忌的。你們可以想像墨金人和他們那片高速公路網嗎？現在，我們不管飛到哪裡，有誰能對那張由巨大高速公路構築而成的網路視若無睹？那些道路已經廢棄、受損，但還是在那裡，從月球上就可以看到那些討厭的玩意兒。但你可別以為那是路。你要想，那些在路上奔馳的數百萬輛交通工具，被貪和怒和恨填滿的人們，靠著熊熊燃燒的引擎錯身而過。他們說，光是在路上，每年就有五萬五千人因此而死，幾乎可以說是戰爭等級！以前他們就是這樣，沒日沒夜趕工，只為打造出讓其他人以更快速度趕路的東西！他們和我們不同，絕對更狂野、更骯髒、更自由。又或許，也以某種我們無能為力的方式追求生命。我們現在可以輕易用比他們快上千倍的速度去到某處，但在這個時代，還有誰會大費周章去任何地方？有什麼必要？這裡跟那裡都是一樣，除非你是戰士、技師或者……」他對著他的朋友露出微笑，繼續說：「……或者是補完機構的補完閣員，就像我們一樣。我們之所以前往他方，都是因為補完機構，而不是那些普通人會有的普通原因。普通人沒有理由去做任何事。他們做的是我們認為適合他們、能讓他們幸福、快樂的工作，真正的工作都交給機器人和下等人類了。一般人會走路、會做愛，但從來不會不快樂。

「他們沒這個能力！」

補完閣員女士蒙娜並不同意。「活著不可能像你講的這麼糟。我們不光是覺得他們快樂而已——我們知道他們是快樂的。我們用心靈感應直接去看他們的腦袋，讓機器人和監測者監控每個人的情緒波動，不是在沒有參考樣本的情況下空口說白話。人們隨時都會變得不快樂，我們也會隨時導正他們。當然，時不時會有連我們都無法導正的可怕意外發生。人們太不快樂時就會尖叫大哭，有時甚至就不說話，或是直接死掉，不管我們能為他們做多少都救不了。可是你不能說這些都不是真的！」

「但我就是這個意思。」史多．奧丁大人說。

「是什麼意思？」蒙娜的音量大了起來。

「我說，這種快樂不是真的。」他堅持。

「你怎麼能這樣？」她對他大吼。「證據明明擺在眼前！那是我們提出來的，是隸屬補完機構的大家在很久之前深思熟慮，然後一起下的決定，是我們每個人親自去搜集資料。難道我們——難道補完機構會錯嗎？」

「會。」史多．奧丁大人說。

這次，整個議會都沉默不語。

史多．奧丁央求他們。「看看我提出來的資料吧。人們不在乎自己到底是不是第一父親或第一母親，說到底，他們根本不知道哪些孩子是自己的。沒有人敢自殺，因為我們讓他們過得太快樂。但我們有花上任何時間去讓那些會說話的動物——那些下等人類——變跟人類一樣快樂嗎？下等人會自殺嗎？」

「當然。」蒙娜說：「他們都被預設成能夠自殺，只要受的傷嚴重到不能快速修復，或者沒法完成指定的工作，就會自殺。」

「我指的不是這個。我是說，他們會不會因為私人或不是來自我們的原因自殺？」

「不會。」紐魯諾大人開口。他是一位年輕、聰慧的補完閣員。「他們太忙了，都在拚死工作，好繼續活下去。」

「一個下等人類能活多久？」史多．奧丁說。溫和的語氣中摻著虛假。

「誰知道？」紐魯諾說：「可能半年，可能一百年，也可能幾百年。」

「如果他不工作，會發生什麼事？」史多．奧丁大人臉上露出一個友善又狡猾的笑容。

「我們會殺了他，」蒙娜說：「不然我們的機器警察也會這麼做。」

「那麼，那隻動物知道這件事嗎？」

「你是說如果他不工作就會被殺嗎？」蒙娜說：「當然。我們跟所有下等人說的都一樣：不工作就得死……這跟人類有什麼關係？」

紐魯諾大人陷入一陣沉默，臉上逐漸露出哀傷又聰明的笑容。他開始察覺史多．奧丁大人將導引出的那個尖銳且可怕的結論。

但蒙娜沒發現。而且她還繼續強調她的論點。「大人，」她說：「你斷定人們是快樂的，也承認他們不喜歡變得不快樂，這似乎是在暗示一個根本無法解決的問題。為什麼要抱怨快樂本身？難道它不是補完機構能為人類做的最棒的事嗎？那是我們的職責。你認為我們失敗了嗎？」

「沒錯。我們正走在失敗的路上。」史多．奧丁大人茫然地看著整個房間，彷彿他在這裡是獨自一人。他是他們之中最年長、也是最有智慧的。所有人都在等他開口。

他輕輕呼出一口氣，再次對他們露出笑容。「你們知道我什麼時候會死嗎？」

「當然，」蒙娜思考半秒。「從現在開始算起七十七天後。這時間也是你自己公布出來的。補完閣員大人，如你所知，把私人事務帶到補完機構的會議上並不是我們的習慣。」

「抱歉，」史多．奧丁說：「我這麼做不是單純想違反法律，而是想提出一個觀點。我們都做了宣誓，要維護人類的尊嚴，現在我們卻用枯燥且令人絕望的快樂扼殺人類。這種快樂裡有著祕密——因此新聞遭到禁止、宗教受到壓抑，所有歷史都變成官方獨占。我認為這就是我們失敗的證據，也是我們誓言要愛護的人類失敗的證據。我們敗在生命力，敗在力量，敗在數量，敗在活力。我只剩下一點時間可活了，所以我將試著去解決這個問題。」

紐魯諾大人彷彿已經猜到了答案。此時他以一種充滿智慧的憂傷語氣問道：「你要去哪裡解決這個問題？」

「我將會……」史多．奧丁大人說：「下到地域。」

「地域？不、不行！」許多人都喊叫了起來。某個聲音補了一句。「你有豁免權。」

「我會先放棄豁免權，然後前去該處。」史多．奧丁大人說：「對一個已經活了一千年，又選擇讓自己只剩七十七天活的人，有誰能對他怎樣？」

「但你不能這麼做！」蒙娜說：「可能會有罪犯想抓住你、複製你，到時我們都會處於危險之中。」

「妳上次聽說人類之中出現罪犯是什麼時候？」史多．奧丁說。

「可多了，外部世界到處都是。」

「但在舊地球上呢？」史多．奧丁問。

她支吾起來。「我不知道。但一定曾經有過罪犯。」她環視房間。「你們都沒聽過嗎？」

一片安靜。

史多．奧丁大人凝視著所有人，眼中露出聰慧且敏銳的神色。他曾讓每個世代的補完閣員懇求他再多活幾年，好多給他們一些協助。以前他都同意了，但就在他這一生的最後一年，最後的四分之一時間，他拒絕了所有人，親自挑選死期。他並沒有因為做了這件事喪失本來的權威，但他們一個個避開他的凝視，因為尊重他的決定，安靜地等待著。

史多．奧丁大人看著紐魯諾大人。「我想你已經猜到我要在地域做什麼，以及我為什麼要去那裡。」

「地域不適用任何法律，也沒有任何懲罰，是一個保留區。一般民眾可以在那裡做他們想要做的事，而不是我們覺得他們應該做的事。我聽到的是這樣：他們在那裡發現了一些非常齷齪又毫無意義的事。但如果是你，也許能看出這些事情的本質。也許，你能找到解藥，治療人類那快樂到疲憊的狀態。」

「非常正確，」史多．奧丁說：「就是因為這樣，我才要去。在我把官方事務準備妥當之後，就會出發。」

III

史多．奧丁真的出發了。因為他的腳已經太過虛弱，沒法帶他走多遠，所以他搭乘地球有史以來最奇特的交通工具。由於只剩下九分之二年可活，他不想把時間浪費在重新移植新腿上。

他乘坐的是一頂由兩名羅馬勇士扛著的開放式轎子。

那兩名羅馬勇士其實是機器人，體內完全沒有一滴血液或活體組織。這是最簡便卻也最難製造的機器人，因為它們的大腦必須置於胸膛——以數百萬張極為精細的薄片層層壓製，並刻印上生命歷程——一個位高權重、能力強大，並且過世已久的人。它們被打扮成羅馬士兵，從胸甲、長劍、羅馬戰裙、脛甲護具、涼鞋到盾牌，應有盡有。一切全因史多．奧丁大人的一時興起，想以此表達他將為同袍一探歷史邊界的緣故。兩個機器人的身體全是金屬打造，極為強壯，能夠捶爛高牆、跳過深淵，以手指摧毀任何人類或下等人，或用等同發射導彈的精確度扔出劍矢。

弗拉維烏斯（站在前面的那位戰士）曾是補完機構十四—B的領袖。那是一個極為隱密的間諜部門，連補完閣員中都鮮少有人知道它的位置或職責。在過世之後到被刻印在機器人大腦之前，他曾是研究整個人類種族歷史的研究負責人，但現在，他只是一臺遲鈍卻討人喜歡的機器人，抬著兩根椅架，等著主人再次喚醒他強大的心智，再次回到睿智、亢奮又機警的狀態。喚醒他的方式很簡單，史多．奧丁只要對他說一句簡短（但已無人知曉）的拉丁片語「Summa nulla est」就成了。

站在後方的戰士，利維烏斯，是一名曾當過將軍的心理學家。他贏過許多戰役，直到某天，他在大限之日到來前就選擇死去。他之所以這麼做，是因為認為戰鬥就是對挫敗的自己的抵抗與掙扎。

他們兩「人」，加上史多．奧丁大人高超的智力，組成了一支無堅不摧的隊伍。

「地域。」史多．奧丁大人下令。

「地域。」他們異口同聲，緩慢而高亢地複誦，抬起轎子前後的支撐桿。

「然後核區。」他補充。

「核區。」他們平板的嗓音融為一體。

突然間，史多．奧丁感到身下的椅子向後傾斜——利維烏斯小心翼翼地將他那端的支撐桿放到地上，走至史多．奧丁身邊，以攤開的手掌向他敬禮。

「請准許甦醒。」利維烏斯以平板、機械式的聲音說。

「Summa nulla est。」史多．奧丁大人說。

利維烏斯的面容霎時活了起來。「您不能去那裡！補完閣員大人！您得為此放棄自己的豁免權，還會遇上各式各樣的危險。哪裡什麼都沒有——現在是還沒有。但總有一天，他們會從地底冥府傾巢而出，和你們人類進行一次貨真價實的戰役——但不是現在。現在他們只是一群可憐的傢伙，沉浸在詭異的不快樂裡，用你從未想像過的方式做愛——」

「我們先不要管你認為我是怎麼想像的，你實際上反對的理由是什麼？」

「這一點意義也沒有，大人！您只剩一點點時間可活，在死之前為人類做些更偉大、更光榮的事吧。我們兩個可能會被關掉，但想在您離開之前多替您分擔一些工作。」

「就這樣嗎？」史多．奧丁說。

「大人，」弗拉維烏斯說：「您也把我喚醒了。但我得說，儘管去吧。歷史正在下方重演。在那裡發生的事，是補完機構內的諸位大人想都沒想過的。現在就出發，在您死前去仔細看一看。也許您什麼事都不會做，但我和我同事的想法不同。如果我們認真去找，那個地方的確就跟每一個太空一樣危險——但至少很有趣。在這個世界——所有壯舉都被做過了，所有創意都被想出來了——要能激起純粹的人類好奇心著實困難。我已經死了，這點您很清楚，但即使是我，即使是這樣的機器大腦，都能感受到冒險對我的呼喚、危險對我的拉力，還有未知事物的吸引。別的不說——下方的人正在犯罪，而諸位大人卻忽略了這一點。」

「是我們自己選擇忽略的。我們不是笨蛋。」史多．奧丁大人說：「我們想要知道會發生什麼事，所以給了那些人時間，以便了解他們在脫離監控後會做到什麼程度。」

「他們甚至生了小嬰兒！」弗拉維烏斯激動地說。

「我知道。」

「他們想辦法弄到了兩臺無照的即時通訊機。」弗拉維烏斯大喊。

史多．奧丁一臉鎮定。「噢，所以難怪地球信用機構的交易結餘一直被洩漏出去。」

「他們還有一塊剛果固態氦！」弗拉維烏斯又喊。

「剛果氦！」現在換史多．奧丁大人哇哇叫了。「不可能！那太不穩定了。他們可能會把自己害死啊，甚至可能會傷到地球！他們要拿它做什麼？」

「做音樂。」弗拉維烏斯說，語氣平靜了點。

「做什麼？」

「音樂，歌曲；可以用來跳舞，很好聽的噪音。」

史多．奧丁大人激動得口沫橫飛。「馬上帶我過去。太亂來了，竟然把剛果固態氦放在下方，這簡直就跟只為了玩跳棋而消滅一顆殖民行星一樣糟糕。」

「補完閣員大人。」利維烏斯說。

「是？」史多．奧丁說。

「我撤回我的反對。」利維烏斯說。

史多．奧丁冷漠地說：「謝謝。」

「他們在那下面還藏了別的東西。剛才我說不希望您去時沒提這個，因為我怕會激起您的好奇心。他們有神。」

史多．奧丁大人說：「如果接下來要變成某種歷史課，那你們改天再幫我上吧。現在就回去睡覺，然後把我帶下去。」

利維烏斯站在原地。「我是認真的。」

「神？你知道什麼東西可以被稱為神嗎？」

「能夠推動全新文化模式的人或概念。」

史多．奧丁大人傾過身。「你本來就知道這件事？」

「我們都知道。」弗拉維烏斯和利維烏斯說。

「我們看到他了。」利維烏斯說：「十分之一年前，您要我們隨意走動三十個小時，於是我們換上普通的機器人身體，最後跑到地域裡面。我們感應到剛果固態氦在運作，所以想說得到下面去察看一下。通常，剛果固態氦是用來將星球維持在本來的位置——」

「別跟我說這些，這我都知道了。那個人是男的嗎？」

「是個男人，」弗拉維烏斯說：「一個將阿肯那頓的一生複製了一次的男人。」

「誰是阿肯那頓？」史多．奧丁大人問。他熟知歷史，不過他想知道這兩個機器人到底了解多少。

「一個國王。高高的，長臉厚唇，他在原子能源出現的很久很久以前統治過埃及的人類世界。在最初的眾神裡，阿肯那頓創造的是最最完善的。那個男人正在慢慢重現阿肯那頓的人生。當時已經創立了一個崇拜太陽的宗教。他對『快樂』大為嘲諷，人們都會聽他說話——他們還開補完機構的玩笑。」

利維烏斯補充。「我們還看到了愛上他的那個女孩，年紀非常輕，但是很漂亮。我認為，在未來的某個時間點，補完機構會想得到她擁有的能力——或消滅她。」

「他們都能創造音樂，」弗拉維烏斯說：「就用那塊剛果固態氦。而那個人——神——那個新的阿肯那頓，大人，不管您想要用哪種方式稱呼他——他會跳一種奇怪的舞，看起來像是拿繩子把一具屍體綁起來，像木偶那樣舞動。那大大影響著他周圍的人，就跟世上最厲害的催眠術一樣強大。我雖是機器人，但那支舞甚至連我都能影響。」

「那支舞有名字嗎？」史多．奧丁問。

「我不知道叫什麼，」弗拉維烏斯說：「但我記得那首歌。我有完整的召回記憶。您想聽嗎？」

「當然。」史多．奧丁大人說。

弗拉維烏斯單腳站著，將手臂向外一甩，扭成某個詭異又難以置信的角度，開始用高亢且尖銳的嗓音唱了起來。他的聲音既迷人又令人反感，簡直可說汙辱了男高音：

跳起來吧，親愛的人們，我會為你們呼嚎。
跳吧嚎叫吧，我會為你們哭泣。
我哭泣因為我是哭泣的人。
我是哭泣的人因為我哭泣。
我哭是因為白日已經消失，
太陽消失，
家園消逝，
時間殺死爸爸。
我殺死時間。
世界是圓的。
白日奔逃，
雲朵四散，
星群現影，
山是火焰，
雨是熱的，

熱是藍的。
我完蛋了。
你也一樣。
為嚎叫的人跳起來吧，親愛的大家。
為哭泣的人跳出去吧，親愛的大家。
我是哭泣的人因為我為你們而哭！

「夠了。」史多．奧丁大人說。
弗拉維烏斯行了一個禮，又恢復原本和藹可親的冷淡表情。在抬起前端支撐桿前，他回頭看了一眼，提出最後一個高見：
「這首歌用的是斯凱爾頓詩體。」
「別再跟我講歷史知識了，快把我帶過去。」
機器人照做。沒有多久，他們就順著地球港底部城市的斜坡舒舒服服地晃盪下去。地球港，這座奇蹟之塔，腳下踩著古代遺留至今、無限延伸的城市，頂端彷彿就要觸碰到人類上方湛藍、清澈的虛無天空的層積雲。史多．奧丁在那奇特的交通工具上睡著了，完全沒注意到經過的人都在盯著他看。
兩人帶著史多．奧丁大人進到城市地底深處更深處，然後再往下，他斷斷續續地在許多陌生地點醒來。那兒的空氣甜膩，味道溫暖卻噁心，以至於他覺得鼻子吸到的空氣都是髒的。
「停！」史多．奧丁大人輕聲呼喚。機器人停了下來。
「我是誰？」他對他們說。

「您已宣布了自己的死期，大人，從現在起的七十七天，」弗拉維烏斯說：「不過，目前為止，您的名字仍是史多．奧丁大人。」

「我還活著？」補完閣員問。

「對。」機器人異口同聲。

「你們死了嗎？」

「我們沒死，我們是機器，刻印了曾經活過的人類心智。您想調頭嗎，補完閣員大人？」

「不，不要。我現在想起來了。你們是機器人：利維烏斯，心理醫生、將軍；弗拉維烏斯，祕密歷史學家。你們有人類的心智，但卻不是人類？」

「沒錯，大人。」弗拉維烏斯說。

「那我──我──史多．奧丁──怎麼可能還活著？」

「這就得讓您自己去體會了，長官，」利維烏斯說：「雖然老年人的腦子有時可以變得很奇怪。」

「我怎麼可能還活著？」史多．奧丁盯著周圍的城市地景。「當認識我的人都死光，我怎麼還能活著？他們煙霧般的幽魂飛快穿過走廊，彷彿雲朵經過的殘像；他們曾在這裡，愛過我、認識我，而現在他們死了，就像我太太艾琳，她剛離開學校時還那麼美、那麼年輕，是個棕眼的孩子，小美人一個。然後，時間摸了她一下，她就隨著時光的旋律跳起舞來。她的身體變得豐滿、老邁，我們修理身體，但最後她還是逃不過死亡的束縛，去了我即將要去的地方。如果你們已經死了，應該可以告訴我死亡是什麼樣子；你們能告訴我，當這些男男女女的身體、心智、聲音和音樂從巨大的廊道、堅硬的路面飛逝過後，到底去了哪裡。我和我的同胞像是短暫路過的幽魂，在草率的時間狂風將我們吹走之前，只有幾十或幾百年可用。像我這樣的幻影，到底是怎麼打造出這座紮實的城市、驚人的引擎，還有永不熄滅的輝煌燈火？我們每個人停留的時間都那麼短暫，又是怎麼做到這一切的？這你們知道嗎？」

機器人沒有回話，他們的系統並沒有內建同情的功能。但史多．奧丁大人仍激昂地對他們發表長篇大論：

「你們現在要帶我去一個野蠻之地、自由之地——或許還是個邪惡之地。那裡的人也正在邁向死亡。所有人都會死，就像我也將死一樣。如此迅速，如此明確又簡單。我在很久以前就該死了。我就像曾經認識我的那些人，曾信任我的兄弟與同事；我像曾經給我慰藉的女人，或讓我愛得痛苦又甜蜜的那群孩子，那都不知道是多少年前了。他們早已不在。時間碰了他們一下，他們就什麼都不是了。我可以看到自己認識的每個人奔跑過走廊，看到他們年幼如同嬰孩，看到他們志得意滿、聰明又事業有成，成熟自信；我看到他們在時間找上門時變得蒼老扭曲，然後匆匆離世。他們為什麼要這樣？我又該怎麼活下去？當我死了，我會知道自己曾經活過嗎？我知道有的朋友會以冰凍沉眠，試圖騙過死亡，對死亡說謊，冀望著某個他們自己也不了解的東西。我曾經活過一段人生，這我很清楚。然而什麼是人生呢？這裡玩一點，那裡學一點，選擇得宜的幾句話，一些愛，一些痛苦，很多很多的工作、回憶……然後塵土飛揚，陽光照耀——這就是組成我們的一切——我們，我們這些征服群星的人！我的朋友都在哪裡呢？當認識我的人被時間捲走，彷彿幾塊碎布，被暴風推向黑暗與遺忘，我曾一度深信不疑的『我』又在哪裡？告訴我！你們應該要知道的！你們是被賦予了人類心智的機器，你們應該要能以旁觀者的身分知道我們該怎樣衡量自己。」

「我們是由人類製造出來的，」利維烏斯說：「人類給我們什麼，我們就擁有什麼，如此而已。我們怎麼有辦法回應您的討論呢？無論我們的心智多強大，這都跟我們的本質不合。我們不會傷心、不會害怕、不會憤怒；我們知道這些情緒的名字，卻感覺不到；我們有聽到您說的話，卻不懂這些話真正的意思。您是在告訴我們生命是什麼感覺嗎？如果是，那麼我們早就知道了。那沒什麼，也沒有非常特別。鳥有生命，魚也有。能夠說話、把生命扭曲攪亂、弄成一道謎題的是你們人類。你們把一切搞得太複雜了。提高音量並不會讓真實更真實——至少，對我們來說不會。」

「帶我下去。」史多．奧丁說。「帶我去地域，去那個已經多年沒有體面人士進入的地方。我要在死之前好好評斷那兒。」

他們抬起轎子，繼續沿著無盡的斜坡緩緩下行，奔向地球內部熱氣蒸騰的祕密之地。街上的人類行人越來越稀少，剩下的都是下等人類。通常是大猩猩或猿類種源。他們拖著一些未知的寶物（都是從尚未被編篡的人類歷史寶庫偷挖出來的），艱難地向上攀爬，經過他們身邊。有時，石子路上會出現金屬車輪狂嘯而過的聲音，那是下等人類在高處的某個中點把寶物卸下來後，坐在手拉車裡直接滑回坡下。據稱，古代的人類小孩也會用這種方式玩手拉車，只不過下等人類用的是較大又較荒誕可笑的版本。

一聲命令（甚至不能算是耳語）再次使兩名羅馬勇士停下腳步。弗拉維烏斯轉過身，發現史多．奧丁確實是在叫他們兩個。他們踏出支撐桿，一左一右來到他身邊。

「我可能現在就要死了，」他輕聲說：「就這個時間點而言，實在是太麻煩了。快把我的迷你我拿出來！」

「大人，」弗拉維烏斯說：「我們機器人受到嚴格禁止，不能碰觸任何人類的迷你替身。我們只要摸到，就得立即自毀！即便如此，您還是想要我們這麼做嗎？如果是的話，您要我們之中的哪一個去執行？決定權在您手上，大人。」

Ⅳ

他思考了一段很長的時間，久到機器人都要開始懷疑，他是不是因為凝滯的潮溼空氣，還有附近傳來的蒸氣與油汙惡臭而掛了。

最後，史多．奧丁大人終於回過神。「我不需要幫忙了，把迷你我的袋子放在我腿上就好。」

「這個嗎？」弗拉維烏斯問，以極為謹慎的方式舉起一個棕色的小手提袋。

史多．奧丁大人用難以察覺的幅度輕輕點了點頭，細聲地說：「請小心幫我把它打開。如果你們的設定是不要碰到迷你我，那就別碰。」

弗拉維烏斯扭著袋子的扣環。這個動作對他來說非常難控制。機器人並不會害怕，不過他們的智能被設定要避開危險。試著把袋子打開的弗拉維烏斯發現自己腦中狂飆著各種瘋狂的可能性。史多．奧丁想要幫他，但那雙老邁的手掌顫抖又無力，連帶子的頂端都碰不到。弗拉維烏斯繼續努力嘗試，說服自己地域和核區也有各自的風險。雖說在他身為人類的一生中碰觸過許多迷你替身，包括他自己的，但對機器人型態的他而言，這件可能會摸到迷你替身的任務，是他做過最危險的事。這些迷你替身是「生物腦波與內分泌分析儀」的原型，它們被打造為診斷對象的微型複製人。

史多．奧丁輕聲對他們說：「這樣不行。讓我起來吧，如果我死了，就把我的身體帶回去，然後告訴那些人我錯估自己的時間。」

在他說話的同時，袋子彈開了。袋子裡躺著一個小小的男人，全身赤裸。那是史多．奧丁本人的複製品。

「我們打開了，大人。」另一邊的利維烏斯大叫。「請讓我引導您的手去摸它，這樣您就會知道接下來該怎麼做。」

雖然機器人不得碰觸迷你替身，但可以在人類的同意下觸摸那名人類。利維烏斯用設計成與人手無異，卻擁有數噸握力的銅塑手指拉過史多．奧丁的雙手，放到迷你替身上。弗拉維烏斯以流暢又靈活的動作，迅速撐起主人蒼老疲憊的脖子，將他的頭直立起來，讓這位年事已高的補完閣員能看到自己的手在做什麼。

「有哪個部分死了嗎？」老邁的補完閣員對著迷你我說。聲音稍清楚了些。

迷你替身發出微光，讓右大腿上緣外側及右側臀瓣上顯現出兩個漆黑的點。

「器官保存狀況呢？」補完之主對著迷你我說。電腦再次回應他的命令，迷你的身軀閃爍紫色光芒，接著褪成一片均勻的粉紅。

「我在這身體裡面還留了一些緊急生命力，義肢之類的。」史多．奧丁對那兩名機器人說：「幫我設定，快點！幫我設定。」

「您確定嗎？大人？」利維烏斯說：「您確定要在只有我們三人的情況下，在地下隧道做這件事嗎？我們半小時內就能把你帶到真的醫院，那裡有專業的醫生可以替您做正式檢測。」

「我說了，」史多．奧丁大人重複。「幫我設定。我會在你做的時候盯著那個迷你我。」

「您的控制鈕是在原本的位置嗎，大人？」利維烏斯問。

「要轉幾圈？」弗拉維烏斯問。

「脖子後側，上面覆蓋的皮膚是人造的，會自動封閉。轉十二分之一圈就夠了。你身上有帶刀嗎？」

弗拉維烏斯點頭。他拿起腰帶上的鋒利小刀，輕柔地在補完閣員的脖子上試探，接著迅速而確實地一轉，又把刀子放下。

「有效！」史多．奧丁的聲音活力充沛，兩名機器人甚至同時向後退了一步。弗拉維烏斯把刀放回腰帶。前一刻還昏昏沉沉的史多．奧丁，現在竟不須幫助就能自己拿著那具迷你我。「瞧瞧，兩位！」他大叫。「你們雖然是機器人，但還是能看見真相。大聲說出來。」

史多．奧丁把迷你我舉在自己面前，拇指和其他手指都抓在醫療人偶的腋下。機器人看向那具迷你替身。

「看看上面寫什麼。」他用清楚宏亮的聲音對他們說。

「義肢！」他對著迷你我大喊。

那具迷你身軀從原先的粉紅變成一團有點渾濁的顏色；雙腳轉為瘀血般的漆黑烏青，而腿、左臂、其中一眼和一耳及頭蓋骨，則呈現藍色，顯示義肢所在的位置。

「已知疼痛！」史多．奧丁對著迷你替身喊。小人偶身上的光變回粉紅。這具迷你身體與人體所有部位一模一樣，包含細節——生殖器、腳趾甲，甚至睫毛。沒有任何部位出現代表疼痛的黑色。

「潛在疼痛！」史多．奧丁大喊。人偶閃爍，接著身體的大部分轉為核桃木般的深色，但其中某些部位明顯較淡，是濃褐色。

「潛在衰竭可能——一日！」史多．奧丁繼續喊著。小小的身體回復成本來的粉紅，有些微弱的光在他大腦底部亮起來。但只有這裡而已。

「我沒事，」史多．奧丁說：「我還撐得下去，就像過去那幾百年，我也撐過來了。就讓我維持在高生命力輸出模式吧，我還可以再撐幾小時，就算真的不行了，其實也沒什麼損失。」他把迷你替身放回袋子裡，掛在轎子的門把上，對勇士下令。「前進！」

勇士盯著他，彷彿他並不存在。

他順著他們的視線，發現兩人正死死地盯著他的迷你我。它變黑了。

利維烏斯以機器人能發出最沙啞的嗓音問：「您死了嗎？」

「完全相反！」史多．奧丁大喊。「我可能稍微死了一會兒，但在這個當下，我還活著！迷你我顯示的只是我身體現在的疼痛總指數，不過生命的火焰還在我體內熊熊燃燒！看著吧，如果把迷你我放到一邊……」人偶閃爍一陣柔和的粉橘，史多．奧丁大人把蓋子蓋上。

兩名勇士別開視線，彷彿正在注視某個邪惡的化身，或一場大爆炸。

「向下！夥計們！向下！」他大聲喊道。機器人走回各自的支撐桿，好繼續往地球內部更深處前進時，他叫錯了他們的名字。

V

他們向下奔跑，順著無窮無盡的斜坡前進。他做了幾個亂七八糟的夢，然後稍微醒來一會兒，剛好看到黃色的牆面向後飛逝。他望著自己乾枯衰老的手，彷彿因為這裡的空氣變得越來越像爬蟲類，而非人類。

「我就要變成一隻又老又乾又無聊的烏龜了呀……」他喃喃說著，但音量很微弱，機器人沒聽到。他們正向下奔跑，在一段漫長、枯燥的混擬土斜坡上，小心翼翼不要在斜坡上漏出的古代油質層滑倒，讓他們寶貴的主人翻到地上。

斜坡在某個極深、極隱密的地點岔開了。向左，通往一個開闊的舞臺，其中的階梯大概能讓上千觀眾同時參與某場永遠不會舉行的大會；向右，則進入一條狹窄坡道，坡道鑽向上方後，便朝著遠處蜿蜒而去，沿途閃耀黃色的燈光。

「停！」史多．奧丁叫道。「你們有看到她嗎？你們有聽到嗎？」

「聽到什麼？」弗拉維烏斯說。

「從地域傳過來，由剛果氦發出的拍子和節奏啊。暈眩又刺耳，令人難以置信。音樂穿過了好幾公里厚的堅實岩層，朝我們傳來——還有那個女孩。她等在一扇永遠都不該被打開的門邊——我現在就能看得到她啊。還有，那誕生在星際間，完全不適合人類之耳的音樂，有聽到嗎？」他大吼著。「你們都沒聽見嗎？那個節奏——就是從地底深處違法取得的剛果氦金屬發出來的啊？噠吧噠吧噠——就是那種永遠沒人聽得懂的音樂啊？」

弗拉維烏斯說：「大人，除了這條走廊上的空氣震動以及您本人的心跳，我什麼都沒聽到。噢，還有某個東西……有點像機械，在很遠很遠的地方。」

「那個！就是那個！」史多．奧丁大喊。「你說的那個『有點像機械的聲音』，是不是一組拍子，由五個各自分開又截然不同的聲音組成？」

「不，不是的，長官。不是五個。」

「你！利維烏斯，你還是人的時候心靈感應能力很強，對吧？變成機器人的你有留下任何一點能力嗎？」

「沒有，大人，完全沒有。我的感官很敏銳，還能切進補完機構的地下無線電，但沒有任何不尋常的東西。」

「沒有五拍節奏嗎？裡頭的每個音符都清楚地分開，拉出了短短的尾音，然後被剛果氦那難聽的曲調賦予了意義和形狀，然後跟我們一起困在這既厚又紮實的石塊裡，不是這樣嗎？你們什麼都沒聽到嗎？」

這兩名看起來像羅馬勇士的機器人搖搖頭。

「但我能透過這個石頭看到她：胸脯如同熟透的梨，深棕色的雙眼像剛切開的桃核。我還可以聽到他們唱歌，搭配剛果氦可怕的聲響，把那些奇怪又無聊的五訣歌詞唱成了某種莊嚴雄偉的歌。你們聽聽這歌詞——聽我複誦的感覺一定很蠢，因為那首讓人毛骨悚然的音樂本來是沒有這些詞的。她的名字叫桑圖娜，她正注視著他。也難怪她會看得目不轉睛，畢竟他比大部分男人都要高，而且還能把這種愚蠢的歌唱成令人恐懼的奇怪曲子。

瘦吉姆。
暗無日。
恐怖。

他的名字是耶巴義，但現在叫太陽小子。他有著一張長臉，嘴脣厚，就跟那個人一樣——那個第一個提出單一、唯一主神的人。阿肯那頓。」

「法老阿肯那頓。」弗拉維烏斯說：「在我還是人類的時候，這個名字就響徹我們工作的地方。那是個祕密，是最初的偉大古老帝王其中之一。您看到他了嗎，大人？」

「我可以透過這塊岩石看到他，從這塊岩石，我可以聽到從剛果氦中產生的那些囈語。我幾乎可以走到他所在的地方。」史多．奧丁大人步出轎椅，在廊道堅硬的石牆上輕輕打著拍子。黃色街燈發著幽光。在這偏遠的地道中，老到不能再老的老人正迷迷糊糊地做著狂野的夢。兩名勇士無所適從，因為在那之中有著純屬人類的境遇，他們的長劍再鋒利也無法刺穿；就算曾經身為人類，擁有刻印在超微型大腦上的人格，依舊無法理解這些事物。

史多．奧丁靠著牆，呼吸沉重，用嘶嘶作響的刺耳嗓音對他們說：

「這些低語不可能被忽略。你們難道沒聽見剛果氦又發出那種瘋狂的五拍曲調嗎？聽聽這首的歌詞，是另一首五訣。愚蠢、乾扁的字眼被乘載它們的樂音賦予血肉與臟器——就像這樣，你們聽啊。

嘗試。爭鬥。

哭泣。死亡。

離別。

你們也沒有聽到這段嗎？」

「容我用無線電向地球表面尋求建議？」其中一個機器人說。

「建議！建議！我們還需要什麼建議？這裡是地域，再跑上一個小時就可以進到核區的中心了。」

他爬回轎子裡命令道：「跑吧，夥計，跑！那一定在這片狹窄又曲折的石地某處，肯定不超過三、四公里。我會告訴你們方向。如果我停下來，就把我的身體帶回地表，讓他們給我辦一場精采的葬禮，把我用火箭棺材射進太空，沿著單向航線永不再回歸。沒什麼好擔心的啊，你們都是機器——就只是機器。不是嗎？不是嗎？」他的尾音尖銳起來。

弗拉維烏斯說：「只是機器。」

利維烏斯說：「只是機器。但是——」

「但是什麼？」史多．奧丁大人嚴厲地問道。

「但是，」利維烏斯說：「我知道我是一臺機器，我很清楚自己只有在還是活人的時候才有感覺。

我有時候會覺得，你們人類是不是做得太過頭了——就是對我們機器人。然後，也許對下等人類也做得太過分。以前沒有這麼複雜。曾經有段時間，所有會說話的東西都是人類，其他不會說話的東西就不是。我想，你們可能已經無路可走了。」

「如果你在地表上說這種話，」史多．奧丁大人嚴肅地說：「你的頭可能早就被內建的自動照明鎂彈燒掉了。你應該知道，在上面的時候你們都受到監視，不能有這種違法的念頭。」

「當然，我再清楚不過。」利維烏斯說：「而且我還知道，我死掉的時候一定是人類，不然也沒法成為現在的機器人。上次死的時候對我沒有太大影響，我想，下次死的時候也不會差多少。但無論如何，當我們進到地球內部這麼深的地方，很多事都無所謂了。當我們進到這麼深的地方，一切都會變得不一樣。我從以前就一直搞不懂，為什麼這個世界的內裡會這麼大、這麼病態。」

「那跟我們進到多深的地方無關，」補完閣員生氣地說：「而是因為我們所在的地方是地域，是所有法令都被廢除的地方，然後再往下，越過那裡，就是核區。那是從未有過法律的地方。快帶我下去，現在就走！我要去看那個有著阿肯那頓臉孔的奇怪音樂家，還要跟崇拜他的女孩桑圖娜說上幾句話。馬上動身吧，小心點，往上點，然後再往左偏一點。如果我睡著——別擔心，繼續前進。等我們靠近剛果氦的音樂，我就會自己醒來。如果它還在這麼遠的地方我就能聽到，想想接近它時會怎樣！」

他靠回椅背。機器人抬起轎子的支撐桿，開始往指示的方向跑過去。

VI

他們跑了一個多小時，中途略有耽擱。一來是跨越漏油管及破損路面時腳步快不起來，二來是因為有道光芒變得越來越亮，亮到不得不從包包裡拿出太陽眼鏡戴上。這兩名全副武裝的勇士戴著羅馬頭盔，再配上太陽眼鏡，那畫面看起來實在太詭異了。（當然，更詭異的是他們的眼睛其實不是眼睛；機器人的雙眼就像在兩缽閃閃發光的墨水中載浮載沉的白色圓珠，看起來陰沉又混濁。）機器人看了看他們的主人——似乎還沒被吵醒，於是把他袍子的一角緊緊扭成繃帶狀，遮住他的眼睛不受強光照射。

這道新出現的光讓通道上的黃色燈泡黯然失色，彷彿是把整片北極光壓縮後，再從遠古遺留至今的飯店地下通道投射出來。兩名機器人都不曉得那道光的來源是什麼，卻發現它正以五拍的節奏閃爍。他們一邊半走半跑地朝世界的核心過去，音樂和光也一面變得越來越強，就連機器人都開始覺得吵鬧刺眼。這裡的大氣控制系統一定很強，因為即使在這麼深的地方，地球內部的高溫卻一點也沒影響到他們。弗拉維烏斯完全不曉得他們到底離地表多少公里，但他知道，這種距離對行星而言或許不算什麼，但對一般行進路程來說卻是非常、非常地遠。

史多．奧丁大人突然在轎子上坐起來。機器人把腳步放慢，他卻不開心地對他們說：「繼續走、繼續走，我自己來就好。我還有力氣做這些事。」

他拿出自己的迷你替身，就著通道裡循環照射的小型北極光研究起來。迷你我不斷變換顏色，進行診斷。補完閣員對診斷結果相當滿意，於是用穩健又衰老的手指拿起刀尖，對準後頸，把緊急生命能源的輸出等級調得更高。

機器人安分地執行自己被交付的任務。

那些光線朦朦朧朧，有時連走路都變得困難，令人很難相信曾有數十或數百（甚至數千）人類走過這條路，穿過這些鮮為人知的通道，最終進入核區的心臟地帶，那個沒有任何限制的地方。但是，這兩名機器人一定要相信——因為他們自己以前就來過這裡。雖然現在幾乎不記得上次是怎麼走到這裡的。

而那音樂啊！它以前所未有的力道在他們身上規律拍打，五音一組，彈奏著五訣音調。（那是一種五言詩體，是狂野的貓族流浪藝人喵保羅在幾個世紀前，邊彈著喵特琴邊發展出來的。）詩體本身的形式含意豐富，強化了貓族的敏銳，又結合屬於人類那種令人心碎的智慧。也難怪人們會一路找到這個地方來。

在人類所有歷史中，人類精神裡最激烈的三種力量——宗教信仰、虛榮的報復心、純粹的邪惡——幾乎能衍生出任何事物。就像在此處，人類因著惡的名義，循路找進不該被發現的地底深處，並利用此處行使狂放、下流之事。一切都是受到這音樂的召喚。

這是一種非常特殊的音樂，它以截然不同的兩種方式撲向史多・奧丁和他的抬轎勇士。先是穿透堅實的岩塊向他們奔來，接著在迷宮般的地下通道裡掀起回音，以及回音的回音，乘著漆黑又沉重的空氣不斷前行。走道裡的燈光仍舊昏黃，但電磁發光的頻率正好對上音樂的節奏，讓本就平淡的光線看起來更加微弱。音樂控制了一切，緩慢了時間，將所有生命喚到它身邊，來到那兩名機器人上次到訪時未曾感受過的強度。

就連見多識廣的史多・奧丁都不曾聽過這樣的音樂。

那滿溢著：

重拍節奏，壓迫感，從剛果氦金屬中湧出、整齊劃一、不斷重複的音符。那種金屬從來不是為了製造音樂而生；那是一大團被細緻的磁力網格困住的物質和反物質，目的是要抵禦最偏遠、最外圍的太空中可能存在的一切危險。而現在，有一小塊這樣的金屬在舊地球的體內，不斷發出奇怪的節奏。音樂的波動、燒灼，而且熾熱，乘著彷彿要活過來的石塊，與盪漾在空中的回音疊加，就像一首透過沉重石壁傳來的欲望輓歌，哀鳴、呻吟著它的洶湧與渴求。

史多・奧丁猛然醒來，盯著前方。明明一物都不能見，卻又知曉一切。

「我們很快就能看到大門和那個女孩了。」他說。

「您怎麼會知道？大人？您從沒來過這裡吧？」利維烏斯說。

「我知道，」史多．奧丁大人說：「我就是知道。」

「您戴著豁免的羽飾。」

「我戴著豁免的羽飾。」

「這是否表示，我們——您的機器人——在這核區之中也是自由的？」

「你們想幹麼就幹麼，」史多．奧丁大人說：「只要做好我說的事就行了，否則我會殺了你們。」

「如果要繼續走下去，我們能不能唱首下等人的歌？」弗拉維烏斯說：「這麼做或許能讓我們腦中不要一直充滿可怕的音樂。這曲子裡什麼情感都有。不知道為什麼，明明我們沒有情緒，還是會受它影響。」

「我已經沒辦法用無線電跟地表連絡了，」利維烏斯毫無來由地插上一句。「我想我也得唱一下。」

「就唱吧，你們兩個。」史多．奧丁大人說：「但腳步不要停下來，否則你們就死定了。」

機器人放聲唱了起來：

我吃掉自己的怒意。
我吞下自己的傷悲。
無論痛苦或是衰老，
都不得緩解。
我們的時間到了。

我辛勞一生。
我謹守本分。
就算沒妻子陪伴
也正視死亡。
我們的時間到了。

我們這些下等人
推啊，擠啊，墜落一地。
會有碰撞的
還有雷聲，就等
我們的大限降臨。

雖然這首歌有著古老風笛那種粗野又刺耳的旋律，也無法抵銷從四面八方不停衝撞而來，那理智又狂暴的剛果氦節奏。

「挺煽動的嘛，這歌，」史多．奧丁大人語帶嘲諷。「但就音樂本身來說，我也比較喜歡它，多於在這地底深處到處亂鑽的噪音。繼續走吧，繼續走，我得在死前親自解開這個謎。」

「石頭傳來的音樂對我們來說有點難以承受。」利維烏斯說。

「它的力道似乎比幾個月前來的時候強多了。是有哪裡跟之前不一樣嗎？」弗拉維烏斯問。

「這就是謎團所在。我們讓這些人擁有地域，卻不受管轄，把核區讓給他們，去做他們想做的事，但這些普通人卻因此創造——或者說遇上了某種非比尋常的力量。他們把新事物帶進了地球。搞不好，我們三人會在這件事塵埃落定前就先死掉呢。」

「我們不太可能像您講的那樣『死掉』。」利維烏斯說：「我們是機器人，刻印在我們體內的人很久以前就死了。您剛才的意思是要把我們關掉嗎？」

「我也許會吧，不然也會有其他東西這麼做。你們介意嗎？」

「介意？您是指我們會不會對此產生感覺嗎？我不知道。」弗拉維烏斯說：「我以前覺得，當您用『summa nulla est』那句話開啟我們的一切潛能時，我就能對這個世界產生真實且完整的體驗，但現在我們一直聽到的這陣音樂，影響力卻像是同時說出一千次密語那麼強。我開始想要重視自己的生命，同時，好像也開始懂了你們說的『害怕』是什麼。」

「我也有同樣的感覺。」利維烏斯說：「這股力量跟我們在地球上熟知的都不同。在我還是軍事家的時候，有人跟我提過道格拉斯—歐陽星群那種不可名狀的危險，而我覺得，也許它們之一現在正在我們身邊，就在這個地道裡。它不是地球創造的，也不是由人類發明出來的，就算經過計算，機器人也無法與之比擬。那是某種充滿野性而強悍的東西，透過剛果固態氦被帶進這個世界。看看我們身邊吧。」

最後這句話其實有點多餘，因為地道本身已變成一道不停跳動、彷彿有生命的彩虹。

他們在地道中轉了最後一個彎，抵達那個地方——

苦難國度的最後一道邊界。

邪惡樂聲的源頭。

核區的盡頭。

他們非常確定。因為這裡的音樂讓他們雙眼盲目，燈光則震耳欲聾。他們的感官撞擊在一起，全搞混了。這裡就是剛果固態氦所在之處。

那兒有一扇布滿哥德紋飾的巨門。不管要穿過這扇門的人類是誰，都有點太大了。有個身影獨自站在門裡，從巨門另一端溢出的燦爛燈光，在她的胸脯上打出強烈的明暗對比。

他們看見門內有一間極為寬廣的大廳，地板上蓋滿凌亂四散的破爛衣物——而衣物裡其實有人，一個個神智不清。在人群上方（以及人群之間），有個身形高大的男人正拿著某個閃閃發光的東西在跳舞，按照自己的節奏不停來回踏步、跳躍、扭身、旋轉。

「Summa nulla est，」史多．奧丁大人說：「我要你們把大腦潛能調到最強。你們現在進入最高警戒了嗎？」

「是的，長官。」利維烏斯和弗拉維烏斯齊聲回應。

「武器準備好了嗎？」

「我們不能使用武器，大人，」利維烏斯說：「那跟我們的程式指令相悖。但您可以使用它們。」

「我不認為，」弗拉維烏斯說：「我完全不同意。我們身上裝備的是地表的武器，它們從來不是為了在地底深處使用而設計的。可是這陣音樂、這種催眠力、這些光——誰知道會不會讓我們和我們的武器出什麼狀況？」

「別怕。」史多．奧丁說：「我來搞定。」

他拿出一把小刀。

當刀身在舞動的光線下閃閃發光，站在門口的女孩才終於注意到史多．奧丁和他那兩位奇異的同伴。她對他說話。話語穿過厚重的空氣，聲音澄澈，但帶有死亡的氣息。

VII

「你是誰？」她說：「竟然把武器帶到核區的最後一道邊界。」

「這只是一把小刀，女士，」史多．奧丁大人說：「就算用上它，我也傷害不了任何人，我是個老人。看好，我要把緊急鈕的設定調高了。」

她好奇地看著他把刀尖抵上自己的後頸，紮紮實實轉了三大圈。她盯著他說：「你很奇怪，大人，也許你會為我和我的朋友帶來危險。」

「我不會危害到任何人。」他的聲音飽滿、中氣十足，機器人不禁驚訝地回頭看他。史多．奧丁把自己的緊急生命能源調得非常、非常高，在這種速率下，他搞不好只剩一、兩個小時的生命；但同時，這也讓他的肉體和心智再次擁有全盛時期的力量。他們看著那個女孩。毫無疑問，她對史多．奧丁說的話照單全收，彷彿某種不可反駁的信念或準則。

「我發誓。」史多．奧丁說，然後繼續講下去。「妳知道這些羽毛代表什麼意義嗎？」

「我看得出來你是補完閣員，」她說：「可我不知道那些羽毛的意義……」

「意義是放棄豁免。任何人——只要他有辦法，都可以殺了我或傷害我，不用擔心會受到懲罰。」他露出一個凝重的微笑。「當然了，我也有權反擊，而且我確實懂得如何搏鬥。我是補完閣員史多．奧丁。女孩，妳為什麼在這裡？」

「我愛上了裡面的人——如果他還算人的話。」她停了一下，因為猶豫而嘟著嘴。那對可愛的嘴唇因深至靈魂的遲疑而噘起，看在眼裡實在是件奇怪的事。她站在那兒，比剛出生的嬰孩還要赤裸，臉上的妝容挑釁意味濃厚，而且相當不適合她。在這虛無偏遠的地底深處，她全心全意將自己投入愛中，但追根究柢，她仍只是個女孩，是個普通人。她還是能和另一個人類進行溝通，並迅速建立起關係，就像現在這樣。

「當他從地表帶著那一小塊剛果氪回來，他還算是個人，大人。幾個星期前，那些人還會跳舞，但現在只會躺在地上，動也不動。可是他們又還沒死。我也摸過那塊剛果氪，還用它製造了一些音樂，但現在，他就要被音樂的力量給吞噬了，他將不停息地一直跳舞。他不出來見我，我也沒膽子進到那個地方，跟他在一起。我想，我終究也會變成一坨躺在地板上的東西吧。」

那陣令人難以忍受的音樂漸次增強，讓她的話再也接不下去。她停下來，等它過去，身後的房間迸出一道紫光，朝他們照來。等到剛果固態氪的音樂稍微減弱，史多．奧丁問她。「他這樣獨自帶著身上那股怪力跳多久了？」

「一年？兩年？誰知道。我剛到這裡就忘記時間了。就算在地表上，你們這些補完閣員也不讓我們擁有時鐘和日曆。」

「我們曾經親眼看過妳跳舞，就在十分之一年前。」利維烏斯插嘴。

她瞄了他們一眼——飛快迅速、面無表情。「你們就是不久之前跑到這裡的那兩個機器人嗎？你們現在看起來也差太多了，簡直像是古代的士兵。我完全不懂這到底是想幹麼……總之，也許是一星期，也許是一年。」

「妳在下面做什麼呢？」史多．奧丁溫柔地問。

「你覺得呢？」她說：「其他人又為什麼要下來呢？你們補完閣員把不會流動的時間、死氣沉沉的生活以及毫無未來的希望強加在地表的人類身上，而我想要逃離那一切。你們讓機器人和下等人類去工作，卻把真的人類冷凍在快樂之中；充滿絕望、無處可逃。」

「我果然是對的！」史多．奧丁大叫著。「我是對的！雖然我就要因此而死了！」

「我不懂你的意思，」女孩說：「難道就連你這樣的補完閣員，也是為了要逃避綁住所有人的毫無意義的希望，才下來這裡的嗎？」

「不是，不不不。」他說。剛果氦樂聲中的光線不斷變換，在他臉上刻畫出前所未見的花樣。「我的意思是，我曾跟其他補完閣員說過，在地表生活的人們也正在經歷同樣的事，妳現在說的完全就是我想要告訴他們的事。總而言之，妳以前是怎樣的人呢？」

女孩低頭看了一眼未著衣物的身體，彷彿此時才發覺自己全身赤裸。史多・奧丁可以看到一片紅暈從她的臉開始，往脖子、胸前擴散開來。她非常小聲地說：「你不知道嗎？在這裡，我們永遠不會回答這個問題。」

「你們有規則？」他問。「即使在核區裡也有規則嗎？」

她發現，他並不知道問這種問題很不恰當，頓時整張臉又亮了起來。她熱切地解釋：「這裡沒有任何規定，有的只是彼此間的理解。在我離開正常世界、踏進地域邊界時，有人這樣跟我說的。我猜他們沒跟你說，因為你是補完閣員。又或者，他們正忙著躲避你的戰爭機器人。」

「我下來的時侯沒遇到任何人。」

「那他們就是在躲你，大人。」

史多・奧丁看著他的勇士，想知道他們是不是也這樣認為，但弗拉維烏斯和利維烏斯不發一語。他轉回來看著女孩。「我無意刺探，但妳能不能告訴我妳是怎樣的人？不需要太明確的細節也沒關係。」

「還活著的時候，我只活過那一次，」她說：「我沒活到可以被復生的時代來臨。機器人和某個補完機構的次級專員曾檢查過我，看我是不是能接受補完機構的訓練。他們說：大腦容量很夠，就是沒什麼個性。關於這件事，我想了很久。『沒什麼個性。』我知道我無法自殺，但我也不想活著，所以每次只要覺得有監測者在掃描，我就會裝作很快樂，然後再慢慢找到下地域的路。這不是死，也不是生，但至少可以逃離永無止境的快樂。我下來這裡的時間還沒有很長——」她指指他們上方的地域。「然後就遇到他了。我們很快就愛上彼此。他說，地域其實沒有比地表好多少，他那時就來過核區了，因為他想找一種有趣的死法。」

「妳說找什麼？」史多．奧丁彷彿不敢相信自己聽到的話。

「有趣的死法。這是他說的，也是他想出來的。我跟著他到處跑，兩人沉浸在愛裡；當他去地表找剛果氦，我就在這裡等他。我以為他對我的愛可以讓他不再去想那個什麼有趣的死法。」

「這是全部的事實嗎？」史多．奧丁說：「還是說，這只是妳單方面的說法？」

她支支吾吾地表示抗議，但他沒再問一次。

史多．奧丁大人不發一語，嚴厲地看著她。

她退縮了，開始咬著嘴脣，最後終於說：「不要這樣，你弄痛我了。」她的聲音穿透所有樂聲與光線，極為清晰。

史多．奧丁大人看著她，一臉無辜。「我什麼事也沒做。」但他繼續盯著她看。畢竟能看的東西實在太多了。女孩是蜂蜜色的。即使在那些光與陰影底下，他仍然可以清楚看見她是多麼一絲不掛。她全身上下沒有一點毛髮——沒有頭髮、眉毛，雖然從他站的距離看不太出來，但大概也沒有睫毛。額頭上方勾勒出兩道金色眉型，讓她的臉上彷彿永遠掛著一副嘲弄的表情。她把嘴脣塗成金色，好讓自己彷彿每次開口都能吐出名言錦句；她的上眼皮也塗上了金彩，但下眼瞼則黑得像碳。整張臉綜合起來，便流露一種在人類過往經驗中前所未見、帶有色慾的哀傷，及永無止境的放縱慾求。她是為了某種遙遠目的而活的女子，是困在陌生群星中的人類自身。

他站在那兒盯著她看。如果她還留有一點人性，這個舉動遲早會逼她不得不做出些反應。而她也的確那麼做了。

她再度開口。「你到底是誰？你活得太快、太激烈——你要不要進來跳舞呢？就跟其他人一樣？」

她朝著敞開的大門比了比。地上散亂著衣著凌亂、不省人事的身軀。

「這也叫跳舞嗎？」史多．奧丁大人說：「我不這麼覺得。這裡真的有在跳的只有那個男人，其他人只是躺在地上。讓我再問一次吧：妳怎麼沒一起跳呢？」

「因為我要的是他，不是舞。我叫桑圖娜，他曾經擁有我，讓我陷在充滿人性、平凡又普通的愛中。但他現在成了太陽小子，每天都和躺在地上的那些人一起跳舞——」

「這哪叫跳舞？」史多．奧丁大人打斷她，搖著頭，一臉凝重地說：「在我看來差得遠了。」

「你看不出來嗎？你真的看不出來嗎？」她大叫。

他固執又嚴肅地搖著頭。

她轉過身，看向後面的房間，拉開嗓門，用高亢清澈、極具穿透性，甚至能切開剛果固態氦音樂的聲音大叫：

「太陽小子、太陽小子！聽我說！」

那名踩著8字步快速移動的舞者完全沒有停下，也絲毫沒有放慢拍擊夾在腋下的金屬的手。那金屬在光芒中閃爍著失去焦點。

「愛人啊，我的心啊，我的男人！」她再次大喊，比剛才更嘹亮、更尖銳，也更強硬。

連續不停的音樂和舞蹈節奏被切斷，跳舞的男人明顯變慢，朝他們的方向移動。此時，內部的房間、大門，以及外部大廳的燈光變得稍微穩定了，史多．奧丁因此可以清楚看到那個女孩。她真的全身上下沒有一絲毛髮。他也可以看到那名舞者了：年輕男子很高，因為承受著非常人的苦難而形體消瘦，然而他的心智卻像一片閃耀著無數粼光的水面。

舞者急切又生氣地說：

「妳叫我？妳已經這樣喊了上萬次。想要就進來，但不要叫我。」

他一開口，音樂便完全淡去，地板上一坨坨的人開始騷動、呻吟，跟著醒來。

桑圖娜慌張又結巴。「不是我，是這些人。他們其中有個人很強硬，他說他看不出這些人是在跳舞。」

太陽小子轉向史多．奧丁。「如果你想，就進來一起跳吧，反正都到這裡來了，跳一下也無妨。你的那些機器人——」他對那兩名機器人撇撇頭。「不管怎樣，他們大概是跳不起來的吧，不如把他們關掉。」說完，舞者轉身要走。

「我不會跟著跳，但我想要看。」史多．奧丁的溫和中帶著強硬。他一點也不喜歡這個年輕人——他不喜歡他皮膚上的點點磷光，不喜歡他揣在懷裡的危險金屬，也不喜歡他神氣活現的走路方式，透露出一種不顧一切的魯莽。無論如何，在這麼深的地底裡，光線也未免太多，而他得到的解釋又太少。

「原來這位老兄是個偷窺狂。你都已經是這樣的老人了，還真下流。還是說，你只是想發揚一下人類的本性？」

史多．奧丁覺得自己的火氣升了起來。「先生，你到底是誰？竟敢用這種態度說人類？你自己已經不能算是人類了，不是嗎？」

「誰知道呢？誰又在乎呢？我可以拍出宇宙共有的音樂，把所有能想像到的快樂都送進這房間，而且慷慨地跟我的朋友分享。」太陽小子指向地板上亂躺的人堆。沒有了音樂，他們開始痛苦地扭動。史多・奧丁現在比較能清楚看到房間裡的景象了。他發現地板上那一坨坨其實都是年輕人。大部分是年輕男子，其中參雜幾個女孩。所有人看起來都病懨懨的，虛弱又蒼白。

史多・奧丁反駁。「我不喜歡這種場面。現在我有點想抓住你、拿走那塊金屬。」

舞者以右腳為軸心轉了起來，彷彿要誇張地往外跳出一大步。

史多・奧丁大人走進房間，站在太陽小子身後。

太陽小子轉了一整圈，剛好轉回來正對史多・奧丁。他把補完閣員推出門外，堅定且不容抗拒，讓他倒退三步。

「弗拉維烏斯，去拿金屬；利維烏斯，抓住他。」史多・奧丁吼出命令。可是兩名機器人都沒有動作。

史多・奧丁往前走，想要自己去搶剛果氮。他在緊急輸出鈕上紮實地轉了幾圈，因此感官和力量都受到強化。但他只踏了一步便在門口停下來，無法移動。

他已經很久沒有這種感覺了。上一次這樣，是被醫生放進手術機。他們發現他有部分頭骨因經年累月的太空輻射加上老化影響，發展出骨癌，整個手術過程他都被束帶和藥物癱瘓，讓他們把半邊頭骨換成義體。但這次沒有束帶、沒有麻藥，只有太陽小子召喚出的同等強大的力量。太陽小子在那些穿著衣服躺在地上的身軀中間跳了一個巨大的8字，嘴裡唱著歌——是機器人弗拉維烏斯在遙遠的地表上唱過的那首歌——關於哭泣之人的歌。

但太陽小子並沒有哭泣。

他的臉面彷彿苦行僧，十分消瘦，並因露出充滿嘲諷的裂嘴笑容而扭曲。當他唱到與悲傷有關的橋段，實際表現出來的卻根本不是悲傷，而是對於尋常人類哀傷的嘲弄、大笑和輕蔑。剛果氮閃爍著，發出的極光幾乎要讓史多．奧丁目盲。房間中央還有另外兩面鼓；一面聲音高亢，另一面更高亢。

剛果氦的聲響迴盪著：蹦——塔嗯、頓、頓——啣！

在太陽小子伸手撥弄時，看起來比較大又比較普通的那面鼓會發出一連串細碎的喋喋不休——叮格鈴叮、叮格鈴叮、咚個隆咚、叮格鈴叮！

而比較小、長得也比較奇怪的那面鼓，只會發出兩聲很像吼叫的單音：喀—啫、喀—啫、喀—啫！

當太陽小子再次跳著舞走回來，史多．奧丁覺得自己似乎聽到桑圖娜在呼喊太陽小子，但他沒有轉頭去看她是不是真的在說話。太陽小子在史多．奧丁面前站定，雙腳仍在搖晃、舞動，兩手拇指和手掌在閃閃發光的剛果固態氦上折拉磨扯，弄出一連串帶有催眠效果的不和諧音。

「想要我？老頭，你失敗了。」

史多．奧丁大人想說話，但口中和喉頭的肌肉卻不聽使喚。他想著：這到底是什麼力量？竟然能抵消所有不尋常的施力，卻讓他的心臟繼續跳動、肺部繼續呼吸，大腦（無論是自己的或義體的部分）繼續思考。

男孩繼續跳著舞，他朝外移了幾步，又踏著舞步回到史多．奧丁旁邊。

「你戴著豁免權羽毛，表示我現在隨時可以殺了你。如果我真那麼做，蒙娜女士、紐魯諾大人和你那些朋友永遠不會知道這裡發生了什麼事。」

如果史多．奧丁有辦法撐開自己的眼皮，必定會因震驚而睜大眼睛。這個活在地底深處、沉溺於宗教迷信的舞者竟會知道補完機構的祕密會議，他訝異不已。

「即使看得這麼清楚，你還是不相信自己眼前的景象。」太陽小子的語氣嚴肅了起來。「你以為這一切都是有某個瘋子意外把剛果固態氦帶到地底深處，然後又不小心發現，用它可以創造出某種奇蹟嗎？愚蠢的老頭！普通瘋子才沒有能耐把這塊金屬帶到這裡，還能平平安安，沒跟金屬一起炸掉。我做的這件事沒有任何人能辦到。你會想說，啊，如果這個叫做太陽小子的賭徒不是人，那他會是什麼呢？什麼樣的東西可以把太陽的力量與音樂帶到地底？誰有辦法讓這世上的可憐蟲同時做一場瘋狂又快樂的夢，並讓他們的生命滲透進成千上萬種時空，還有成千上萬個世界？如果做到這些的不是我，又會是誰？——你不用開口問，我對你腦中的想法一清二楚。但我這人生性大方。我還是會為你跳舞，就算你不喜歡我也一樣。」

他說話的時候，雙腳始終沒停過。舞者突然旋轉而去，在地板上那些可憐身軀的上方騰空跳躍、拱起了背。

他經過大鼓，隨手一摸：叮格鈴叮、咚個隆咚！

左手刷過小鼓鼓面：喀—啫、喀—啫！

然後，他兩手同時抓住剛果固態氦，手腕使力，彷彿要將它撕碎。

音樂在整個房間爆開，雷電閃爍，人類的感官彼此交雜、滲透，史多．奧丁感到空氣掃過皮膚，彷彿冷冽又潮溼的油。跳著舞的太陽小子開始變透明。透過他，史多．奧丁看到一片不屬於地球（而且永遠不會是地球）的大地景象。

「夜明、冷光、白熾、螢爍，」跳舞的男人吟唱著。「這些是道格拉斯—歐陽星群中的各個世界，由七顆行星組成的緊密群體，全圍繞著同一顆太陽在宇宙中旅行。那是屬於狂暴磁性與恆久落塵的世界，它們自身的不規則軌道造成持續變動的磁性，也讓星球的表面不停更迭，這些陌生世界中的星群舞動，比任何人類星球能編出的舞蹈更狂野——人類的星球共享的或許是同一個意識，但並非智慧——那些陌生的星群橫跨所有空間時間，索求陪伴，直到賭徒如我，深入這個洞穴，找到它們。把它們遺棄在這裡的人是你，親愛的史多．奧丁大人，當時你告訴機器人說：

「『我不喜歡這些星球的模樣。』很久以前，你對著機器人這麼說過。史多．奧丁，『看看它們，人們會生病，或瘋掉。』很久、很久以前，你這麼說過，史多．奧丁。『把這些知識隨便找個電腦藏起來，丟到一邊。』你這麼下令，史多．奧丁，在我出生很久以前。而所謂隨便找個電腦，就是現在你背後角落的那一臺。可惜，你沒辦法轉頭看。我長途跋涉，來到這個房間，想找個有趣的自殺方式，例如當那些蠢蛋發現我終於逃離這一切時，可以轟爆他們腦袋的東西。那時，我在一片黑暗中，用幾乎和現在一模一樣的方式跳著舞——再加上十二種不同的藥物。我變得放縱又自由，而且非常、非常敏銳——然後那部電腦就對我開口了，史多．奧丁。那是你的電腦，不是我的。它開口對我說——你知道它說了什麼嗎？

「我就告訴你吧，史多．奧丁，因為你就要死了。你把緊急生命能源的輸出調高，就是為了打敗我，但我卻讓你站得直挺挺的，一動也不動。如果我只是一般人，做得到這種事嗎？我可以重新變回實體，你看好了。」

一陣彩虹般的刺耳和弦與音調傳來，太陽小子再次扭轉剛果固態氮，讓整個大廳裡裡外外開滿上千種色彩的光花，而地底深處的空氣則瀰漫著某種旋律，彷彿因為從未被人類心智發現，顯得有些神經質。史多．奧丁大人困在自己的身體裡，而他的兩位機器人勇士也被凍結在半步之遙的身後，他覺得自己的死亡將要白費，並開始猜測，他會不會在死前被這個舞者搞得失聰又失明？扭曲的剛果氮在他前方大放光芒。

太陽小子倒退著跳舞，穿過地板上的身軀。他倒退走的舞步帶著某種奇怪的節奏，使得他雖然在音樂和自己的雙腳帶領下退回內室中央，卻像在一場激烈的競走比賽向前衝刺。他的身體以一種怪異的姿勢躍動；他低著頭，彷彿正在研究踩在地板上的雙腳，剛果固態氦高舉在他頸後斜上方，他的兩腳的膝蓋則像馬那樣抬得極高，看起來更痛苦了。

史多．奧丁大人覺得自己又聽到女孩開始喊叫，但聽不清楚內容。

鼓聲再次響起：叮格鈴叮、叮格鈴叮、咚個隆咚！然後是喀—啗、喀—啗、喀—啗！

當所有的混亂平息，跳舞的男子說話了。他的聲音尖銳怪異，像是用錯誤的機器播放出的粗糙錄音。

「與你說話的是無名之物，你可以開口了。」

史多．奧丁大人發現自己的喉嚨和嘴脣又能動了，便不動聲色，像個老兵一樣偷偷移動腳和手指——毫無反應。只能發出聲音。他開口問出最顯而易見的問題：

「無名的『東西』，你是誰？」

太陽小子瞥向史多．奧丁。他挺直身體，沉穩地站著，只有腳在動——身體其他部位完全沒受到影響，只有腳迅速且瘋狂地抖動著。很顯然，如果道格拉斯—歐陽星群、剛果固態氦、超人般的舞者，外加地板上那些扭曲又幸福的軀體要保持不可言說的連結，這種怪舞是不可或缺。而他的表情極為鎮定，近乎悲傷。

「我被告知，」太陽小子說：「必須告訴你我的身分。」

他在鼓群周圍舞動：咚個隆咚、咚個隆咚！喀—啗啗！喀—啗，喀—啗啗！

太陽小子高舉剛果固態氦，猛然一扭，金屬發出一陣巨大的呻吟。如此狂暴、淒涼的聲音，一定會穿越數公里的距離，抵達頭頂上方的地球表面，史多．奧丁非常確定。然而，與此同時，他嚴謹的判斷力也正不斷告訴他自己，這種奇怪的念頭絕對只是他幻想出來的。如果真有任何聲音能穿越重重障礙，抵達地表，那個聲音的力道也絕對大到能撞碎天花板，砸得他們滿頭碎石。

剛果氦不斷變換著光譜上的色彩，最後靜止，顯出一道彷彿溼潤、暗沉的肝臟那樣接近深黑的紅。

在死寂的一瞬間，史多．奧丁大人發現自己腦中被塞入一大堆故事。既沒有順序，也不是由文字所敘說而成。關於這間大廳的過往故事就這麼進入了他的記憶，彷彿一直都在；前一刻他還對這些一無所知，下一瞬間就覺得自己似乎早就聽過整個故事。接著，他發現自己的行動能力回來了。

他向後跌了三、四步。

兩名機器人也在此時恢復自由，馬上轉過來站到他身邊。他鬆了一口氣，讓他們用手伸到他腋下，把他抱起——下一秒鐘卻發現自己被親了個滿臉。

他依稀能感覺得到女人的嘴唇在自己塑膠製的臉頰留下淺淺吻痕。是那個奇怪的女孩——那個漂亮、光頭、全身赤裸、雙唇金閃閃，等在門邊、朝他們大叫的女孩。

雖然他渾身疲憊，又因為突然入侵腦中的新知感到震驚，但史多．奧丁立刻知道自己應該說些什麼。

「孩子，妳是為了救我才大喊。」

「是的，大人。」

「妳有辦法直視剛果固態氦，不因它而屈服嗎？」

她點頭，但沒說話。

「妳的意志力有堅強到讓妳不走進那個房間嗎？」

「這不是因為意志力堅強，大人，我只是愛他，在裡面的是我的愛人。」

「妳等多久了？孩子，好幾個月嗎？」

「我也不是一直在這裡。當我需要吃喝、睡覺或是做自己的事時，我就會上到走道。在那裡，我甚至有鏡子、梳子、鑷子和化妝品，可以讓我把自己打扮漂亮，扮成太陽小子可能會喜歡的樣子。」

史多・奧丁大人別過頭，看向身後。音樂很小聲、很微弱。除了哀傷氛圍外，還帶有某種尖銳的情緒。太陽之子正將剛果氦從一手遞到另一手，他的舞步和緩又冗長，包含了許多爬行和伸展的動作。

「聽到我說話了嗎，跳舞的傢伙？」史多・奧丁大喊。他補完閣員的氣勢又冒出來了。

太陽之子似乎沒打算說話或改變路線，但小鼓卻出乎意料地喀－啱、喀－啱！響了起來。

「你，還有藏在你後面的那個人——如果這女孩離開這裡，並且忘記他和這地方，你們會放過她的，對吧？」史多・奧丁對正在跳舞的舞者說。

從史多・奧丁恢復行動能力後一直沉默的大鼓回答：叮格鈴叮、咚個隆咚。

「可是我不想走。」女孩說。

「我知道妳不想，但妳會看在我的面子上這麼做。等我完成該做的工作，妳馬上就可以回來。」她站在那裡，不發一語。於是他繼續說下去。

「我的其中一名機器人利維烏斯，他刻印的是一位心理學家兼將軍的人格，他會和妳一起逃跑，但我會命令他忘記這個地方，以及和這裡有關的一切。Summa nulla est。有聽到我說的話嗎，利維烏斯？你會和這個女孩一起離開，並且忘記這一切。跑走，並且忘記。妳也會離開這裡，並且忘記這些，親愛的桑圖娜，不過，如果妳想要也需要，從現在算起兩個地球日之後，妳就能再次回想起足以讓妳回到這裡的記憶；否則妳就去找蒙娜女士，她會為妳安排下半輩子的生活。」

「大人，你答應我了，只要我有這個念頭，兩天兩夜之後就能回來。」

「現在就走，小女孩，快走，一路跑到地表。利維烏斯，有必要就抱著她，總之別停！跑！快跑！這件事情影響到的可不只她一個。」

桑圖娜認真地看著他。即便裸體，她的神情依舊那麼純真。她眨著眼睛，將淚水壓過，金色的上睫毛和黑色的下睫毛在中間交會。

「吻我，」她說：「然後我就會走。」

他傾過身吻了她。

她轉過頭，最後一次看向她不斷舞動的愛人，然後邁開步伐，奔進地道。利維烏斯跟在她身後，姿態優雅，沒有任何疲倦。他們二十分鐘後就能抵達地域的上層邊界。

「你看得出我在做什麼嗎？」史多．奧丁對舞者說。

這次，舞者和他身後的力量甚至不願回答。

史多．奧丁說：「水。我的轎子裡有個水罐。帶我過去，弗拉維烏斯。」

機器人勇士把蒼老又顫抖的史多．奧丁帶到轎子旁。

VIII

史多．奧丁大人接下來使出的計策改變了人類未來數世紀的歷史，而在這個過程中，他炸毀了一個位於地球核心的巨大洞窟。

他用了補完機構最神祕的技巧之一。

他開始進行「三思」。

即便一有機會就進行訓練，能夠熟練使用三思的人也只有寥寥幾個。人類有幸，史多．奧丁大人就是成功習得這項技能的其中一人。

他啟動三思系統。在最頂層，他若無其事地探索起一整個古老的房間，然後在較低一層的意識裡，計畫對持有剛果固態氮的舞者進行出其不意的攻擊。而在第三層（也就是最下層），他在眨眼瞬間就決定了自己必須做到些什麼，然後，就只能寄望自律神經系統能自動補完剩下的細節。

他給出以下命令：

弗拉維烏斯得進入高度警戒狀態，並做好隨時攻擊的準備。

他必須取得那臺電腦，讓它記錄下整個事件——包括他所知的每一件事。同時告知電腦該對史多．奧丁沒思考到的部分提出怎樣的對策。整個反擊行動的大致架構在史多．奧丁的腦中停留了千分之幾秒，然後就從他的意識淡去。

音樂聲轉成怒吼。

白色的光芒包圍住史多．奧丁。

「你想傷害我！」太陽小子在哥德風的大門另一側大喊。

「我的確想傷害你，」史多．奧丁坦承。「但那只是一時的念頭，實際上，我並沒有做出什麼。你大可監視我的一舉一動。」

「我會監視著你的。」舞者獰笑著，小鼓同時喀—啫、喀—啫響了起來。「不要離開我的視線，當你準備好要進入這扇門，就叫我一聲，或直接用腦袋想，我會去找你，幫你進來。」

「很好。」史多．奧丁說。

弗拉維烏斯仍抱著他。史多．奧丁把注意力全放到太陽小子演奏的音樂上，那首歌既新穎、又狂野，世上所有歷史中都沒有相似的旋律。他想，如果能回敬舞者自己的歌，或許能嚇他一跳。與此同時，在史多．奧丁絲毫沒有注意到的情況下，他的手指已經開始執行行動的第三部分。史多．奧丁打開了機器人胸口的一個小蓋，直接對機器人層疊的大腦進行控制。那隻手自行更動某些變數，命令機器人在四分之一小時內，殺死範圍內除下令者外所有的生命體。弗拉維烏斯並不曉得自己被下達了這樣的指令，而史多・奧丁也完全沒注意到自己的手做了什麼。

「帶我去舊電腦那裡，」史多・奧丁對機器人弗拉維烏斯說：「我想知道我剛聽到的那個詭異故事有幾分真實性。」史多・奧丁一直想讓這個使用剛果氦的人被他自己的音樂震懾。

他站到了電腦前。

他的手（根據先前收到的三思命令）打開電腦、按下按鈕，開始記錄下整個場面。電腦老舊的繼電器回過神來，執行命令。你幾乎能聽到它悶哼了一聲。

「顯示地圖。」史多・奧丁對電腦說。在他身後遠處，舞者的步伐變成帶著猜疑的小跑步。

地圖出現在電腦上。

「好極了。」史多・奧丁說。

整片地底迷宮在他眼前展開。他們正上方有一條古老的密封抗震軸——那是條筆直而且空心的管狀井，寬兩百公尺，高數公里；軸的最頂端有個蓋子，把海床上的泥沙和海水擋在外頭；而在底部，因為唯一的問題只有氣壓，所以用一種偽裝成岩石的塑膠擋起來，讓任何可能經過該處的人類或機器人都不會想爬進去。

「好好看著我做了什麼！」史多・奧丁對著舞者大喊。

「正在看著呢。」太陽小子說。但他那嘹亮的回應，卻像因困惑而有些糾結的怒吼。

史多・奧丁搖了搖電腦，右手手指開始在上面飛快移動，下達一項詳細而且具體的命令。而他的左手（依照先前三思的指示）則在電腦側邊的緊急控制面板上用程式寫下兩條簡單而清楚的行動方針。

太陽小子的笑聲在他身後響起。「你向上頭要求送一塊剛果固態氦下來給你嗎？住手！停下，在你簽上名字和補完閣員權限之前給我停下。申請上只要沒簽名就沒事，地表上的中央電腦只會覺得，那是核區裡的某個瘋子在無理取鬧。」但接下來他就因緊張而提高了音量。「——為什麼那臺電腦回覆你『謹遵辦理』？」

史多．奧丁大人面不改色地撒了謊。「我不知道。也許他們真的有要給我另外一塊剛果氦，好用來對抗你手上那塊。」

「你騙人。」舞者大喊。「過來門這裡。」弗拉維烏斯引導史多．奧丁大人走向那扇美得太誇張的拱門。舞者不斷跳躍，一腳帶向另一腳，剛果固態氦則閃耀出某種暗沉、警戒的紅色。此時，那低低緩緩的啜泣樂聲彷彿由人類一切憤怒與猜疑混合成的新賦格，錯亂、迷茫，讓人永難忘懷，像一首與尤翰．賽巴斯汀．巴哈的第三號布蘭登堡協奏曲完全相對的無調性音樂。

「我到這裡囉。」史多．奧丁的語氣相當輕鬆。

「你就要死了！」舞者大吼。

「進入核區之後，我已經把自己的緊急能源開關調到最大，在你第一次提醒我之前，我就已命在旦夕了。」

「那就快點進來吧，」太陽小子說：「這樣你就永遠不會死了。」

史多．奧丁扶著門緣，讓自己坐到石頭地上。他坐在那兒，把自己安頓得舒舒服服，然後才繼續說下去：

「我要死了——這是事實，不過我寧可不進去。只要我死的時候在這裡看你跳舞就行了。」

「你在幹麼？你做了什麼事？」太陽小子狂吼著。他停下舞步，往門口走來。

「如果想要，儘管讀我的思緒。」史多．奧丁說。

「我早就看了，」舞者說：「可是，除了你也想要拿到剛果氦跟我一較高下之外，我什麼都看不到。」

就在此時，弗拉維烏斯開始暴走。他轉身跑回轎子、俯身，然後又跑向門邊，兩手各拿了一顆巨大的實心鐵製軸承。

「那個機器人在做什麼？」舞者大喊。「我可以看透你的腦袋，但你現在明明沒有對他下指令！他打算要用那些鐵球來掃除障──」

攻擊開始，他倒抽一口氣。

弗拉維烏斯的手臂擁有六十噸臂力，他的手在空中呼嘯而過，朝太陽小子丟出第一顆鋼鐵飛彈，動作快到眼睛跟不上。太陽小子──或說藏在他體內的神祕力量──像蟲子一樣迅速往旁邊一跳。鐵球犁過地上兩具衣著破爛的人類身體，其中一個死時發出了低沉的一聲「呼嚕！」而另一個則悄然無聲：那具身體的腦袋早在衝擊的第一時間就被扯掉了。舞者還來不及說話，弗拉維烏斯便丟出了第二顆鐵球。

這次球砸進了門廊。那股讓史多．奧丁和他的機器人麻痺的力量再次回歸，鐵球咆哮著衝進門內，停在半空中，然後又咆哮著被扔回給弗拉維烏斯。

飛回來的鐵球沒打中弗拉維烏斯的頭，但摧毀了他的胸口──他真正的大腦就在那裡。機器人在停止運作前發出了一陣閃爍的燈號。死亡之際的弗拉維烏斯用盡最後力氣抓起那顆球，再次丟向太陽小子。機器人的運作終止了，沉重的大鐵球失去控制，擊中史多．奧丁的右肩。史多．奧丁感到一陣痛楚，他抓過迷你我，把所有的疼痛都關掉；他看向自己的肩膀──整個報銷了，從仍屬於有機體的地方流出的血，和義體流出的液壓油匯聚在一起，融成一道移動緩慢的厚重液體，從他身側緩緩灑下。

舞者幾乎忘了自己還要跳舞。

史多．奧丁想，不知道女孩跑多遠了呢。

這時氣壓突然發生了變化。

「這空氣出了什麼事？為什麼你會想到那女孩？這裡到底是怎麼回事？」

「讀我的心。」史多．奧丁大人說。

「我要先跳舞，把力量重新抓回來。」太陽小子說。

在接下來的幾分鐘，舞者抱著剛果氦，彷彿想讓整個石洞崩塌。

瀕死的史多．奧丁大人閉上眼，感到死亡令人如此平靜。世界的火光和噪音仍圍繞在他身邊，仍那麼有趣，但都變得不那麼重要。

剛果固態氦發出的上千道彩虹不停變換，以至於在太陽小子回頭讀取史多．奧丁的心時，已經接近完全透明。

「我什麼都沒看到。」太陽小子的語氣充滿憂慮。「你的緊急能源開關調得太高，馬上就要死了。但這一切卻似乎與你無關。這些空氣到底是從哪兒來的？我還聽到有人在遠方怒吼。你的機器人失控了，可是你卻只是心滿意足地看著我，一邊等死，好像鬆了口氣……這太奇怪了。而且，你明明可以跟我們一起活上無數時日，卻還是想照著自己的預定赴死！」

「一點也沒錯。」史多．奧丁大人說：「我想照我自己的意思結束這條生命。但你還是為我跳舞吧，用剛果固態氦為我跳一支舞，然後聽我把你的故事重新告訴你一次，就像你之前告訴我一樣。可以在死前把事情講清楚，是我的榮幸。」

跳舞的男人遲疑了，正打算要跳，但又轉身看著史多．奧丁。

「你確定你想要現在就死嗎？在這裡，我可以藉由剛果固態氦的幫助，獲得被你稱為道格拉斯－歐陽行星群的力量，只要我的舞沒有停，你就可以過得舒服一點，而且還是能在你想要的任何時間死去。緊急能源開關比我能動用的力量弱太多，我可以現在就直接將你移過門檻……」

「不必。」史多．奧丁大人說：「只要在我死時為我跳舞就好，這是我的決定。」

IX

世界因此翻轉。數百萬噸的水朝他們湧來。

空氣迅速上升，幾分鐘內，地域和核區就會被淹沒。史多．奧丁很高興自己注意到舞者所在的房間正上方有一道氣井，他沒讓自己再進入三思，去推想浸泡在洶湧鹹水裡的剛果氦物質和反物質會有什麼狀況。四千萬噸什麼什麼的……他想，覺得自己好像在很久很久以前就把問題想通了，卻在作古以後才又記起一點枝微末節。

太陽小子正在重現太空世紀前的各種宗教。他唱頌了聖歌，雙眼注視上方，雙手拿著剛果氦，舉向太陽；他彈奏了苦行僧那不絕於耳的音樂，他敲了屬於綁在兩片木板上的男人的教堂鐘聲，還有另一種殿寺的鐘鳴，寺中聖人已處於時間之外，而這純粹是因為祂看到了時間，並踏了出去。祂叫什麼名字呢？佛陀嗎？接著，太陽小子又繼續演出舊世界崩毀之後，那些讓人類受盡磨難的褻瀆行為。

樂聲持續。

光也一樣。

在太陽小子展示著人類尋求眾神、太陽神和其他神祇的漫長歷史時，大片模糊的陰影也如遊行隊伍般隨侍在側。他無言道出了人類最古老的祕密——人類假裝畏懼死亡，但他們真正不懂的是生命本身。

太陽小子一邊跳舞，史多．奧丁一邊把太陽小子的故事重新述說一次：

「太陽小子，你逃離地表，是因為那裡的人全是沉浸在可悲的狂喜中的笨蛋，既幸福又無趣。你逃離那裡，是因為你不想變成養殖場裡的雞，在無菌的環境下繁殖，安穩地被塞在準備好的房子裡，死了就凍起來。你加入其他也在地域裡尋求自由的人，他們可憐、聰明，永遠沒有停下來的一日，你學會了他們的藥、酒精和香菸，你認識他們的女人，參與他們的狂歡，也清楚了解他們玩著什麼遊戲。但這都不夠。你成為紳士自殺隊，一個尋找著有趣死法的英雄，希望能在自己身上烙印自我的獨特性；你向下深入，進到核區——這世上最不受人重視、最令人厭惡的地方。你一無所獲，只找到老舊的機器和空曠的地道，偶爾有幾具木乃伊或白骨。這裡只有安靜無聲的光線，以及空氣穿過地道時發出的竊竊私語。」

「我現在聽到水聲了，奔騰的水聲。」舞者說，舞步未停。「你沒聽到嗎，正在等死的補完閣員大人？」

「就算聽到我也不在乎。我們回到你的故事吧。你來到這間房間，因為那些奇怪的門飾，讓它看起來像個適合轟轟烈烈死去的地方，也剛好就是你那些無家可歸的可憐蟲追求的玩意兒。唯一的問題是，死這件事實在沒什麼花招，除非其他人知道你是刻意這樣做，也知道你要怎麼做。總而言之，因為要爬回你朋友所在的地域實在太遠，所以你就睡在這臺電腦旁邊。

「夜裡，在你睡夢中，電腦對你唱著：

我需要一隻臨時的狗
去跑一場臨時的步
在某個臨時的地方

例如地球！

你醒來時，很訝異自己竟然夢到一種全新的音樂形式。那音樂是如此狂放，讓人不禁因它的甜美與邪惡而戰慄。那音樂給了你目的：去偷剛果固態氦。

「在來到地底之前，你就是個聰明的人，太陽小子，然後，道格拉斯—歐陽行星群找到了你，將你的聰明放大千倍。你和你的朋友——這是你告訴我的，或者說，在半小時前，你背後的那個存在告訴了我——你和你的朋友偷了一臺次空間通訊控制器，找到道格拉斯—歐陽行星群，然後對於你們所見的景象鬼迷心竅——滿天虹彩、遍地冷光、向上奔流的瀑布——之類之類的。

「然後你確實拿到了剛果氦。剛果氦是被雙性磁力網格分別層壓成的物質和反物質，有了它，那個來自道格拉斯—歐陽行星群的幽魂便可以讓你獨立於生命的循環之外，不再需要食物或休息，甚至不需要空氣和飲水。道格拉斯—歐陽行星群已經很老了，它們需要你來當連結。我不知道它們對地球和人類到底有何計畫，但如果這個故事流傳下去，未來的世代將會稱你為『危險商人』，因為你利用了正常人類對危險的欲求，以催眠和音樂讓其他人走火入魔。」

「我聽到水聲了，」太陽小子打斷他。「我真的聽到水聲了！」

「別管它，」史多．奧丁說：「你的故事更重要。總之——你跟我——我們能怎麼做呢？我就要死了，我會沐浴在一大灘血和臭氣之中，而你也沒辦法帶著剛果固態氦離開這房間。聽我說吧。也許那個道格拉斯—歐陽星群的本體，不管它以前是什麼玩意兒——」

「現在仍是。」太陽小子說。

「——不管它現在是什麼，或許只是想找到精神上的夥伴。你就繼續跳吧，你這傢伙，繼續跳吧。」

太陽小子在鼓聲的陪伴下跳著，咚個隆咚、咚個隆咚！喀—喏、喀—喏！喏！而剛果氦的音樂更是迴盪在堅實的岩塊之中。

遠處的那個聲音持續不停。

太陽小子停下來瞪他。

「是水。真的有水。」

「誰知道呢？」史多．奧丁說。

「看吶！」太陽小子尖叫著高高舉起剛果固態氦。「快看！」

史多．奧丁大人用不著看，他知道，的確有幾公噸混雜泥巴的水洶湧沖進地道（而且還只是剛開始而已），流進他們的房間。

「可是我該怎麼做？」太陽小子繼續高聲尖叫。此刻，史多．奧丁覺得說話的彷彿不是太陽小子，而是那股來自道格拉斯—歐陽行星群的力量，正透過中繼站發出聲音。那是一股試圖與人類建立友誼的力量，只是它找錯了人，發展了錯誤的友誼關係。

太陽小子重新要回了控制權。繽紛的光芒打在逐漸上升的水面，他舞動的雙腳濺起浪花。叮格鈴叮、叮格鈴叮！大鼓說。喀—喏、喀—喏！小鼓說。蹦、蹦、頓、頓、啷！剛果固態氦說。

史多．奧丁感到自己蒼老的雙眼模糊，但仍能看到那名舞者閃爍的狂放身影。

「這樣死，挺好的。」死時，他這麼想。

X

在遙遠、遙遠的上方，在星球的地表，桑圖娜感到腳下的陸塊開始起伏晃動，東方的地平線暗了大半，混著泥巴的火山蒸氣從平靜、湛藍、被陽光照得波光粼粼的海中噴射而出。

「一定一定不能再發生這種事！」她想到太陽小子、剛果固態氮，還有死去的史多．奧丁。

「有些事一定得改變。」她對自己說。

而她也的確做到了。

在接下來的幾個世紀，她帶回疾病、危險和苦難，以此讓全人類對快樂的感受更為深刻。她是打造人類補完計畫最主要的設計師之一，而她最為人所知的名號就是：愛麗絲．摩爾女士。

18 醉船

這也許是漫長的太空史中最悲傷、最瘋狂也最不羈的故事。以前從沒有人做過類似的行為——這話是真的——沒人以那種速度和這種方式旅行過如此長的距離。當人們第一次見到故事中的英雄，會覺得他看起來就跟普通人沒兩樣。但第二次再看——噢！那就完全不同了。

至於女主角——她個頭嬌小。一頭淺灰色金髮，聰明、自信——帶著創傷。沒錯，創傷，就是這個詞。即使在她最順遂的時候，看起來也彷彿需要安撫，或要人幫助。只要有她在身旁，男人總會感覺自己更像男人。她的名字是伊莉莎白。

誰能想到，她的名字竟會在組成第三宇宙的那片荒蕪死寂中，迴響得如此嘹亮又清晰呢？

他駕著一艘非常、非常老的舊式火箭，用它飛過、逃過、躍過任何機器無法達到的距離。你可能會覺得他的速度之快，甚至能撼動天空中的穹頂，也因此有首古老的詩歌獻給了他。「眾星扔擲矛槍，淚洗天堂」。

他飛得如此之快、距離如此之遠，最初人們還不敢相信。他們覺得那只是玩笑，是流言蜚語搞出來的鬧劇，是打發時間的夏日午後狂想。

現在我們知道他的名字了。

而我們的孩子，以及他們的孩子，也會永遠記得。

藍博。第四地球的亞特·藍博。

他追隨著他的伊莉莎白，一路追到宇宙之外，去了人類無法到達、從未去過、不敢去也不願想的地方。

他憑著自己的自由意志辦到了這些事。

一開始，人們自然把這當成笑話，編出一些跟這趟旅程有關的無厘頭歌曲。

「我太震撼、快幫我挖個洞……！」第一個人這麼唱。

「快用深土色的號碼打電話來……！」另一個人這麼唱。

「褚紅小丑的船啊在哪裡……？」第三個人這麼唱。

然後，世界各地的人突然發現這故事是真的。有人就這麼傻在那裡，渾身起雞皮疙瘩；有的則迅速轉過頭，去做他們每天的日常瑣事。人們發現了第三宇宙，並刺穿了它，他們的世界從此變得和以前不一樣。即便結實的岩塊，也能成為一扇敞開的門。

太空本來是如此乾淨、空曠、整齊，現在看起來卻像一團放了幾千、幾百萬光年的木薯布丁——黏黏稠稠糊糊，不適合呼吸，不適合遨遊其中。

這件事情到底是怎麼發生的呢？

人人都以各自的方式推波助瀾。

—

「是他來找我的。」伊莉莎白說：「那些機器試圖治療我身上那些可怕的致命疾病，把我的人生弄得一團糟，所以我死了——然後他來找我。」

II

「是我自己去的。」藍博說：「他們耍了我、騙了我、玩弄我，但我拿到了船、成為了船，然後到了那個地方。沒人要我這麼做。我很氣，但我還是去了。然後我也回來了——不是嗎？」

他說的沒錯，即便他在地球的草地上蜷曲、哀號，他的船迷失在太空中極為遙遠或說大約在半個銀河以外的地方（但是弔詭的地方在於，也可能就在觸手可及處），他說的依舊沒錯。

但凡與第三宇宙扯上關係，誰能說得清？

回來的那人，是去尋找伊莉莎白的藍博。他愛著她。因此，這趟旅程屬於他，功勞也屬於他。

III

可是，在很多年後，當克魯戴塔大人以柔和的嗓音，自信滿滿地告訴他的朋友時，他說：「實驗屬於我，是我設計的，是我挑選了藍博。我試圖找到一個符合那些特定條件的人，簡直要把挑選器搞瘋了。而且，是我讓火箭按照那個老舊計畫打造出來——就是人類第一次稍微跳離太空用的玩意兒。他們就跟飛魚一樣，從一道浪跳向另一道——但他們不過做了這種事就以為自己是老鷹了。如果我用的是一般的介面重塑船，一定會發出一陣咕嚕咕嚕的回音，然後消失不見；一離開銀河宇宙，就消逝在混亂與毀滅之中。但我沒冒這個險。我把火箭放在一座發射臺上，而那座發射臺本身就是一艘星際太空船！然後呢，既然用的是古老的火箭，我們就要把一切都做到位——整臺機器外觀都用舊式字體印滿神祕文字。我們甚至把組織的名字『人類補完機構』的縮寫——I和O和M——清清楚楚寫在上面。

「但我怎麼可能知道，」克魯戴塔大人繼續說：「事情進展比我們預想得還要順利，藍博還從栓接處把整個宇宙撕開，把船抛下，只因為他全心全意愛著伊莉莎白，愛得那麼義無反顧又激烈？」

克魯戴塔嘆了口氣。

「我懂，但也不太懂。我就像那個古代人一樣——就是那個要駕船環遊世界卻走錯方向，最後發現新世界的哥倫布。而他發現的大陸就是澳洲——還是美洲之類的。我跟他差不多。我用那艘舊火箭把藍博送出去，然後他找到通過第三宇宙的方法。現在呢，沒人知道有誰會擠破那道門跑過來，或突然憑空出現在我們面前。」

克魯戴塔睿智地又補上幾句話。「不過，講這種故事又有什麼用呢？每個人或多或少都知道這件事，但我在裡頭扮演的角色實在不怎麼光榮。故事的結尾倒是非常好，你可以寫首詩歌，讚頌一下瀑布旁的那間小屋，以及其他人送給他們的可愛孩子。但關於結局之前的事——就是他如何無助、失神地出現在醫院，找著他的伊莉莎白——那就太悲傷、太詭異、太令人害怕了。我很高興瀑布小屋的一切最後有個美好的結局，但花費了很長的時間才走到那一步。而其中有些部分是我們永遠也不會理解的……像是接觸到赤裸原始太空的赤裸皮膚，以眼睛駕駛某種比光還快的機器——你知道什麼是**巒羊**嗎？那是一種曾經生活在舊地球上的古老羊種，然後，在幾千年後的現在，孩子們胡亂唱的某首童謠就是拿牠做押韻。那個物種已經消失了，但韻腳留了下來。有一天，藍博的故事也會變成這樣。每個人都會知道他的名字，還有醉船的一切。但他們會忘記他在科學上跨過的里程碑，用一架哪裡都去不了的舊火箭尋找伊莉莎白……噢，你說那首童謠？你沒聽過嗎？都是些胡扯啦。內容是這樣的：

拿槍指著可憐的傢伙。
（你說的是火腿的火還是火雞的火？）
朝快死的巒羊開一槍。

（爹地，別問她為什麼或怎麼樣！）

不要問我『火腿』跟『火雞』是什麼，那也許就跟牛排或沙朗一樣，是古動物身上的某個部位。不過呢，現在的孩子還是會說這些詞。以後呢，他們也會一樣拿藍博和那艘喝醉的船這樣玩——他們可能還會說伊莉莎白的故事，但永遠也不會提到他怎麼到達醫院。那段故事太可怕、太真實又太哀傷，而結局又收得太好了。他們在草地上發現他——我提醒你，他是全裸地躺在草地上，而且沒有人知道他從哪兒冒出來！」

Ⅳ

他們在草地上發現赤裸的他，沒人知道他從哪兒來，甚至不曉得克魯戴塔大人曾經發射了古老火箭，前往比空無一物的盡頭更遙遠的地方，火箭上還寫了字母Ｉ、Ｏ、Ｍ。他們不知道這人就是藍博，是那個穿越了第三宇宙的人。先是機器人發現了他、帶他進來，並把它們所做的一切都以照片留存。這是它們的程式設定，好確保任何不尋常的事都有記錄下來。

然後，護士在露天的房間裡發現了他。

因為他沒死，所以他們認為他是活的。但同時間，他們也無法證明他真的活著。

謎團的難度提高了。

醫生被叫進來——不是機器，而是真正的醫生。他們是非常重要的人。平民醫生季馬費耶夫、平民醫生果斯貝克，以及指揮官本人，馮馬克特長官（也是醫生）。他們接下了這個案子。

（沒有人知道，在醫院另一邊等待的，正是昏迷中的伊莉莎白。他為了她跳入太空、穿越群星，但那時沒有人知道這件事！）

年輕的男人不會說話。當他們在人口查詢機跑著他的虹膜紋和指紋，才發現他是在地球上受孕，接受冷凍，並以未出生嬰孩的狀態送到第四地球去。他們花費巨額款項，以「即時訊息」向第四地球進行查詢，但查到的資料只有這樣：醫院裡躺在他們面前的這位年輕男子，已自一艘進行星際旅行的實驗性太空船失蹤。

失蹤。

但沒有太空船，連點訊號都沒有。

可是他就在這裡。

他們站在宇宙的邊緣，不確定自己究竟看到了什麼。他們是醫生，醫生的工作是修復或重建人類，而不是把他們用船送來送去。這樣的他們怎麼會知道第三宇宙的任何一件事？尤其，他們只知道人們會用介面重塑船旅行，卻完全不曉得有第三宇宙存在。他們的雙眼看到的是工程問題，卻試圖在其中尋找疾病；他們為他進行治療，但他其實健康無虞。

他只是需要時間而已。他需要時間，從人類有史以來最偉大的旅程帶給他的震撼中回神。可是醫生不知道這一點，他們希望能加快他的復原速度。

當他們讓他穿上衣服，他便會從昏迷狀態進入一種機械式的痙攣，並把衣物脫掉。脫光衣服後，他便又以粗野的姿勢躺在地上，拒絕進食或說話。

在他們用針管餵他食物時，整個宇宙的能量以新的形式從他體內向外發散——如果他們有辦法知道的話。

他們把他獨自放在一間上鎖的房間，透過窺視孔觀察他。

即使心靈空盪、身體僵硬、毫無意識，他仍是個長相好看的年輕男子。他的金髮極淡，眼珠是淺藍色，但五官很有個性——下巴方正，嘴型瀟脫，帶著堅毅與憂鬱。即便沒有意識，深深刻於臉上的線條依舊能看出他曾在憤怒邊緣度過許多時日，或好幾個月的時間。

到了第三天，他們持續到醫院研究他，這位病人也絲毫沒有任何變化。

他再次撕去睡衣，臉朝下，赤裸地趴在地上。他的身體僵硬、緊繃，就跟前一天一樣。

（一年後，這個房間將成為博物館。會有銅製的牌子寫著：「藍博曾在離開前往第三宇宙的舊式火箭後，躺臥此處。」但醫生對於眼前的難題仍一無所知。）

因為臉朝著左邊轉，他脖子上的肌肉變得清晰可見。他的右手筆直地從身體一側伸出，延展的左臂則形成一個精確的直角；左前臂和手掌僵硬地與上臂形成九十度；他的雙腿滑稽地做出奔跑的動作。

果斯貝克醫生說：「在我看來，他很像是在游泳。把他放到水池裡看看他會不會動好了。」面對問題時，果斯貝克有時會選擇比較激烈的解決方法。

季馬費耶夫站到窺視孔前。「他還在痙攣。」他喃喃地說：「我希望這可憐的傢伙在皮質保護下降後不會感到太痛苦。如果這個人不知道自己正在經歷什麼，又要怎麼抵抗痛苦呢？」

「你怎麼認為？長官？醫生？」果斯貝克對馮馬克特說：「你看到了什麼？」

馮馬克特完全不必看。他比另外兩位醫生來得早，早就透過窺視孔安靜地觀察病人很長一段時間了。馮馬克特是個聰明人，有著良好的洞察力以及直覺。他在一個小時中做出的推測，可能比機器分析上一整年還多。他開始理解，這是種沒有任何人得過的病。不過，還是有些療法可以讓他們去嘗試。

三位醫生都試了一遍。

他們嘗試催眠、電療、按摩、次音速療法、阿托品、手術、毛地黃屬的所有品種，還有一些因為在軌道上培養而快速突變的準麻藥病毒。當他們試著結合氣體催眠和電子強化心靈感應者時，開始得到回應。這表示病人的心智仍在活動中。不然一顆死去的大腦應該會像一團脂肪組織，連條神經也沒有。其他嘗試則沒有任何結果。催眠氣體顯示波動，應是因為逃離恐懼與痛苦造成的。心靈感應者回報說，她瞥見了一片陌生的天空。（醫生立刻把心靈感應者交給太空警察，讓他們以編碼製造出她在病人腦中看到的星群樣式，但卻無一符合。那位心靈感應者雖然機靈，但畢竟無法記得足夠的細節，以進行領航圖掃描比對。）

醫生重新回到藥單上，嘗試一些古老但簡易的項目——相互抵銷的嗎啡和咖啡因，會讓他做夢的激烈按摩法，讓心靈感應者提取那些夢境。

當天沒再得到更多結果，隔天也沒有。

與此同時，地球官方開始感到不安。他們想（而且想法相當正確）：醫院方面十分盡責地做出證明，表示該病人在草地上被機器人找到的前一刻，完全不存在這個地球——那……他到底是怎麼出現在那片草地的？

地球領空完全沒有入侵報告，沒有金屬摩擦大氣產生白熾光弧的任何紀錄，也沒有從第二宇宙駕著鋼琴狀太空船過來的巨大勢力。

（克魯戴塔用了超光速太空船，正像蝸牛一樣緩慢地爬向第一地球。他卯足全力衝刺，想看看藍博會不會比他先到。）

第五天，情況開始有了變化。

V

伊莉莎白過世了。

在一切都太遲的時候，這件事才在仔細比對醫院紀錄後被發現。醫生只知道：病人被移到走廊上，蓋著床單的身軀在滾輪病床上一動也不動。

突然之間，病床停下。

一名護士發出尖叫。

厚重的鋼材與塑膠牆面向內彎折，一股沉默又緩慢的力量正把牆壁往走廊裡面擠。牆面裂開。

出現一隻人類的手。

一個反應比較快的護士大喊：「推床！把那些床推開！」

其他護士和機器人照做。

在向上凸出的地板與向內拉扯的牆面連接處，病床猶如大批跨浪的船隻那樣搖晃；平靜的燈光閃爍起來，機器人出現了。

第二隻人類的手穿牆而過，兩手朝著不同的方向推開，把牆壁像沾溼的紙張那樣撕裂。

那來自草地的病人把頭伸了過來。

他茫然地上下探著走廊，眼神失焦，皮膚因受到開放太空的燒灼發出奇怪的紅棕光芒。

「不要。」他說。就那麼兩個字。

但大家都聽到了那兩個字。雖然音量不大，仍穿透整座醫院。內部通訊系統傳送著這兩個字，整個空間裡的開關全被關掉。慌亂的護士和機器人（以及那些前來協助他的醫生）急忙衝上前，把所有機器重新打開——幫浦、呼吸器、人工腎臟，甚至包括用來維持空氣清淨的小馬達。

而在遙遠的天空中，一架飛行器正轉得頭昏眼花。由三重安全裝置保護的「停止」開關突然被切到關閉狀態，所幸駕駛機器人在墜地前又讓它重新運作。這名病人似乎不知道自己的話語竟會造成這種影響。

（後來，全世界都知道這是「醉船效應」的一部分。那個男人已發展出某種能力，能把自己的神經系統當成機器開關來使用。）

走廊上，充當警衛的機器人終於到達。機器人戴著附有襯墊的無菌絲絨手套，雙手握力可達六十公噸。機器人靠近病人，它接受過精良訓練，能辨識心智錯亂者或精神病人可能造成的危險；稍後，在它的報告中，它會說自己在每種感官都收到了「極度危險」的訊號。它本來要以無人能抗拒的握力抓住病人，並把他送回床上，但有鑑於空氣中瀰漫著高度危險的氛圍，機器人不願冒險。它的手腕裡藏有以壓縮氬氣運作的皮下注射手槍。

它朝著站在牆上巨大破口中全身赤裸的神祕男子伸出手，手腕裡的武器發出嘶嘶聲，一發劑量極高的康達明（現今宇宙中最強大的麻醉藥）穿過藍博頸子上的皮膚。病人倒下。

機器人輕柔地抱起他，把他抬過裂開的牆，一腳踢壞門鎖，再踢開門，將病人放回床上。機器人聽到醫生走來的聲音，便用巨大的手掌把鋼牆拍回原位。其實是可以稍等一下，讓工作機器人或下等人去做就好。不過，還是先讓這部分的建物回到正常角度，看起來會好一點。

馮馬克特醫生先抵達，隨後是果斯貝克。

「發生了什麼事？」他大吼大叫，平時的冷靜瞬間崩毀。機器人指著被扯開的牆壁。

「他把它撕開了，我把它放回去。」機器人說。

兩位醫生回頭去看病人。他又爬下床回到地板，但呼吸輕柔而自然。

「你給了他什麼東西？」馮馬克特對著機器人大喊。

「根據四十七之B項條文，」機器人說：「康達明。這種藥不應在醫院外被提及。」

「我知道，」馮馬克特心不在焉地說，看起來有些不高興。「你可以走了。謝謝你。」

「向機器人道謝並非常理，」機器人說：「不過如果你想要，也可以在我紀錄裡寫一個嘉獎。」

「給我夾著尾巴快滾！」馮馬克特對著獻殷勤的機器人怒吼。

機器人眨了眨眼睛。「這裡的人都沒尾巴，不過我可以感覺到你是在說我。我該離開了，告辭。」它用一種奇怪卻優雅的姿態在醫生周圍跳呀跳，下意識摸摸損毀的門鎖，彷彿希望自己能把它修復。但一看到馮馬克特瞪它的眼神，便馬上離開了房間。

片刻之後，一陣微弱的重擊聲傳來。兩位醫生聽了一陣子，決定放棄——機器人正在外面的走廊，「溫柔地」把鋼筋地板拍回本來的形狀。它是一名打掃機器人，大概是經由擴增後的雞腦所驅動，因此，只要說到整理環境，它就會變得非常頑固。

「兩個問題，果斯貝克。」馮馬克特長官說。

「任憑差遣，長官！」

「病人把牆壁推向走廊時站在哪個位置？還有——他哪來這種力氣做這種事？」

果斯貝克困惑地瞇起眼。「您提到這件事我才想起來：我完全不懂他是怎麼辦到的。事實上，他不該有這種能力。但他還是做了。您的另一個問題是？」

「你覺得康達明怎麼樣？」

「危險——這是無庸置疑。一直以來都是這樣。上癮的話會——」

「在沒有皮質活動的狀況下，還會上癮嗎？」馮馬克特打斷他。

「當然，」果斯貝克立刻回答。「組織成癮。」

「你找找看吧。」馮馬克特說。

果斯貝克在病人身旁跪下，用指尖觸摸著，尋找肌肉末稍。他感覺到它們組織成頭骨的基礎、肩膀的最外側，以及背部的條狀區域。

然而，他起身時一臉疑惑。「我從來沒摸過哪個人類身軀是長這樣的——我甚至不確定他還算不算人類。」

馮馬克特不發一語，兩位醫生相視無言，果斯貝克在老者的冷靜目光下感到有些慌張。最後，他終於開口：

「長官、醫生，我知道我們可以怎麼做。」

「你說說看，」馮馬克特冷淡地說，不帶一絲鼓勵，也沒有警告意味。「你指的是？」

「這不是醫院第一次做這種事。」

「什麼事？」馮馬克特說。那對可怕的雙眼讓果斯貝克幾乎想把話再吞回去。

果斯貝克有點激動，即便沒有旁人，他仍傾過身對著馮馬克特輕聲細語。這些話脫口而出，彷彿戀人之間不合禮儀的曖昧暗示。

「殺死病人——長官、醫生——殺死他。關於他的數據已經夠多了，我們可以從地下室把屍體弄出去，加上偽裝。如果治好他，誰曉得我們到時候放出去的是什麼東西？」

「誰曉得呢？」馮馬克特的聲音裡不帶任何情感。「但這位公民、這位醫生，你說，醫師的第十二項責任是什麼？」

「『不玩弄法律，以醫者的身分持續治療，把屬於國家或補完機構的財產，還給國家和補完機構』。」果斯貝克嘆了口氣，收回建議。「長官、醫生，我收回我的話。我剛剛不是醫生，而是另一個政府和政客的人格。」

「那現在呢？」馮馬克特問。

「我治療他，或等他治好自己。」

「你會選擇哪一項？」

「我會試著治療他。」

「怎麼做？」馮馬克特說。

「長官，」果斯貝克哀求道：「請不要拿這件事來攻擊我的弱點！我知道你欣賞我是因為我的大膽和自信，但請不要在我們連他從哪來都不知道時，要我『照我的方式做』。如果是平常的案子，我可能會給他傷寒和康達明，並派駐心靈感應者。但這是人類歷史上從沒見過的新案例，我們是人，他卻可能已經不是了。也許他代表人類與某種新力量的結合體——他是怎麼從那麼遙遠的地方來到這裡的？他被放大——或縮小——多少次？我們不知道他到底是什麼，或他發生了什麼事，怎麼可能用治療人的方式，治療這種冰冷得像宇宙、灼熱得像太陽，而且又充滿距離感的無感狀態？我們知道要怎麼治療肉體，但這已經不能算是肉體了。你自己摸摸看，長官！你會摸到從來沒有人摸過的東西。」

「我摸過了。」馮馬克特說：「你是對的，我們花半天試看看傷寒和康達明。十二個小時後在這裡碰面，我會告訴護士跟機器人這段期間要做些什麼。」

離開時，他們都看了一眼地板上那名膚色灼紅（擺出展翅高飛姿勢）的人形。果斯貝克帶著厭惡與恐懼看向那具軀體，馮馬克特則面無表情，只淡淡地勾起一絲憐憫的微笑。

護士長在門旁等著他們。果斯貝克對長官所下的命令感到驚訝。

「護士小姐，這棟醫院裡有沒有防禦式的庫房？」

「有的，長官，」她說：「以前我們的紀錄還沒上傳到球狀電腦時，都存在裡面。那裡現在是空的，但有點髒。」

「清乾淨，裝一條通風管進去。妳的軍事保全是誰？」

「我什麼？」她有些驚訝，聲音都尖了起來。

「地球上的每個人都有軍事保全。你們這間醫院是由誰保護的？部隊和士兵在哪裡？」

「長官啊！醫生啊！」她大喊著。「我的長官兼醫生啊！我是個老女人，有幸在這裡工作到三百多年了，但我從來沒想過這種事——我要士兵幹麼呢？」

「找到他們，要求他們待命。他們也是專家，只是技能和我們不一樣。讓他們進入待命狀態，今天結束前可能就會需要用到他們。以我的名義告訴他們的中尉或中士。現在，這些是我要妳用在這個病人身上的藥物。」

她邊聽他說，眼睛也一邊越睜越大，不過這名女子接受的訓練嚴謹，只是點著頭，逐條聽他說完。到最後，她的眼神似乎非常哀傷而疲憊，但因為她是受過訓的專業人士，對馮馬克特的技術與智慧有著偌大的崇敬。同時，她也對地板上一動也不動的年輕男子有著一分母性的溫柔憐憫。那男人始終躺在厚厚的地板上，在沒有一個活人能想像的群島間不停游動。

VI

危機於當晚降臨。

病人在庫房內牆磨出了手印，但沒有逃脫。

在醫院明亮的走廊中，士兵的武器閃閃發光，使得他們看起來高度警戒——不過，他們就像所有值勤中卻又沒有任務的士兵，非常非常無聊。

他們的中尉倒是興奮得很。他手中的電槍發出嗡鳴，像隻危險的昆蟲。而馮馬克特——他其實比中尉以為的更了解武器——看到電槍被設在「強」，足以癱瘓上下五層樓或方圓一公里的所有人，什麼也沒說，只是對中尉表達感謝，然後就進入了庫房，身後緊跟著果斯貝克和季馬費耶夫。

在那個地方，病人依舊在游泳中。

他的手臂變成拔河的姿勢，雙腳不斷踢著地板。彷彿在其他樓層游泳只是為了要保持漂浮狀態，現在卻發現了前進的方向，只是速度非常緩慢。他的每個動作都相當緊繃、僵硬，好像得考慮很久，以至於在短時間內看起來彷彿沒在移動。撕開的睡衣就躺在他旁邊。

馮馬克特環顧四周、若有所思：這個男人竟能在鋼牆留下手印，究竟是有多大的力量。他記得果斯貝克的警告：殺死病人，不該讓全人類暴露在想像不到的新風險下。但是，雖然他能理解那種感覺，卻無法允許這種建議。

醫生煩躁地想——這個男人究竟要去哪裡？

（去伊莉莎白那裡，事實就是這樣，他要去僅在十六公尺外的伊莉莎白那裡。不久之後，人們終於理解藍博一直想做的事——在躍過了無數光年、回到她身邊後，他只想跨越那十六公尺的距離，去見他的伊莉莎白。去到他最親切、最深愛，最需要他的人身邊！）

康達明沒有留下它特有的強烈疲倦及發光皮膚。或許傷寒成功將其抵銷。藍博看起來確實比先前更有活力了些。通用訊息系統裡傳出一些名字，不過那對馮馬克特來說仍沒有任何意義。但它會的。它總有一天會。

此時，提前聽了簡報的另外兩位醫生正忙著處理機器人和護士安裝的儀器。

馮馬克特對著兩人喃喃地說：「我覺得他似乎比較好了。站開一點，我想試試看用喊的。」

現場太忙，他們只能點點頭。

馮馬克特朝著病人大叫。「你是誰？你是什麼東西？你從哪裡來？」

出乎意料，地板上的男人以憂傷的藍眼迅速地朝他瞥了一眼，但沒有其他溝通的跡象。他仍持續以四肢抵著庫房裡堅硬的水泥地游動，醫護人員替他綁上的兩條繃帶再次鬆脫，他的右膝蓋因為來回移動而瘀青、刮傷，在地板留下一條六十釐米長的血跡——有些是舊傷，已變成黑色並且凝固；有些才剛弄到，還新，而且還溼潤。

馮馬克特起身，對果斯貝克與季馬費耶夫說：「我們來看看他感覺到痛苦時會怎麼樣。」

兩人無須提醒，立刻往後退了幾步。

季馬費耶夫對著一臺站在門口的白色琺瑯製小型勤務機器人揮了揮手。

疼痛網（一只脆弱的金屬線籠）從天花板掉了下來。

身為資深醫師，馮馬克特的責任是承擔最高的風險。現在病人完全罩在電線網裡，但馮馬克特四肢伏地，用右手拉起網子一角，把自己的頭探進去——就在病人的頭旁邊。馮馬克特醫生的袍子垂到乾淨的水泥地上，碰到了病人徹夜「游泳」後留下的黑色血跡。

現在，他的嘴離病人的耳朵只有幾釐米。

馮馬克特說：「噢。」

網子發出哼鳴。

病人停下緩慢的動作，拱起背，凝視著醫師。

果斯貝克和季馬費耶夫醫生看到馮馬克特的臉色隨著疼痛機的衝擊變白了點，但他控制住自己的聲音，平靜而且大聲地對著病人說：

「你—是—誰？」

病人無起伏地說：「伊莉莎白。」

這答案十分沒頭沒腦，但聲調卻很理智。

馮馬克特把頭從網下移開，對著病人大吼。「你—是—誰？」

裸著身子的男人回答，字字清晰：

「一盞，一盞，小親親，

我在天上吊點滴！」

馮馬克特皺起眉，低聲對機器人說：「更痛苦。提高到最終級。」

網子裡的身軀猛烈擺動，試圖回到在水泥地上游泳的姿勢。

在網裡受苦的人發出一陣巨大而粗野的刺耳哭號，「伊莉莎白」四個字聽起來就像從無窮遠的地方不斷迴盪過來，因為放聲尖吼而扭曲。

毫無道理。

馮馬克特吼回去。「你—是—誰？」

有個聲音——清澈、飽滿、出人意料——從蜷曲在疼痛網下的身軀傳出，回答了三位醫生：

「我是被運送的人、被撕裂的人、被騙的人、深潛的人、傾斜的人、絆倒的人、翻倒的人、跌倒的人、被翻轉的人、被夾住的人、被撕裂的人、被誆的人——啊！」他的聲音斷掉，變成哭喊，然後，儘管強大的疼痛網就覆蓋在身上，他又回到地板上開始游了起來。

醫生抬起手。疼痛網立即停止哼鳴，並高高拉起。

他感覺到病人的嘔吐物。還真快啊。他只揚了揚一邊眼皮，反應相當平常。

「退後。」他對其他人說。

「對我們兩人都施加痛苦。」他告訴機器人。

網子降到他們身上。

「你是誰？」馮馬克特直對著病人的耳朵吼，把男人的身體從地板上半抬起來。他不曉得這個能撕開鋼牆的身體可不可能用某種方式……把站著的兩人撕成兩半。

男人又開始胡言亂語。「我是最多的人、送信的人、主持的人、鬼魂之人、濱海之人、吹噓之人、吃藥的人、總結的人、燒壞的人、烘烤的人，不！不！不要！」

他在馮馬克特的臂中掙扎。果斯貝克和季馬費耶夫想上前營救長官時，病人以冷靜、清晰的語調補了幾句話。

「你的方法是對的，醫生——或者不管你是什麼身分。繼續發燒，拜託，更多疼痛，拜託。還有那些可以對抗疼痛的藥劑。你在拉我回來。我知道我在地球上，伊莉莎白就在附近。看在老天的分上，把伊莉莎白找來給我！但不要催我。我需要很多時間才能復原。」

那聲音中的理智令果斯貝克吃驚。他沒有等待首席醫師馮馬克特的命令，直接下令收起疼痛網。

病人又開始胡言亂語。「我是三人、我是男人、我是樹人、我是我人、我是三人、我是三人……」

他的聲音漸弱，昏了過去。

馮馬克特走出庫房，有些踉蹌。

同事抓著他的手肘，撐住他的身體。

他疲倦地朝他們一笑。「希望這不會違反規定……我想我可能需要一點康達明……難怪疼痛網能把病人叫起來，根本連死人都會抽筋啊！拿些酒給我。我的心臟已經不年輕了。」

果斯貝克扶他坐下，季馬費耶夫跑過走廊，去找醫療用酒。

馮馬克特喃喃地說：「我們要怎麼找到他的伊莉莎白呢？那可能有成千上萬人——而且他還來自第四地球。」

「長官、醫生，因為您的關係，奇蹟出現了。」果斯貝克說：「您竟然進到那網子底下、抓住了機會讓他開口說話。我不可能再看到這種事了。經歷過今天的事，對任何人來說夠講一輩子了。」

「但我們接下來要怎麼辦？」馮馬克特疲憊地問，滿滿的疑惑。

這個問題不需要任何答案。

VII

克魯戴塔大人抵達地球。

他的駕駛員將飛行器降落之後，立刻筋疲力竭地倒在控制臺上。

而在微型太空船中隨著飛行器一同航行的護衛貓，三隻已死，一隻昏睡，第五隻則正呼嚕呼嚕地狂叫。

當港口官方為了查明授權，試圖讓克魯戴塔大人的速度減緩，他行使了頂級動員令，以補完機構的名義接管軍隊指揮權，逮捕肉眼可見除部隊指揮官外的所有人，並徵調指揮官帶他去醫院。港口的電腦告訴他，有個「查無來處」的藍博，曾神祕地出現在那家醫院的草地上。

在醫院外，克魯戴塔大人再次動用頂級動員令，將所有武裝人員納入自己管轄，命令一臺記錄監視器覆蓋他的所有行動，以防之後被送上軍事法庭。他還逮捕視線範圍內的所有人。

全副武裝的士兵腳步沉重，在戰鬥命令下前進，追上正帶著酒趕回馮馬克特身邊的季馬費耶夫。他們神情緊張地小碎步跑著，全都戴著電頭盔。武器滋滋作響。

護士衝上前，想把侵入者趕出去，卻在刺痛的電擊射線無情擦過他們身體時逃回來。整座醫院陷入騷動。

克魯戴塔大人後來承認，他做了非常嚴重的錯誤決定。

「兩分鐘大戰」瞬時爆發。

你必須了解補完機構的運作模式，才會知道怎麼會搞成這樣。補完機構是一群能夠自我存續、擁有極大權力而且紀律嚴明的人。人人都是低等、中等和高等正義的綜合體，只要覺得必須維護補完機構、保持各世界間的和平，該做什麼就一定會去做。但是，如果犯錯或發生過失——嗯，那麼情況就會非常不一樣了。在緊急情況下，任何補完閣員都能致另一位閣員於死地。不過，假使責任是落在他身上，他這麼做等於宣判自己的死刑，也算是羞辱了自己。在緊急情況下遭到殺害，以及證實犯下錯誤的補完閣員，承認犯錯和否認犯錯的唯一差別在於：錯誤的一方會被登記到一份極度可恥的名單，而以正當理由殺死其他補完閣員的人（如果之後的審查能夠證明），則會被放進一份非常榮耀的名單——但仍會被殺死。

不過，如果有三位補完閣員，那情況又不一樣了。這三位大人會組成一個緊急法庭。如果他們出於善意共同行動，並對電腦及補完機構報告，雖然無法免受責難，或降回公民身分，但不需受到刑罰。七位補完閣員——或在特定時刻、特定政府之特定星球上的所有補完閣員——則超然於任何批評，除非他們的行動在後續的翻案審判中被證實有錯。

這就是補完機構的狀況。補完機構有一句恆久不變的口號——「進行觀察，但不去影響；遏止戰爭，而不要發動；執行保護，但不去控制；而在所有原則之上，要活下去！」

克魯戴塔大人侵占了軍隊——那不屬於他，是屬於人土政府的輕型常規軍——因為他害怕整個人類歷史上最大的危險，可能來自那個由他親手送往第三宇宙的人。

他完全沒想到，在他的指揮下——在由機器心靈感應、無懈可擊的通訊網絡支援，開放又私密的優勢力量——從補完機構於古代大戰誕生起就不斷完善，數千年來受權謀、挫敗、祕密、勝利及絕對經驗強化的力量——

這樣的軍隊竟然會被拔除。

撤銷中……撤銷完畢！

這是補完機構在開始記錄前就使用過的命令。有時，他們能掌握決勝關鍵，令反對者的優勢不再，其他部分則靠援引武器時靈活且致命的動作，大多數則倚賴滲透他人的機械與社會，任意而行。一旦全面掌握，他們拋棄控制權的速度就跟取得時一樣迅速。

然而克魯戴塔臨時徵召的部隊就不是這樣了。

Ⅷ

戰爭在眨眼間開始。

兩支小隊進入伊莉莎白在醫院中躺的區域，她正等待著，不知何時才能回到可重建這副殘破軀體的凝膠澡盆。

但這兩支小隊突然改變步伐。

後來生存下來的人都無法解釋到底發生了什麼事。

他們在事後——全都因嚴重的精神混亂受到折磨。

在那個當下，他們都接收到一股邏輯清楚、指示明確的命令，要他們轉而保護那個女人所在的區域，反擊位於正後方的主要部隊。

醫院建物本身非常結實，不然的話，應該會整個崩垮，或在火海中倒下。

走在前面的士兵突然轉身，倒地掩護，拿起電槍掃射跟在自己身後的同袍。那種電槍會針對有機物質引爆，對無機物其實無害。它們的動力來自各個士兵背上的繼電器。在這個轉捩點的頭十秒鐘，二十七位士兵、兩位護士、三名病人以及一位老人喪命，還有一百零九人在這最初的交火中受傷。

部隊指揮官沒見過戰場的模樣，但受過精良訓練。他迅速在建築物的對外出口周圍部署預備軍，並將自己的親信，藍斯戴爾中士領導的小隊派至地下室，讓他們從地下直升到該女性病患所在處，找出敵人身分。

直到那時，他都還不知道其實是領頭部隊倒戈，跟自己的同伴打了起來。

後來在審判時，他作證表示自己的心智沒有受到任何詭異的干擾。他只知道，手下遇到預期外的敵方武裝抵抗——對方身分不明，而且擁有跟他們一樣的武器。他覺得，既然克魯戴塔大人是為了要跟未知敵手戰鬥才帶上他們，那麼，他預設補完閣員非常清楚自己的行為，這不是理所當然的事嗎？所以，那些人是敵方沒錯。

不到一分鐘，雙方勢力就失去平衡。火力不斷朝他的部隊移進。領先的隊伍儘管有部分負傷，仍迅速轉向，和站在正後方的部隊打了起來。他們猶如一條移動快速的隱形線，將雙方的軍力隔開。

通風管裡開始充斥著人體溶解產生的油膩黑煙。

病人大聲尖叫、醫生發出咒罵、機器人到處踩踏，護士不斷嘗試呼喚彼此的名字。

當部隊指揮官看到由自己派上樓的藍斯戴爾中士，戰鬥頓時結束。那位隊長帶頭從女性病患區衝出來，直接攻擊自己的長官！

指揮官保住了自己的命。

空氣發出巨響向他擠來，他撲倒在地、滾到一旁。藍斯戴爾的電槍發出放射線，殺光空氣中所有的細菌。指揮官把頭盔耳機的音量轉到最大，並調到士官專用頻道，然後突然有了一個靈感——他以命令的口氣說：

「幹得好！藍斯戴爾！」

藍斯戴爾回傳的聲音之微弱，彷彿來自另一個星球。「我們不會讓他們進到這區的，長官！」

「好，現在放輕鬆，撐住。我就在這兒。」部隊指揮官大聲但平靜地回話，不洩漏自己認為該中士已經發瘋的想法。

他換到其他頻道，對離自己最近的那些人說：「停火。掩護。等待。」

一陣尖叫從耳機裡爆出。

是藍斯戴爾。「長官！長官！我現在才知道我打的人是你——長官，它又來了。小心啊！」

武器刺耳的嗡嗚聲瞬間停下。

醫院裡的人群持續混亂騷動。

一位別了資深徽章的高大醫生緩步朝指揮官走來。「你可以站起來帶著你的士兵出去了，年輕人，這場戰鬥是大錯特錯。」

「我不聽你指揮。」年輕的指揮官打斷他。「我聽令於克魯戴塔大人。他從人士政府徵召這支部隊。你是誰？」

「你應該向我敬禮的，隊長，」醫生說：「我是地球醫療後備軍的馮馬克特上將。你不用等克魯戴塔大人了。」

「他在哪裡？」

「在我床上。」馮馬克特說。

「您床上？」年輕的指揮官一陣驚愕，喊叫出聲。

「在床上。徹底麻醉了。我已經把他安頓好，他之前興奮過頭了。把你的人帶出去，我們會在草坪上治療傷患。除了那些被直接命中、已經蒸發的人之外，幾分鐘後你就可以在樓下的冷藏室查看死者。」

「但是戰鬥……？」

「是個錯誤。年輕人，總之是那樣──」

「什麼叫『總之是那樣』？」年輕的指揮官剛經歷過一場混亂的戰鬥，忍不住大叫了起來。

「那是一種沒有人看過的武器。你的指令遭到攔截，四支部隊只是在對抗彼此。」

「我可以看出來，」指揮官打斷他。「一看到藍斯戴爾攻擊我，我就知道了。」

「但你知道是什麼東西控制他嗎？」馮馬克特溫和地說，一面拉著指揮官的手臂，引他往醫院外走。隊長很順從，因為他想快點聽到馮馬克特接下來要說什麼，所以完全沒注意到自己前進的方向。

「我想我知道，」馮馬克特說：「那是另一個人的夢；屬於一個知道該如何把自己變成電、塑膠或石頭的夢。那是從第三宇宙來到我們這裡的夢。」

年輕的指揮官默默點頭。他受到的衝擊太大了。「第三宇宙？」他喃喃自語。彷彿有人告訴他說，人類等了一萬三千年，從來沒遇到外星入侵者——但那些入侵者現在就在草地上等著他。在此之前，第三宇宙還只是數學上的概念，是冒險小說的白日夢，不是事實。

馮馬克特完全沒打算多問年輕指揮官什麼。他輕柔地撫過年輕人的脖子後方，給他打了一劑鎮定劑。馮馬克特把他領到草地上，年輕的隊長獨自站在那兒，開開心心對著天上的星星吹口哨。在他身後，他的手下、軍官和士兵正在整頓倖存者，並讓受傷的人接受治療。

「兩分鐘大戰」結束了。

藍博腦中那個伊莉莎白陷入危機的夢境停了。即便處於因病而發的深層睡眠，他仍能辨認出走廊上沉重的腳步聲是武裝人員移動的聲音。他的大腦建立起一道保護伊莉莎白的防禦措施，接管先鋒部隊的指揮權，並讓他們阻止主要軍隊。滲透到他身上的第三宇宙力量讓他輕易做到這一切。雖然，他完全不曉得自己做了什麼。

IX

「有多少死者？」馮馬克特問果斯貝克和季馬費耶夫。

「大約兩百。」

「有多少死亡事件無法撤銷？」

「那些蒸發成煙的：十二個，也可能是十四。其他死者都可以治療，但大部分需要新的性格印紋。」

「你們知道發生了什麼事嗎？」馮馬克特問。

「不知道，長官。」兩人同答。

「我知道——我覺得我知道。不對，我確定知道。這將是人類歷史上最瘋狂的一章，而且是由我們的病人藍博做的。他接管了部隊，讓他們互相攻擊。那位衝進來的補完閣員——克魯戴塔，我已經認識他很長很長一段時間，這是他搞出來的，以為軍隊會有幫助，卻完全沒料到會導致他們自己受到攻擊。然後，還有其他原因。」

「其他原因……？」他們同時出聲。

「藍博的愛人——他在找的那個人——她一定在這裡。」

「為什麼？」季馬費耶夫問。

「因為他在這裡。」

「您現在是假設，他來這裡是出於自己的意願嗎？長官？」

馮馬克特露出屬於他族人特有的狡猾微笑。那幾乎成了馮馬克特家族的正字標記。

「我現在的假設都無法證明。

「第一，我假設，他是靠著某種我們猜不到的力量，直接赤裸裸地從太空中來到這裡。

「第二，我假設，他是因為想要某個東西才來這裡：一個叫伊莉莎白的女人，而且她一定已經在這裡了。晚點我們可以去清查這兒所有的伊莉莎白。

「第三，我假設，克魯戴塔大人知道這件事。他把軍隊領進這棟建築物，一看到我就開始狂吼亂叫——對於因疲勞而出現的歇斯底里症我非常熟悉——你們也一樣，我的弟兄。所以，我用康達明讓他一夜好眠。

「第四——我們就別再去打擾那位病人了吧。之後的聽證會和審判就夠他受的了。這個太空很擅長在適當時機把所有事情攪得亂七八糟。」

馮馬克特是對的。

他一向如此。

後來真的有審判。

所幸，舊地球不再允許報紙和電視新聞，不然的話，光是發現西密雅密法拉的主樓醫院出了什麼事，一般大眾就會被倍數成長的暴動和恐懼嚇壞。

X

二十二天後，馮馬克特、季馬費耶夫和果斯貝克被傳喚至克魯戴塔大人的審判庭。整整七名補完閣員陪審團到場，為克魯戴塔進行聽證，以及為可能判處的死刑做萬全準備。三位醫生同時代表伊莉莎白、藍博以及偵查長的證人。

從死亡狀態歸來的伊莉莎白極為美麗，就像一名擁有成熟女人身軀的新生兒。藍博的眼神離不開她，但每一次，當她對他露出友善、平靜又疏遠的微笑時，他便一臉困惑。（她被告知，自己曾是他的女人，而她也做好心理準備相信此事。但當語言重新安裝進她腦中，她卻沒有任何關於他，或過去六十小時以外的記憶。另一方面，對他而言，他仍處於無法流暢使用言語、充滿壓力的狀態。關於這件事，醫生還不甚了解。）

偵查長名叫斯達蒙。

他要求陪審團起立。

他們照做。

他嚴肅地面向克魯戴塔大人。「你，克魯戴塔大人，有義務迅速且清晰地對本庭做出回答。」

「是的，大人。」他回答。

「我們擁有摘錄的權力。」

「我同意您擁有摘錄的權力。」

「你應如實呈述，不然等同說謊。」

「我應如實呈述，不然等同說謊。」

「如果你想，還是能針對事實、看法及見解說謊，但不得謊報人際關係。然而，若你確實說謊，等同主動將自己的姓名載入恥辱名冊。」

「我了解此庭及其權力。我若想要，就會說謊——雖然我不覺得自己需要這麼做，」此時，克魯戴塔對著他們露出一個疲憊卻聰穎的微笑。「但我不會謊報人際相關事宜。若我確實說謊，等同主動接受恥辱。」

「你是否受過做為補完閣員的完善訓練？」

「我所受的訓練極其完善，我也深愛補完機構。事實上，我跟您以及您身旁所有尊貴的人一樣，我就是補完機構。在今天下午，只要我還活著，我都將做出良善的行為。」

「你們相信他嗎？各位？」斯達蒙問。

陪審團的成員點了點頂著主教式法冠的頭。為了這個場合，他們都穿了正式禮服。

「你和這個叫伊莉莎白的女人之間有什麼關係？」

審判庭的成員看到克魯戴塔臉色一白，他瞬間摒住呼吸。「尊敬的大人啊！」他喊著，但沒有進一步回答。

「這是規矩，」斯達蒙堅定地說：「你得立刻回答，否則就是死。」

克魯戴塔穩住心神。「那麼，我要答了：我本來不知道她是誰，只知道藍博愛她。我把她從第四地球送到地球，那時我就在這裡。然後，我告訴藍博她遭到殺害，處於絕望的瀕死邊緣，等著他來帶她重返生命的綠野。」

「那是實話嗎？」斯達蒙說。

「庭上與各位大人，這是謊話。」

「你為什麼要這樣說？」

「為了激起藍博的憤怒，給他一個超出一切的原因，讓他恨不得以無人達到的速度迅速來到地球。」

「啊——啊——」藍博發出兩聲淒厲的哭喊。與其說是人的喊叫，其實更像動物。

馮馬克特看著他的病人，覺得心裡也升起一股怒氣。藍博來自第三宇宙深處的力量又開始運轉。馮馬克特打了個手勢：為了讓藍博冷靜，他身後的機器人已重新設計過。雖然，為了讓它比較接近白光閃閃的醫院勤務兵，他們在它的外表上了一層琺琅，但實際上那是一臺高功率的警用機器人，使用老狼經過電子化的冷凍中腦皮層打造而成（狼是一種少見的動物，長得有點像狗。）那名機器人摸了一下藍博，他頭一垂，深深睡去。馮馬克特醫生感到內心的憤怒漸散。他輕輕抬手，收到訊號的機器人立即停止釋放發作性睡眠射線。藍博睡著了，伊莉莎白憂慮地看著她的（大家都這麼告訴她）男人。

補完閣員的視線從藍博身上移回來。

斯達蒙冷冷地說：「你這麼做的理由是？」

「因為我希望他通過第三宇宙。」

「為什麼？」

「為了要證明這件事可以做到。」

「那麼，克魯戴塔大人，你肯定這個男子穿越了第三宇宙？」

「是的。」

「這是謊話嗎？」

「我有說謊的權力，但我沒有這麼做的意願。我以補完機構之名起誓，我告訴你的是實話。」

陪審團的成員倒抽了一口氣。現在再也沒有退路了——一個可能是，克魯戴塔說的是實話，此前所有舊時代將在此終結，開始一個屬於所有人類種族的新紀元。另個可能是，他在人類所知最強大組織的眼皮底下公然撒謊。

斯達蒙連說話的語氣都變了。他原先帶著嘲弄、輕浮又睿智的嗓音中出現一股仁慈的新情緒。

「那麼，你認為這個男人可以僅憑著這身臭皮囊，從我們的銀河系外歸來？——不靠工具、沒有能源？」

「我沒有那麼說，」克魯戴塔表示。「也許其他人會認為我講過這種話。但容我告訴您們，各位大人，我連續介面重塑了十二個地球晝夜。你們可能還記得鱷餌前哨站在哪裡——我這麼說好了，我有一個優秀的開路艦長，他帶著我從那裡向外遠程跳躍四次，直直深入星系間的星際空間。我把那個男人留在了那裡。而當我回到地球，他已經在這裡約莫待了十二天。因此，我假設，他的旅程應該是瞬間完成。當這裡的醫生在醫院外的草地上找到他，按照地球時間，我正在回到鱷餌的路上。」

馮馬克特舉手，斯達蒙大人給他發言權。「各位長官與補完閣員，我們並沒有在草坪上找到這個男人，找到他的是機器人。但即使是機器人，也沒有看到或拍到他抵達的模樣。」

「我們知道這點，」斯達蒙生氣地說。「我們也知道在那十五分鐘內沒有任何東西、靠任何方式到達地球。繼續說，克魯戴塔，你跟藍博的關係是什麼？」

「他是我手下的受害者。」

「說清楚！」

「他是我用電腦找出來的。我問電腦，有沒有哪裡可以找到內心帶著巨大憤怒的男人。然後我得知，第四地球的憤怒指數被維持在高點，因為那裡需要大量開拓家和探險者，憤怒對這樣的人來說是很強的存活特質。當我到達第四地球，我命令官方尋找超過合法憤怒值的邊緣人。他們給了我四個：一個體型太大。兩個已經太老。這個男人是我唯一可用的實驗候選者。所以我選了他。」

「你跟他說了什麼？」

「他嗎？我告訴他，他的寶貝死了，或正在瀕死邊緣。」

「不是，不是，」斯達蒙說：「我指的不是發生了什麼，而是你在一開始用什麼方式讓他願意跟你配合？」

「我告訴他說，」克魯戴塔十分平靜。「我是補完閣員，他若不即刻服從，我就親手殺了他。」

「你是依哪項規定或法條做出這種行為？」

「資料保密。」克魯戴塔大人立刻回應。「這裡有不屬於補完機構的心靈感應者，我請求推遲回答，直到擁有完整屏蔽的空間。」

數位陪審團成員點頭，斯達蒙也同意他們的看法。他改變提問的方式。

「所以，你強迫這名男人去做他不願意做的事？」

「是這樣沒錯。」克魯戴塔大人說。

「如果這件事情這麼危險，你為什麼不自己去做？」

「各位補完閣員，可敬的大人，實驗的本質，就是不應在首次試驗時投入實驗者。亞特・藍博確實穿越了第三宇宙，我也會在適當的時機，踏上他曾走過的路。（至於克魯戴塔如何做到？那就是另一個故事了，改日再說。）如果我當時去了，並且失蹤，就等於終結了關於第三宇宙的試驗。至少，是終結我們這個時代能有的試驗。」

「告訴我們，在主樓醫院的硬仗過後，在重新遇到亞特．藍博之前，你最後一次看到他的確切狀況是如何。」

「我們把他放在一艘樣式最古老的火箭，就像古人第一次冒險進入太空時那樣，我們也在火箭外表寫了字——啊，那真是結合工程與考古學的美麗作品啊！我們把所有東西都正確複製下來，採用的模型可以追溯到一萬四千年前，帕羅斯基人和墨金人彼此進行太空競賽的時候。火箭是白色的，旁邊附帶一臺紅藍色的起重架。我不是說那些字有多重要，但ＩＯＭ三個字母就寫在火箭上。那艘火箭不知道去了哪兒，可是乘客卻坐在這兒。它在升空時吐出火焰，大團火焰變成火柱，然後降落場就消失了。」

「這個所謂的降落場，」斯達蒙悄聲說：「那是什麼？」

「一艘修改過的介面重塑太空船。曾經有船在太空中一個分子、一個分子地消逝，直接化成了乳狀，其他船則是整艘直接消失。工程師針對這點進行修改，拿掉了所有為了進行環繞航行、維生或舒適設置的裝備。降落場是為了維持那三、四秒才存在的，最久就是這樣。我們改放進十四臺介面重塑裝置，全部串聯起來運作，好讓這艘太空船能做到其他船在進行介面重塑時做的事——丟掉我們熟悉的維度，從某個未知的宇宙中挑出新的——它會用這龐大的動力脫離人們所說的第二宇宙，進到第三宇宙。」

「對於第三宇宙，你當時有何期望？」

「我覺得那對我們的宇宙來說是一種普世的、即時的概念。其中的任何物體相互的距離都一樣。就像藍博，他因為想要再見到他的愛人，在千分之一秒的時間從鱷餌前哨站外的虛無太空，移動到她所在的醫院。」

「克魯戴塔，是什麼讓你這麼認為？」

「直覺，大人。如果你要為此殺我，我很樂意。」

斯達蒙轉向陪審團。「各位大人，我想你們應該比較想判他長生不死，讓他承擔偉大責任與豐碩獎賞——但又因為這彆扭且複雜的想法感到疲憊，是不是？」

尖尖的法冠緩緩移動，陪審團的成員站了起來。

「而您，克魯戴塔大人，將會沉睡到審判結束。」

有個機器人摸了他，他便睡著了。

「五分鐘，」斯達蒙大人說：「之後傳下個證人。」

XI

馮馬克特試著不讓藍博以證人的身分受傳。他在中場休息時激烈地與斯達蒙大人爭論。「各位大人關閉我的醫院、綁走我兩個病人，然後你們現在還要折磨藍博和伊莉莎白——就不能放過他們嗎？藍博現在根本無法回答出前後連貫的答案，而伊莉莎白看到他受苦，可能還會有精神創傷。」

斯達蒙大人對他說：「醫生，你有你的規則，我們有我們的。這場審判的所有細節都被記錄了下來。除非我們發現藍博擁有毀滅星球的能力，否則不會對他做出任何事。當然，如果他真的有，我們會請你把他帶回醫院，讓他安樂死。但我不認為這種事會發生。我們想要聽聽他的說法，好對我的同事克魯戴塔進行審判。要是沒有這麼嚴謹的內部紀律，你覺得補完機構有可能留存下來嗎？」

馮馬克特難過地點了點頭，走回果斯貝克和季馬費耶夫旁邊，小聲而憂傷地對他們說：「藍博躲不掉了。我們只能這樣。」

陪審團再次集合。他們戴上了尖尖的法冠，房間裡的燈光暗下，換成詭異又散發正義氛圍的藍光。

機器勤務兵幫藍博坐上證人席。

「你有義務迅速且清晰地對本庭做出回答。」斯達蒙說。

「你不是伊莉莎白。」藍博說。

「我是斯達蒙大人，」偵查長說，當下決定省去形式。「你知道我是誰嗎？」

「不知道。」藍博說。

「你知道你在哪裡嗎？」

「地球。」藍博說。

「你會說實話，還是說謊？」

「謊言，」藍博說：「是人類所能共享的唯一真實，所以我會告訴你謊言，一如往常。」

「你可以報告你的旅程嗎？」

「不行。」

「為什麼不行？公民藍博？」

「文字無法描述。」

「你記得你的旅程嗎？」

「那你記得自己兩分鐘之前的脈搏嗎？」藍博反問。

「這不是在開玩笑，」斯達蒙說：「我們認為你曾經去過第三宇宙，並且需要你替補完閣員克魯戴塔作證。」

「噢！」藍博說：「我不喜歡他。我從來沒喜歡過這人。」

「儘管如此，你還是必須告訴我們你發生了什麼事。」

「我應該這麼做嗎？伊莉莎白？」藍博轉去問那個坐在聽眾席的女孩。

她口齒清晰地說：「應該，」她的聲音非常清楚，響徹整個大房間。「告訴他們，好讓我們可以找回以往的生活。」

「那我就告訴你。」藍博說。

「你最後一次見到克魯戴塔大人是什麼時候？」

「那時我被脫個精光、塞進火箭裡。在鱷餌前哨站向外跳躍四次的位置。他站在地面上，對我揮手道別。」

「之後發生了什麼事？」

「火箭升空——那感覺非常奇怪，不像我曾經搭過的任何飛行器。我承受了很多、很多的重力。」

「然後呢？」

「引擎繼續發動，我被朝外丟進太空。」

「那是怎樣的情況？」

「我把穿越太空要用的工作船、衣服和食物都留在身後，去到一條並不存在的河流。雖然看不見，但我感覺到周圍滿滿的人。他們對著家畜射箭，是紅色的人。」

「你那時在哪裡？」一名陪審團成員問。

「在一個沒有夏天的冬季裡；在恍若孩童心靈的虛無裡；在一塊從大陸被扯下的半島上。我就是船。」

「你說你是什麼？」同一個陪審團成員又問。

「箭鼻，頭錐，船本身。我那時醉了——它那時醉了。我就是那艘醉船。」藍博說。

「你去了哪兒？」斯達蒙繼續。

「一個有詭異燈籠彷彿睜著愚笨雙眼的地方。那裡的海浪來回沖刷古今所有死者。星群成了一片池塘，而我徜徉其中。那裡的藍成了酒液，但比酒精更強，比音樂更狂，是用好多好多好多紅色的愛釀造的。我看到人們以為自己看過的事物，而真正見識到它們的是我才對；我聽見磷光在歌唱，潮水從海洋中湧來，像瘋狂的牛群正在扒找出路，牠們的蹄子拍在礁岩上。你一定不會相信，但我找到了比這裡更巨大的佛羅里達，那裡的花有人的皮膚，還有大貓的眼睛。」

「你到底在說什麼鬼話？」斯達蒙大人問。

「在說我在第三宇宙找到的事物。」亞特．藍博打斷他。「信不信由你。這些是我記得的一切。也許是夢，但我擁有的就是這些了。我在那之中度過一年又一年，但又像是眨眼瞬間。我夢過綠色的夜晚，感覺過那個地平線會化成大瀑布的地方。我變成那艘船，遇到了孩子們，帶他們遊覽埃爾多拉多，那是金色的人居住的地方。溺死在太空中的人緩緩沖刷過我身邊。所有失落的太空船都沒頂於此，而我是靜止於其中的船。虛幻的海馬在我身旁奔馳，屬於夏季的月分降臨，太陽落下。我走過星星的群島，錯亂而譫妄的天空為漫遊者開啟。我為自己而哭。為人類啜泣。我想成為那艘下沉的醉船。我沉沒、跌落。草坪對我而言猶如湖泊。有個憂傷的孩子四肢著地，在其中駕駛一條脆弱如春蝶的玩具船。我無法忘記被遺忘的旗幟帶有何種尊嚴，或一座牢獄何其傲慢，或游泳的商人——然後我就在草地上了。」

「這或許有點科學價值，」斯達蒙大人說：「但司法不在乎這種事。你對自己在醫院交戰時的行為有何解釋？」

藍博迅速回答，而且看起來神智清楚。「我做的那些——其實不是我。我沒有做的那些——我也不能說。讓我走吧，我已經受夠你們還有這個宇宙——這些大人、這些大事。讓我睡，讓我好起來。」

斯達蒙舉起手要求肅靜。

陪審團成員都注視著他。

當下，只有幾位心靈感應者知道他們說了什麼。「讓這人走吧，也讓那個女孩走。讓醫生們也走吧。但等會兒先把克魯戴塔大人再帶回來，他的麻煩還沒完，而且我們還想再加上幾筆。」

XII

補完機構、人土政府以及主樓醫院的主管機關之間，人人都希望藍博和伊莉莎白擁有快樂的生活。

隨著藍博康復，他在第四地球上的許多記憶都回來了。那趟旅程則在他腦中漸漸淡去。

當他開始了解伊莉莎白，反而變得討厭起她來。

這不是他的女孩——他那個大膽、挑逗，屬於市集與山谷、屬於雪嵦山丘和長途航行的伊莉莎白。可是這個她溫馴、甜蜜、哀傷，充滿無可救藥的愛。她是別人。

馮馬克特將這個問題調整好了。

他把藍博送到赫斯珀里德斯的娛樂之城。那裡那些大膽又狂放的女子不斷追著他，因為他有錢又有名。

幾個星期後（那是非常短暫的幾星期），他馬上想要回自己的伊莉莎白。他為了那個異常害羞的女孩撐著脆弱的身子航過太空、從死亡中將她帶回來。

「告訴我實話，親愛的，」他曾以嚴肅的神情問過她一次。「害妳喪生的那場意外是克魯戴塔大人安排的嗎？」

「他們說他不在場，」伊莉莎白說：「他們說那真的是意外。但我不確定。只是我永遠也不會知道了。」

「這些現在都不重要，」藍博說：「克魯戴塔已經去和星星作伴，去惹他自己的麻煩。而我們有了自己的房子、自己的瀑布，還有彼此。」

「沒錯，親愛的，」她說：「我們有彼此。不用面對什麼夢幻的佛羅里達。」聽到這個來自過去的典故，他眨了眨眼睛，沒說什麼。就一個曾經穿越第三宇宙的人而言，除了別再穿回第三宇宙，他對生活沒什麼要求。有時他會夢見自己又變成了火箭——那艘踏上不可思議之旅的老舊火箭。讓其他人去追尋吧！他想，讓其他人去！我有伊莉莎白了，我正好好地活在這裡。

19 希登媽媽的奇登崽

道困阻竊；
道順助竊；
道暢止竊。

——汎・畚魯

I

月亮轉動，女人注視著，月球赤道上的二十一個面被照得閃亮亮。她是希登媽媽，古北澳的武裝女頭目。她負責警備。

她的臉色紅潤，金髮閃耀，年齡不詳。她的眼睛湛藍，胸膛結實，擁有一雙強健的臂膀，看起來就像母親。但她唯一的孩子已在好幾代前死去。如今，她不只是某個人的母親，更是一個星球的母親。那些北澳人之所以睡得安穩，是因為知道有她關照。而那些「武器」，則深陷於漫長、不健康的熟睡裡。

這晚，她第兩百次瞥過收到警告的銀行。但銀行仍悄無聲息。

雖然沒有什麼危險的徵兆，她卻覺得宇宙某處好像有個敵人，正等著要來打擊她和她的世界，奪取北澳人無限的財富。她不耐煩地嘖了口氣。來吧，渺小的男人，她這麼想。來吧！前來受死，別讓我等。

她意識到自己的荒謬念頭，不禁笑了笑。

她等著他。

但他並不知道。

這人可是相當悠閒。這名盜匪——班加康門．波札。關於放鬆的藝術，他可是十分擅長。若說到堤攸星的桑維爾，不會有人懷疑他不是在絢爛紫星照耀下長大的盜人公會資深狩獵人；沒有人會發覺他身上有股來自薇歐拉．賽迪爾瑞亞的氣息。「薇歐拉．賽迪爾瑞亞，」茹女士曾經這麼說：「它曾是世上最美好的地方，而今卻成為最腐敗的地方。那裡的人曾是人類的典範，現在卻個個成為小偷、騙子和殺手，你在白天就可以聞到他們靈魂的氣味。」茹女士已經過世很久，雖然她相當受人敬重，但她還是搞錯了。沒人聞得出盜匪是什麼氣味，這點他很清楚。他犯下的「錯」事不比靠近鱈魚群的鯊魚多。生命的本質就是生存下去，他所接受的教養讓他學會不擇手段活下去，必須不停掠奪獵物。

不然他還能怎麼活？當光子帆從太空退場，介面重塑太空船開始在星際航道颯颯響起，薇歐拉．賽迪爾瑞亞早就破產了。他的祖先被遺棄在荒野行星上，任其自生自滅，但他們不甘受死，於是改變自己的習性，成為人類的掠奪者，藉由時間與遺傳適應那些非生即死的艱苦差事。而他，盜匪中的霸主，是其中最強的人。

他是班加康門．波札。

他曾發誓，就算是死，也要搶一次古北澳——他完全不打算葬身於此。

堤攸是一個自在又悠哉的中繼星球，桑維爾的海灘風和日麗。運氣，還有他自己，是他的兩個武器：而他打算好好將兩者派上用場。

北澳人是會殺人沒錯。

但他也會。

此時此刻，在這迷人海灘上，他是一個開開心心的觀光客。等到事情結束，他將成為兔群裡的雪貂，鴿群中的老鷹。

班加康門．波札，這麼一個盜賊與狩獵人，卻完全不知道有人正在等待他。那個人連他的名字都不知道，就先做好了萬全準備，要特地為了他召喚死神。

波札仍很平靜。

希登媽媽一點也不平靜。她隱隱約約感覺到他，卻還無法清楚察覺。

一隻「武器」打了個鼾，她把它翻過身。

而在千星之外，班加康門．波札正在微笑，一面走向海灘。

＝

班加康門給人的感覺就像觀光客，晒黑的臉龐顯出一股安逸與得意，有著內雙眼皮的眼睛看來沉靜，帥氣的嘴型即便沒有迷人的笑容，嘴角依舊稍帶笑意。他渾身散發一股吸引力，沒有絲毫尷尬或不自在，外貌比實際年齡年輕許多。他步伐輕快，乘興踩過桑維爾的海灘。

海浪捲了進來，白色浪冠就像地球母星的浪頭，因為他們的世界與人士如此相似，桑維爾人感到自豪。他們幾乎都沒見過人士，但個個都聽過一些歷史的片段。一想到遠古政體的影響力至今遍及宇宙深處，大多數人還是會被那毫無來由的焦慮影響。他們不喜歡地球上那個古老的補完機構，卻對它戒慎恐懼。這道浪花或許令他們想起地球美好的一面，但對於不那麼美好的另一面，則沒人想記得。

這個男人就像舊地球美好的那一面，沒人能察覺到他不為人知的影響力。當他沿著海濱漫步，桑維爾的人都未加思索地對著他直笑。

氛圍寧靜，周遭的一切也十分靜謐，他的臉朝太陽，閉上眼睛。溫暖的陽光穿透眼皮，隨著舒服而令人安心的感受，將他照亮。

班加康門夢想著要幹下一樁史上最大竊案——這事兒很多人都盤算過。他夢想著要從人類史上最富裕的世界盜取巨額財寶，他想像著，當他把那筆財富帶回薇歐拉．賽迪爾瑞亞——也就是他從小長大的星球——究竟會發生什麼事。班加康門的臉從向陽面轉過來，懶洋洋地望著海灘上的人。

眼下還沒有半個北澳人。他們很好辨認：紅膚而高大，運動神經絕佳，但同時又散發一股特有的愚鈍、不經世事與強悍。班加康門為了這樁竊案已經演練了兩百年，薇歐拉．賽迪爾瑞亞的盜人公會延長了他的壽命。他以身體力行的方式實現整個星球的夢。那個可憐的星球曾一度成為經貿路線的樞紐，如今卻淪為掠奪與竊盜的偏遠溫床。

眼前，有個北澳女子從旅館出來，下到海灘。他等待著、觀望著、幻想著，心中懷抱著一個沒有任何成年澳大利亞人願意回答的問題。

「到現在，我還是叫他們『澳大利亞人』。實在有趣。」他想：「那個古老得要死的地球給這些富有、勇敢的強者取的名字，他們那些好鬥的後代占據了大半世界……如今，卻變成全人類眼中的暴君；他們握有財富，把持著聖塔克拉拉靈藥，人類的生死全仰賴他們和北澳人之間的貿易。我不會這麼做，我的同胞也不會。對其他人而言，我們可是狼一般的存在！」

班加康門從容地等待著。因為受到恆星的光照射，晒黑的他雖然已兩百歲，看起來卻只有四十，即便就一個遊客的角度，他也穿得太隨便。從外表打量，他很有可能是跨域推銷員、高級賭客或太空港的襄理，甚至是某個在貿易航道上執行勤務的警探……但他都不是。他是一名盜賊——而且是很優秀的那種。人們會願意親手把財產交給他，只因為他的金髮灰眼，看來沉著鎮靜又令人安心。班加康門等待著，眼前的北澳女子朝他瞥了一眼，帶著毫不遮掩的猜忌。

她眼裡見到的景象大概足以令她收起戒心吧——她就這麼走過了。女子回頭對著沙丘喊：「快來啊，喬尼，我們可以在這兒游泳。」有個大約八歲或十歲的小男孩越過沙丘頂端，向他母親跑來。

班加康門緊繃起來，猶如眼鏡蛇；他瞇著眼，眼神變得銳利。

這就是他的獵物。不要太小，不要太老。如果肉票年紀太小，他就得不到想要的答案；如果年紀太老，又沒什麼用處。北澳人的戰鬥力舉世聞名，成年人在精神和肉體上都過於強大，無法下手。

就班加康門所知，所有接近北澳人之星的盜賊——也就是那些試圖劫掠古北澳夢幻世界的人——不是失聯就是身故，沒有人留下隻字片語。

但他很肯定，成千上萬的北澳人都知道這個祕密——不但知道，而且有時還會拿來開玩笑。在他還是個小毛頭時就聽過這些笑話了；而今，他的歲數早就超過那些連答案的邊都沾不到的老傢伙。壽命是昂貴的，他現已步入他的第三條命，而那些命是他的人民心甘情願買單的。這些善良的賊將辛苦偷來的錢散盡，拿來換藥，就為了讓他們之中最厲害的盜賊繼續活下去。班加康門不喜歡動粗，但如果暴力能成就史上最大的竊案，那他很樂意。

那個女人又看了看他，他臉上一瞬閃過的邪惡面具已經褪去，換上一張和善的臉。班加康門冷靜下來，在放鬆的頃刻間，女人認為這個人應該是討人喜歡的。

她以北澳人特有的羞赧與躊躇，微笑說道：「在我下水的時候，可以請你顧一下我兒子嗎？我想我們應該有在旅館見過面。」

「可以啊，」他說：「我很樂意。來吧！孩子。」

喬尼走過向陽的沙丘，迎向死亡——來到壞人觸手可及之處。

但他的媽媽已經轉過身了。

班加康門．波札訓練有素的手伸了出去，抓住那孩子的肩膀。他把男孩轉向他、制伏住，在孩子哭出聲前用針將吐真藥打了進去。

喬尼只感受到痛，接下來，隨著強大的藥性發揮作用，他覺得顱內像被人重重捶了一下。

班加康門望過水面。那個媽媽還在游泳。她似乎回頭看了他們一下，顯然不怎麼擔心。對她來說，孩子只是在看某個陌生人隨意秀出來的東西。

「小朋友，」班加康門說：「現在告訴我，外防有什麼？」

男孩沒有反應。

「外防有什麼，小朋友？外防有什麼？」班加康門一再複述，但男孩還是沒有反應。

一陣懼意傳來，令班加康門．波札不寒而慄。他意識到自己把人身安全賭在這座星球；他用這個計畫，賭一個破解北澳人祕密的機會。

他受到簡易心靈裝置所阻——這孩子被下了用來抵禦攻擊的制約，任何以強硬手段取用資訊的意圖，都會帶來全面失語的條件性反射。這個男孩是真的說不出話。

孩子的母親轉過身大喊，溼溼的頭髮在陽光下柔順閃亮。「沒事吧？喬尼？」

班加康門代替孩子向她揮手。「太太，我在拿我的照片給他看，他很喜歡呢！妳慢慢來，別急。」

孩子的母親猶豫了一下，轉身慢慢往水中遊去。

喬尼被藥勾走了魂，輕輕坐在班加康門的膝蓋上，像個病弱者。

班加康門說：「喬尼，你就要死了，如果你不把我要知道的事說出來，你會死得很難看。」在他的束縛下，男孩虛弱地掙扎。班加康門再次重複。「如果你不把我要知道的事說出來，我就要動粗了。外防有些什麼？——外防都有些什麼？」

孩子掙扎個不停，班加康門不禁意識到，這男孩之所以反抗，是為了遵從他被給予的指令，而不是為了脫身。他讓孩子溜過雙手中，男孩接著伸出手指，在濡溼的沙地上寫字。一筆一劃，一字一字慢慢顯現。

一個男人的身影赫然出現在身後。

班加康門原本警戒著，準備隨時轉身擊殺對方或逃跑，但他突然溜到那孩子身旁的地上。「這謎題太有趣了，真是不錯啊。再多告訴我一點！」他對著經過的成年人笑了笑。那個男人是個陌生人，好奇地掃了一眼，但他看到班加康門愉悅的神情，又看到他這麼溫柔而愜意地陪著小孩玩，就有些放下心來。

男孩的手指仍然在沙上寫著字。

一道謎語在筆劃與字句中顯現：希登媽媽的奇登崽。

那個女人正要從海裡回來；孩子的母親充滿疑惑。班加康門摸摸外套的袖子，拿出第二根針，上頭塗了一層淺淺的毒，實驗室得花上幾天或幾週才能化驗出來。他直接把針刺入男孩的大腦，讓針朝上，滑進髮線邊緣的皮膚底下，頭髮遮住了細小的針孔。那根極其堅硬的針就這樣滑進頭骨邊緣下方。孩子死了。

這一手乾淨俐落。班加康門若無其事地把沙地上的祕密擦掉。那女人越來越靠近，他朝著她大喊，聲音聽起來十分憂慮。「太太，妳最好過來一下，妳兒子好像發燒昏倒了。」

他把男孩的屍體還給他母親。她臉色一變，整個人又驚又懼，不知道該如何面對。

在這駭人的一刻，她直直望進他的雙眼。

兩百年來的演技奏效……她什麼也沒有看見。這名凶手的眼中沒有露出殺戮的凶光，這隻披上鴿子羽翼的老鷹，把真正的面目掩蓋在訓練有素的神情裡。

班加康門用專業且自信的態度放鬆下來——他其實已準備好要殺了她，儘管他並無把握殺死成年的北澳女人。他慷慨地伸出援手。「妳在這裡陪他，我趕回旅館求救。我馬上回來！」

他一個轉身，拔腿就跑。一名海灘服務生看見他，朝著他跑去。「這裡！有小孩病倒了！」他大聲喊叫著來到那名母親身旁，正好看見她臉上困頓難解的悲愴，以及一些超越了悲愴的情緒——是猜疑。

「他不是生病了，」她說：「他死了。」

「怎麼可能？」班加康門用深刻的眼神注視著、感受著，逼迫自己的同情心灌注到身體姿勢與臉上每一條肌肉，然後顯露出來——「這不可能！我幾分鐘前才跟他說話的，我們還在沙灘上玩解謎遊戲。」

那名母親用一種空洞、斷續的聲音說話，彷彿再也無法發出正常人類的話語，並將永遠沉浸在這因意外悲痛所致的扁平語調中。「他死了，」她說：「你親眼看見他死，我想我也看見了。我不知道這到底是怎麼回事，這孩子明明吃過靈藥，他還能活上一千年，現在卻死了……你叫什麼名字？」

班加康門說：「埃爾登，業務員埃爾登，女士。我來過這裡很多次了。」

III

「希登媽媽的奇登崽。希登媽媽的奇登崽。」

這句蠢話在他腦海中旋繞。希登媽媽是誰？她是誰的媽媽？奇登又是什麼？該不會是把「狸狌」聽錯了吧？狸狌崽不就是小貓嗎？還是說，是什麼別的東西嗎？

難不成他殺了一個笨蛋，最後換得一個笨答案？

他還要跟那個滿心猜疑、神智錯亂的女人待在這兒幾天？他還得在旁邊看多久？他想回去薇歐拉·賽迪爾瑞亞，他想把那個詭異的祕密帶回去給他的人研究——到底誰是希登媽媽？

他強迫自己離開房間，走下樓。

由於大飯店中有著一股一成不變的舒適無趣感，其他房客對他產生了好奇：他就是在海灘上看著那個孩子掛掉的人。

交誼廳的八卦人士盤據在此，羅織出他殺死那個孩子的荒誕傳聞；其他人則反駁這些傳聞，表示自己非常清楚埃爾登的為人。他可是業務員埃爾登吶！這太荒唐了！

儘管每艘船上都有開路艦長，這些人只要在心裡自言自語一下就能穿梭星際；儘管，人們不斷在各個世界來去——但只要他們有足夠的錢，能讓艱辛的旅程變得彷彿在風中曳行、輕飄飄的落葉，人都不會想改變。班加康門非常清楚自己面臨何等悲慘的困境。但凡意圖求得解答，都會直接觸發北澳人所設的保護裝置。

古北澳非常富有，這是眾所皆知。他們聘僱的傭兵、防禦間諜、祕密探員和警報裝置遍及星際。即便是人士，即便是無人能負擔的地球母星本身，也被生命之藥所收買。一盎司的聖塔克拉拉靈藥濃縮、結晶化後會成為「使春」，可以提供四十年到六十年的壽命。而以盎司和磅為單位，輸入地球其他各區的使春，卻是以噸為單位，精煉回售北澳大利亞。憑著如此珍寶，北澳人擁有的是一個難以想像的世界，他們擁有的資源超乎所有財富的極限，可以買下任何東西。他們能拿別人的生命來付錢。

幾百年來，這些人都透過地下獻金，買通外國人為他們效力，保障自己的安全。

班加康明站在大廳裡。「希登媽媽的奇登崽。」

可抵上千個世界的智慧與財富就困在他腦中，但是，他卻不敢問任何人那句話是什麼意思。

突然之間，他靈光一閃——

現在的他，彷彿突然想到一場不錯的遊戲，或是不錯的聲東擊西，抑或某個令人印象深刻的同伴，又或是某道從未嘗過的全新料理——他想到一個令人興奮的好點子。

有一種消息來源是不會說話的——圖書館。至少，他可以調查比較顯而易見的事，找出死掉的男孩透露給他的祕密中，有哪些已是公開領域的知識。

如果，他可以在這些字詞當中找到任何線索，那麼他所賭上的人身安全，以及喬尼的命，就不算白費。「媽媽」、「希登」和「崽」都有其特別的意義，甚至還有「奇登」。他可能還有機會突圍，從北澳人那兒攫上一把。

他興致勃勃地踩著輕鬆的步伐，轉動停在他右腳邊的球，輕快地朝設置在撞球間後方的圖書館移動，走了進去。

這座圖書館是老式風格，建在極其高檔的旅館中，架上甚至擺了真的用紙做成的書，裝幀什麼的一點也不缺。班加康門穿過房間，看到這裡有兩百冊的《銀河百科全書》，便取下「希」字條目的那一冊。他打開書，從封底倒著翻回來，搜索「希登」這個名字——找到了。「本雅明．希登（A.D. 10719—17213），古北澳的拓荒先驅，普遍認為是防禦系統的發起人之一。」就這樣。班加康門繼續在書頁中掃描，接著找「奇登」這個字。可是它既不收於百科全書，也不在圖書館保存的任何目錄——這個罕見的字沒在任何地方出現過。他走出圖書館，上樓，然後回到自己的房間。

「崽」根本就不存在，大概是那個小男孩自己寫錯了。

他要冒險一試。那個喪子的母親坐在門廊邊的一張硬背椅上，因為太過混亂和憂傷，對任何事都視若無睹。有個女人正在跟她說話，他們知道她的丈夫要過來。班加康門走上前，試著向她致意，但她完全沒有看見他。

「太太，我要走了。我得前往下一個星球，但我會在主觀時間約二到三週回來。如果有急事需要我，我會把我的通訊地址留給這邊的警方。」

班加康門離開垂著眼淚的母親。

班加康門離開安靜無聲的旅館，弄到了一張太空港的優先通行證。

雖然他突如其來申請離境簽證，一派輕鬆的桑維爾警方也沒做出任何限制。畢竟，他有身分、有錢，與客人發生衝突也不是桑維爾人的作風。班加康門登上太空船，往客艙走去，打算在裡頭歇息個幾小時。此時，有個男人站到他身邊。那是一個年輕的男子，髮型中分，身材矮小，有著一雙灰眼。

這個男人是北澳祕密警察在當地的特務。

即使是像班加康門這樣訓練有素的盜賊，也沒認出身邊的人是警察。他從未料想那座圖書館早被動了手腳，罕見的北澳字詞「奇登」本身就是一道防線：搜索字詞就會觸動這小小的警報。他踩中陷阱了。

陌生人向他點頭示意，班加康門也點頭回應。「我在出差，等待下一個工作。最近生意實在不太好啊……你呢？」

「我無所謂，錢不是我在賺。我叫利弗阮，是個技術人員。」

班加康門打量著他，這男的是技術人員，沒什麼。他們客套地握了握手，利弗阮說：「等會兒去酒吧找你喝一杯，我想先休息一下。」

介面重塑的瞬閃要通過船身時，他們雙雙躺了下來，沒怎麼交談。接著便是一陣閃爍。我們從書本及課堂所學得知，太空船在進行二維跳躍時，太空躁動本身會經由某種方式被輸入電腦；這當中的轉換，就是透過太空船的開路艦長所操控的。

——這些他們都知道，可是都察覺不到。他們只會感覺到一陣輕微的疼痛。

在通風系統的噴灑下，空氣中布滿鎮靜劑。他們都預料到自己將感到有些暈沉。盜賊班加康門．波札受過藥物中毒及心智混亂的抗性訓練，任何心靈感應者只要企圖對他進行讀心，都會遭受強烈的本能抵抗，這是在訓練初期就植入下意識的機制。但波札不懂要如何防範來自普通騙子技師的行為；對薇歐拉．賽迪爾瑞亞的盜人公會來說，訓練自己的人防範騙子根本沒有必要。利弗阮已和北澳取得聯繫——北澳，他們的錢財橫跨整個星際，在成千上萬個世界裡，都有他們為了抵禦入侵者布下的警戒。

利弗阮開始閒聊。「我希望我可以去個比這趟旅遊還遠的地方，我希望可以去奧林匹亞，在奧林匹亞可以買到任何東西。」

「這我也聽過，」波札說：「不過說起來有些好笑，那個地方對生意人來說沒什麼貿易賺頭，不是嗎？」

利弗阮笑了，笑聲由衷且快活。「貿易？他們不做交易，只交換。他們在那裡轉賣、變造、上色、註記從其他世界偷來的贓物，那就是他們的生意。那裡的居民都是瞎子啊，奇怪的世界。但只要去到那裡，就能擁有任何想要的東西。你想想看啊，老兄，」利弗阮說：「在那地方待上一年可以做多少事？除了我和幾個遊客以外，那裡每個人都是瞎的，他們還會以為那些錢只是某人搞丟的，或是船難殘存的，或者來自某個失落的殖民地——不用說，那當然是有人清理出來的——然後『砰』一聲，就都跑到奧林匹亞了。」

奧林匹亞沒他說得那麼好，利弗阮也不懂為什麼他的工作是要把殺手引向那裡。他只知道自己的職責是為入侵者指路。

在他們兩個都還沒出生不知多少年前，那個代碼就被植入各類目錄、書本、貨箱及憑據中。「奇登」看起來就像什麼錯別字，其實是北澳人外部防禦月球的假名。只要有人使用這個假名，警報便蓄勢待發，整個系統的神經組織就變得像白熾燈絲那樣熾熱又快速。

等到他們準備去酒吧找東西吃，（在這麼多地方中）班加康門幾乎忘了提到奧林匹亞。那只是他在路上新認識的過客，此時他已告訴自己，他得先回薇歐拉．賽迪爾瑞亞取得信用額度，然後搭上將要讓他發財的航班，去拿下整個奧林匹亞。

IV

在他母星的家鄉，波札成為某個規模雖小卻很認真的慶典上的主角。

盜人公會的長老歡迎他，向他道賀。「孩子，還有誰能像你這樣完成這些事呢？這是從未有過的一著棋，你為我們打開了新的局面。現在，我們知道了一個名字，還有某隻動物，馬上從這裡著手吧。」盜人議會打開他們自己的百科全書，翻過「希登」的條目，找到「奇登」這個字的參考資料。沒有人知道，那是來自他們世界的特務植入的訊息餌。

那個特務在幾年前受到引誘，就跟其他人一樣。在他的職業生涯中稍微荒淫了一陣子，逼不得已被迫吐實，然後受威脅遣返回家。這些年來，他總在等待著那令人忐忑的密令。（他永遠也不會知道，那是從北澳情報機構派發出來的。）他從來就沒想過自己能這麼輕易地清償在其他世界欠下的債——他們只不過寄來了一個頁面，要他把它加進百科全書。他加上了，然後回家，為此精疲力竭、心神耗弱。對一個盜賊而言，那段充滿恐懼和等待的歲月太難承受，他常常因此喝得酩酊大醉，就怕自己會受不了而自殺。於此同時，百科全書裡的那些書頁——包括針對他的同僚稍稍調整過的部分——就那樣持續待命。雖然整個條目都是新增上去的（而且還是錯的），但根據百科全書上的變更註記，那只是一次普通的修訂：

以下段落曾進行一次修訂，修訂時間為再發行二十四年後——

關於北澳「奇登」一字的記述，便是利用有機的方式在地球變異的羊體內誘發疾病，提取病毒，再精製成聖塔克拉拉靈藥。關於「奇登」一詞，無論是指疾病本身，以及疾病因外部療法出現療效時的參考術語，都曾於一時蔚為風潮。一般認為這與本雅明．希登（北澳創始先驅之一）的職業有關。

盜人議會宣讀完條目，議長便說：「我已經把你的文件備妥，你可以拿去試試看。打算去哪兒？過境紐漢堡嗎？」

「不是，」班加康門說：「我打算試試奧林匹亞。」

「奧林匹亞還不錯，」議長說：「放鬆一點，失敗的機會也就是千分之一罷了。但如果你真的失手，我們可能都得為此付出代價。」

他苦笑著將自己在薇歐拉．賽迪爾瑞亞上所有勞力與資產的空白抵押文件遞給班加康門。

議長用鼻孔噴氣，「嗤」的笑一聲。「既然我們都得這樣老老實實，才能讓你在貿易行星上借到足夠的錢，假如你又把一切都輸掉，到時我們可就慘了啊。」

「不用怕，」班加康門說：「有我罩著！」

有些世界是毫無夢想可言的。但被方雲籠罩的奧林匹亞並非其中之一。在奧林匹亞，男人和女人的眼睛都是雪亮的——因為他們什麼也看不見。

「於吾等能見時，」拿契達苟說：「明即為痛楚之色。若汝眼犯汝，便將其取出；錯不在眼，乃在元神。」

這樣論調在奧林匹亞很常見。那些居民已經失明很長一段時間了。如今，他們覺得自己比未盲人更優越，雷達線能觸發他們的大腦，讓他們感知到放射線，就像有的動物人會在臉上掛魚缸一樣自然。他們腦海中浮現的圖像輪廓鮮明，而他們就需要這樣的鮮明；他們的建築以不可思議的角度聳立。在按照數據和幾何圖形精細調整過，彷彿萬花筒一般持續變化的天氣下，那些失明的孩子唱著屬於他們的歌。

波札獨自走在那兒，付錢給從沒有活人曾經見過的訊息。他的夢想盲目地翻騰著。

在銳利的雲朵及水波一般的天色裡，奧林匹亞一如某人的夢境那樣游過他身邊。他無意在此逗留，因為在北澳周遭棘手又充滿活力的宇宙中，他還有一場生死之約。

在奧林匹亞的那段時間，班加康門著手準備襲擊古北澳的工作。到達星球的第二天，他非常幸運地遇見一個叫作拉曼德的人。他確信自己以前聽過這個名字。不是在盜人公會麾下的成員，而是某個在星際間惡名昭彰的狂徒。

也難怪他會找上拉曼德。在過去一週裡，他的枕頭彷彿在他入睡時訴說了十五次拉曼德的故事。每當他做夢，都會夢到北澳反情報組織在他腦中植入的東西。他們早他一步到了奧林匹亞，並打算讓他除了應得的報應外什麼也得不到。北澳警察並不殘酷，他們只是想挺身保護自己的世界，並為被殺死的孩子復仇。

在拉曼德同意之前，班加康門與拉曼德會面、達成協議的過程實在非常戲劇化。拉曼德拒絕和班加康門同行。

「我不會從這裡跳到任何一處，或襲擊任何目標、偷任何東西。我是很魯莽沒錯，但從來不會自找死路，可現在你他媽的卻要我這麼做。」

「你想想我們能得到什麼——想想那些財富！我告訴你，這錢比其他人嘗試的任何案子都多！」

拉曼德大笑。「你以為我沒聽過這種話嗎？你是個壞蛋，我也是個壞蛋，但我不幹任何虛無縹緲的事。我要現款落袋。我是打手，你是小偷，我不會過問你想幹什麼勾當……但我得拿到錢先！」

「我還沒有得手。」班加康門說。

拉曼德站了起來。

「那你就不該來跟我談。因為，不管你想不想雇我，現在都得花上一筆錢來讓我閉嘴了。」

協議的階段開始。

拉曼德看起來很醜，是個軟弱又普通的人。但若非他歷經種種麻煩事，不會變得那麼壞。罪惡像是沒有盡頭的工作，它會要求你投入，而且往往會直接顯露在你的面相上。

波札盯著他，輕鬆一笑，不帶一絲輕蔑。

「當我從口袋拿東西，給我掩護。」波札說。

拉曼德沒有回應好或不好，也沒有亮出武器，只是將左拇指緩緩橫過手掌外緣。班加康門看懂了這個手勢，卻沒有退縮。

「你看，」他說：「行星的承諾。」

拉曼德大笑。「這種話也不是第一次聽到了。」

「拿去啊。」波札說。

雇傭兵拿起那張層層壓製而成的卡，睜大了眼。「這是真的，」他倒抽一口氣。「這是真的！」他抬起頭來，（雖然理由難以理解）但變得更加友善了。「我以前從來沒看過這東西——你的條件是什麼？」

在此同時，充滿朝氣與活力的奧林匹亞人不斷經過他們，身上穿的都是對比鮮明的黑與白，披風和帽子上淨是令人難以置信的幾何設計。兩個正在議價的人無視當地居民，全神專注在彼此的協商上。

班加康門覺得這是一件風險很低的交易。他以薇歐拉．賽迪爾瑞亞全星球為期一年的服務做抵押，換取拉曼德隊長無條件的服務。（他曾是帝國海軍宇宙巡邏艦隊的一員。）班加康門遞交抵押契據，為期一年的服務抵押就寫在上頭。即使遠在奧林匹亞，也有能將協議傳回地球的帳務機，使得整個星球的盜賊都受到這份抵押的約束。

「這，」拉曼德想。「就是復仇的第一步了。」等這個凶手失蹤後，他的子民就得老老實實付出代價。拉曼德以一種旁觀者的態度，擔憂地看著班加康門。

班加康門將他的目光誤認為友善的象徵，回以優雅、迷人且從容的笑容。在這愉快的時刻，他伸出右手，向拉曼德致上熱切又正式的祝賀，表示協議達成。他們握手，但波札永遠不會知道他達成的到底是一場怎樣的交易。

V

「地茫茫呦，灰草連延天，小親親，不要靠近堰。不見山，或低或高，只有坡陵和不絕的灰。就看見斑斑駁駁的閃爍，在星帶上綻放。

「那是北澳，

「所有泥濘的膠著不再，一切辛苦、等待與苦痛。

「米褐色的羊躺在藍灰色的草地上，雲在離頭頂很近的地方湧過，就像鐵管架起了世界的屋頂。

「帶上你挑的那些病羊，老兄，疾病就是你的報償。打噴嚏呦，老兄，這樣就會得到一顆星球，如果問我呦，就要在永生之地咳出一點位置來。如果嫌這地方太瘋狂，像你這樣的傻蛋和白痴又該住在哪兒？就是這兒了吧。

「那就是書啊，男孩。

「如果你沒見過北澳，就說沒見過；就算你看見了也不會相信。

「航圖說它叫古北澳大利亞。」

在這世界的中心，有一座守衛這個世界的農場。那就是希登的家。它的四周圍繞塔樓，塔與塔之間懸掛電線，有的搖搖晃晃地垂落，有的正閃爍著光——那是地球居民製造的金屬都無法企及的光；塔群中間是一片開闊的土地，一萬兩千公頃的混凝土，雷達探測器延伸進混凝土那光滑表面下幾公里；射線穿透分子來來回回地掃描。農場上還不只這些呢。它的中心有一群建築物，那是凱薩琳．希登工作的地方。她承繼守衛這個世界的家族任務。

細菌進不來也出不去，所有食物都來自空間傳送機。裡面住著一群動物，這群動物只依賴她一人。如果她突然死去——無論是否因為運氣不佳，或是因某隻動物的攻擊所致——這個世界的政府依舊擁有她本人的完整摹寫，可以在催眠狀態下培養出新的動物照料者。

這個地方會有灰風從山上席捲而下，在灰色混凝土表面疾馳橫穿，颱過雷達塔群；眾人頭上總是掛著那顆拋光切面後、展現迷人姿態的月亮。風（本身就是灰的）挾帶強大力道吹襲建築物，接著奔過開闊的混凝土地，往山坡那端呼嘯而去。

建築物外的山谷不需要太多偽裝，看起來就跟北澳其他地方一樣。混凝土本身經過稍微潤色，看起來就像一片貧瘠、飢餓、自然的髒泥。就是這個農場、就是這個女人，加起來就成為人類構築出史上最富裕的世界的外防。

凱薩琳．希登望著窗外，默默想著自己的事。「四十二天前，我到市場去，在那裡聽到了吉格舞曲，真是令人愉快的一天。」

噢，在市集日的那天散步，

還能看見我的人民多麼得意又快活！

她深深吸了一口氣。儘管年輕時見識過許多世界，她還是喜歡這些灰色的山丘。她轉身回到建築物裡，回到住在裡頭的動物和那些職責的身旁。她是唯一的希登媽媽，而這些，是她的奇登崽。

她在牠們之間移動。牠們是她和父親從人土運出的地球貂裡挑選出來的。牠們培育自最凶猛、體型最小也最瘋狂的個體。這些貂本來是為了防範羊群的其他掠食者才引入（羊群是用來培養使春），但牠們生來就相當瘋癲。

幾個世代以來，精神疾病已深深在這些貂的體內紮根。牠們活著只為了死；而唯有死，才能讓牠們繼續活。這些就是北澳的奇登，牠們是一種混合恐懼、憤怒、飢餓和性慾的動物，會啃食自己，或彼此，會吃掉自己的幼崽，或人類，或任何有機體。牠們是那種會在感覺到愛的時候吶喊殺意與慾望的動物；是那種天生就激動、憤怒、嫌惡、憎恨著自己的動物。這些貂之所以能倖存至今，是因為牠們醒來的時間全都躺在沙發上，爪對著爪牢牢綁緊，讓牠們無法傷害自己或傷害彼此。希登媽媽在每隻貂的一生中只會讓牠醒來一下下，受育種，然後赴死。她一次只喚醒兩隻。

那天下午，她走在籠子間，這些動物深深地沉睡，營養劑注入牠們的血液，有時甚至活了多年都未醒。過去，她會在公的半醒、母的被激起勉強能受精的性慾時，為牠們進行人工繁殖。她得親自把幼崽從臨盆卻沉睡著的母獸身體裡拉出，然後在幾週的幼獸期養育幼崽，直到牠們顯現出成貂的天性。譬如，牠們的雙眼因激動、狂亂而變得鮮紅；在那尖銳、駭人的細微哭聲中開始充滿情緒，並響徹整棟建築物。還有，當牠們扭著整潔乾淨的毛茸小臉，轉動著瘋狂而明亮的眼睛，收緊鋒利而尖銳的爪子……

這次，她沒叫醒任何一隻，反之，她把綁著牠們的帶子束緊，移除營養劑，給了延遲發作的刺激性藥物，讓牠們在被驚醒時跳過剛剛起床的迷糊，瞬間清醒。

最後，她給自己一大劑鎮靜劑，靠在椅子上等待即將到來的鳴聲。

當震動與鳴聲齊發，她必須再次執行過去做過上千次的事。

她要讓整間實驗室發出難以忍受的噪音。

數以百計的突變貂將醒來。清醒後，牠們會處於混雜飢餓、憎恨、狂怒和性慾的生命體中，被綁著牠們的帶子束縛，奮力想擊殺彼此——包括牠們的幼崽和自己，甚至包括她；牠們會攻擊所有地方的所有東西，並盡其所能持續下去。

她很清楚這一點。

在房間中央有個協調器。協調器是一種能夠進行直接移情的中繼站，可接載較簡單的心靈感應訊息，而希登媽媽的奇登崽濃縮後的強烈情感，將全部流入協調器之中。

然後，那些（遠超忍受範圍的）暴怒、憎恨、飢餓和性慾會立刻被放大。接著，這些波段會再被工作室外眺望山脊的高塔心靈感應控制器增幅，噴射而出，向上躍出實驗室所在的谷地；而希登媽媽的月亮會以幾何級數轉動，成為接載反射情感的球形中繼站。

情感波會從多面體月亮傳到其他十六顆衛星（它們是天氣控制系統的一部分），範圍不只太空，還涵蓋附近的子空間。北澳人已設想到一切。

希登媽媽的發射機因警報而開始震動。

嗚聲來了，她覺得自己的拇指麻痺。

一陣噪音尖聲吵鬧。

貂醒了。

頃刻間，房裡充斥著叨叨絮語、擦刮、嘶嘘、嗥叫和嚎啕。

在動物的叫聲底下還有另外一種聲音：彷彿冰雹落在冰凍的湖面，那是某種嘶嘶沙沙、劈哩啪啦的聲響；是上百隻貂用爪子企圖挖穿金屬鑲板的聲音。

希登媽媽聽見一陣咕嚕咕嚕的水聲，有一隻貂成功鬆開自己的爪子，開始抓自己的喉嚨。她認得出毛皮和血管被撕裂的聲音。

她聽著那個聲音慢慢停下，但還無法確定，其他貂發出太多雜音了。但總之，貂少了一隻。

她坐在那裡，屏蔽住部分的心靈感應中繼傳導，但不是全部。她感到某個古怪而瘋狂的夢刺穿自己（但她都這麼老了）。她想到除了自己之外可能在受苦的所有人，心底一陣興奮——他們沒有受到北澳人通訊系統內建防禦的屏蔽，一定極度痛苦。

她因為遺忘已久的欲望感到一陣猛烈悸動。

她渴望著那些不知道還記不記得的事；她承受著上百隻動物心中傳來的一陣陣恐懼。

在一切的底下，她的理智正不停發問：「我還能忍受多久？我還得忍受多久？主啊，善待祢在這世上的子民吧！善待又老又可憐的我吧！」

綠燈亮起。

她按下椅子另一邊的按鈕，一陣氣體嘶嘶響。當她逐漸失去意識，她知道她的奇登崽也將失去意識。她會在牠們之前醒來，然後繼續她的工作：檢查還活著的，清掉那隻把自己氣管挖出來的，帶走那些死於心臟病的。重新安置，包紮傷口，讓牠們活著、睡著——睡得開開心心——讓牠們在睡夢中繁殖，然後活下去，直到下次鳴聲響起，喚醒牠們，去保衛那受寶藏祝福、也受寶藏詛咒的原生世界。

VI

一切進行得相當順利，拉曼德找到了一艘非法的介面重塑太空船——這可不是什麼小成就。介面重塑太空船的許可證非常嚴格。在某些充滿壞蛋的星球，要想弄到非法太空船，很容易花掉一輩子的時間。

拉曼德已經揮霍掉大把大把的錢——而且是班加康門的錢。盜匪之星老老實實存下來的錢已經軋下去，並拿去付給偽造出來的龐大債務，以及虛構的交易往來。這些交易將存入船隻的電腦，而那些貨物和乘客將攪進上萬個世界的貿易，幾乎無法追查。

「讓他吃點苦頭，」拉曼德對一個同夥說。他表面上是罪犯，私底下是北澳特務。「這是在拿好的錢去做壞事，所以最好多花他一點。」

在班加康門起飛之前，拉曼德又發了一封訊息。他是直接透過開路艦長傳出去的。這項職務通常不用來傳遞訊息。那個開路艦長是北澳艦隊的中繼指揮官，收到嚴密的命令，不能洩漏身分。

這個訊息涉及介面重塑許可證，以及另外二十多片可抵押薇歐拉・賽迪爾瑞亞數百年的使春。艦長說：「我不必把它發出去。答案是『好』。」

班加康門走進控制室——這違反了規定，但反正，他雇用的本來就是一艘違反規定的船。

艦長凶惡地看著他。「你只是個乘客，給我出去。」

班加康門說：「我的遊艇已經登船，我是這裡唯一不受你們管的人。」

「出去！如果你在這裡被抓到，可是要罰錢的。」

「不要緊，」班加康門說：「我會付錢。」

「你會嗎？」艦長說：「你才付不出那二十片使春。荒謬！沒有人拿得到那麼多使春。」

班加康門想到自己就快要擁有的上千片使春，放聲大笑。他現在要做的，不過是把介面重塑太空船拋在後頭，自行出擊，然後經過那些奇登，再次回歸。

他之所以擁有權力和財富，全是因為他知道這一切都如同探囊取物。如果可以獲得千倍回報，那麼抵押二十片使春對這個星球而言，實在是很低的代價。艦長回答。「這一點也不值，你實在不值得為二十片使春冒險來到這裡。但是，如果是二十七片使春，那我可以告訴你怎麼進入北澳人的通訊網。」

班加康門緊繃起來。

有那麼一瞬間，他以為自己會死。這一切準備、這所有演練——先是海灘上死掉的男孩，然後是賭上的信貸，現在卻出現一個出乎意料的對手！

他決定正面迎擊。「你知道些什麼？」班加康門說。

「我什麼都不知道。」艦長說。

「你說了『北澳』。」

「我是說了。」艦長說。

「如果你說出北澳，那你一定猜到了。誰告訴你的？」

「如果你尋找的是無限的財富，還能去哪兒？如果你過得了這關，對你這樣的人來說，二十片使春根本不算什麼。」

「那可是三十萬人工作兩百年才換得到的。」班加康門正色說。

「過了這關，你可以拿到的可不只二十片使春，你的族人也是。」

班加康門想了想成千上萬片的使春。「對，這我知道。」

「如果過不了這關，你還有卡片。」

「沒錯。好吧，把我弄進網裡吧。我會付出那二十七片使春的。」

「卡片給我。」

班加康門拒絕了。他是一名訓練有素的賊，對盜竊行為總會有所警覺。但他又想了想：這是他生命中的一大轉折，總得在某些人身上賭一把。

看來非得把卡片押進去不可了。「我會把它做好登記，然後還給你。」由於班加康門太興奮，沒有注意到卡片被送進了複印機，這筆交易已被記錄，傳回奧林匹克中心，然後被地球上的某些商業機構以薇歐拉・賽迪爾瑞亞為抵押品，貸下未來的三百年。

班加康門拿回卡片，覺得自己真是個誠實的小偷。

如果他死亡，這張卡將會丟失，他的族人也不必付錢；如果他贏，就可以用自己的荷包付出那一點點的錢財。

班加康門坐了下來。開路艦長對他的錨定傳遞員做了個示意，船身搖晃了一下。

經過半小時的主觀時間，頭上戴著空間感知頭盔的艦長對路線進行感應、抓取及推測，感覺就像循著一梯一梯的石階，回到自己的家——他不得不做出正在摸索航路的模樣，否則班加康門很可能會猜到自己正落入雙面特務的手中。

但艦長訓練有素，就跟班加康門的訓練一樣厲害。

特務和盜匪共乘並行。

他們進行介面重塑，進了通訊網內，班加康門跟他們握握手。「只要我打個電話，你就可以兌現交易了。」

「祝你好運，先生。」艦長說。

「祝我好運。」班加康門說。

他爬上他的太空遊艇。在實際空間中不到一秒的期間，北澳廣袤無垠的灰色區塊赫然出現。那艘看起來像座簡陋倉庫的太空船消失在介面重塑中，只剩太空遊艇。

遊艇向下墜去。

隨著下墜的態勢，班加康門歷經了一段混亂又恐怖的駭人情況。

他根本就不知道下面有個女人，但她卻能清楚感覺到一件事：他正接收著被大幅增強的奇登怒火。他的心神與意識在如此衝擊下顫抖不止，主觀經驗不斷延展，使得一、兩秒鐘就像痛楚、暈醉、昏沉了好幾個月。他被自己人格形成的浪潮擊倒。月球中繼站將貂的心智拋擲向他，使他大腦突觸扭曲變形，讓那些可能發生，卻從未發生的慘事栩栩如生顯現在他眼前——然後，他那顆聰明的腦袋就在過載的壓力下空了。

他皮質下的人格倒是多留了一會兒。

他的身體掙扎了幾分鐘；他因慾望與飢餓而發狂，在駕駛座上拱起身體，用嘴狠狠咬入自己的手臂。在慾望驅使下，他以左手撕扯著臉，將左眼扯了下來。在充滿野性的尖叫聲中，他試圖啃噬自己……而且算是成功了。

希登媽媽的奇登崽使出勢不可擋的心靈感應，耗盡他的腦子。

突變的貂完全甦醒了。

中繼衛星使用那些貂被培養出來的瘋狂意識，毒害他周圍一切空隙。

波札的身體沒有活多久。幾分鐘後，他的動脈賁張，頭部向前一倒，遊艇無力地朝原本要襲擊的倉庫落下。

北澳警方把它挖了出來。

那些警察自己也病了，所有人都一樣。他們個個臉色蒼白，其中一些人還吐了。他們從心靈感應帶最薄最弱的地方進來，但那就足以傷害到他們。

他們不想知道發生了什麼事。

他們只想忘記一切。

其中一個比較年輕的警察看著屍體說：「究竟是什麼玩意兒能把人搞成這樣？」

「他做了錯誤的選擇。」警察隊長說。

年輕的警察說：「做了什麼錯誤的選擇？」

「他試圖來搶我們，孩子。我們受到保護，但我們不想知道究竟是怎樣的保護。」

年輕警察覺得自己受到羞辱，處於爆發邊緣。他將視線從班加康門．波札的屍體移開，幾乎要出口頂撞他的上司。

年長的人說：「沒事，他算死得很爽快了。這就是不久前殺了小喬尼的人。」

「噢，是他嗎？報應來得這麼快？」

「是我們把他帶過來的。」老警官點了點頭。「我們讓他去自找死路；我們就是這樣活過來的。也是不多輕鬆，對吧？」

通風扇輕輕柔柔地響著，動物再次入眠，一股氣流驟下，吹在希登媽媽身上。心靈感應過纖器還在運作，她可以感覺到自己、小屋、月亮多面體以及那些小小的衛星。至於盜匪，則完全沒有跡象。

她蹣跚地走著，身上的衣物都汗溼。她需要沖個澡，還有換一些乾淨的衣服……

遠在人士，貿易信用迴路器正在大聲尖叫，試圖引起人類注意。補完機構的一位年輕次長走到機器前，伸出手。

機器俐落地讓一張卡片落進他指間。

他看著這張卡。

「借方『薇歐拉．賽迪爾瑞亞星』；貸方『地球總局』。轉開信用狀『北澳星帳戶』——四百兆人類紀年。」

雖是獨自一人，他仍在空蕩蕩的房間自顧自吹了兩聲口哨。「在他們結清這筆帳以前，我們早就死光光了。有使春或沒使春都一樣！」接著，他跑去跟朋友講這個奇怪的消息。

而那臺機器因為沒有拿回卡片，便又做了一張。

20 阿法拉法大道

早些年，我們沉醉在幸福之中。大家都是這樣，尤其是年輕人。那是人類再發現的頭幾年，補完機構深深探入地底的寶庫，藉此重建古老的文化、古老的語言，甚至是古老的問題。先祖對完美的追求，曾如夢魘一般將他們迫至崩潰邊緣。而今，在傑斯寇斯特大人和愛麗絲・摩爾女士的帶領下，古代文明崛起，彷彿從舊日時光之海中浮現的眾多巨大陸塊。

我自己呢，則是這一萬四千年來第一個在信上貼下郵票的人。我帶維吉妮雅去聽了第一場鋼琴獨奏會。當霍亂在塔斯馬尼亞釋出，我們都在觀看器上關注。我們看到塔斯馬尼亞人在街上跳舞，因為他們已毋須接受任何保護。每個地方、每件事都變得令人興奮，每個地方的男男女女都在努力，要建立一個更不完美的世界。

我走進醫院時還是我自己，出來時就成了法國人。當然，我記得自己以前的生活——我都記得，但也都不重要。維吉妮雅也是法國人，我們所擁有的未來歲月就像熟透的果實，垂在恆夏果園，列在我們眼前。我們不知道自己什麼時候會死。以前，我可能會在睡前這麼想著：政府給了我四百年的時間，從現在起的三百七十四年，他們會停止使春的注射劑，然後我就會死。而現在，我知道什麼都可能發生。安全裝置全都關上了，疾病到處肆虐。要是夠幸運，有希望和愛，我可以活上一千年——或者可能明天就死去。我是自由的。

我們無時無刻都盡情作樂。

維吉妮雅和我創了古代世界幾乎完全殞落後的第一份法文報紙。我們可以在新聞甚至廣告中找到樂子。某些文化面的東西很難重現，譬如，若要談論只剩名字的食物就相對困難。但在地底深之又深的地方，有不間斷工作著的類人胎膜和機器人，他們讓地表世界充滿足夠的新奇事物，讓希望填滿每個人的心。我們知道一切都是假的，但又不完全是假的；我們知道，當疾病奪走根據統計應當減去的人數，那疫情就會結束；當事故率升得太高，就會自動停下來；我們知道，補完機構會在大家背後照看身邊的一切；我們相信，傑斯寇斯特大人和愛麗絲・摩爾女士是以朋友的身分，與我們一起進行這場遊戲，並非利用我們，把我們當成競賽中的犧牲品。

就拿維吉妮雅來說吧！她以前的名字叫「曼娜莉瑪」。那是她出生編號的代碼音譯。她個子很小，整個人看起來相當結實，只差一點就能說是圓潤豐滿；她有滿頭細緻的棕色捲髮，一雙褐眼深邃絢麗，唯有瞇眼迎向太陽時，陽光才能讓那虹膜中的寶藏顯露出來。我早就知道她，卻不曾真正認識她。我常常見到她，卻從來沒有真正看見她。直到成為法國人的那天，我們在醫院外頭相遇。

我很高興能見到熟人，便用舊的通用語交談，但說得不是很順。而且，我邊說邊覺得她不再是曼娜莉瑪，而是某個古老、罕見又奇特的人，好似從過去那富麗堂皇的世界來到後世徘徊。我只能結結巴巴地說：

「妳現在是怎麼稱呼自己的呢？」我用古法語問。

她以同樣的語言回答。「叫我維吉妮雅。」

我注視著她，然後墜入愛河。這是我命定的人生。在她猶如少女的溫柔和青春背後，藏著某種強大不羈的事物。那雙堅定的褐眼中彷彿有命運之神對我細細低語，那雙眼睛試探著我，沒有猶豫，充滿驚奇，一如我們對橫在眼前的新世界做的試探。

「我有這個榮幸嗎？」我邊問邊向她伸出臂膀，就像在進行催眠學習時學到的那樣。她挽住我的手臂，我們一起走出醫院。

我哼起一支調子，它隨著古法語浮現在我腦海中。

她輕輕拽著我的臂膀，抬頭對我微笑。

「這是什麼？」她問。「還是說，你也不知道？」

歌詞輕柔又不受控制地來到我脣邊，我輕輕地唱，讓她的鬈髮蓋住我的聲音。就像人類再發現賦予我的一切，我唱起在心中浮出的流行歌：

她不是我本來尋覓的女人。
遇見她完全是場意外。
她說的不是正統法語，
是帶著馬提尼克的含糊口音。
她沒有錢，她不時髦。
但擁有最迷人的眼神，
那就是一切……

突然間，我忘詞了。「我好像忘了接下來要怎麼唱。這首歌叫〈馬庫巴〉，和某座被古法國人稱為『馬提尼克』的美麗島嶼有關。」

「我知道在哪裡，」她大喊著說。她被賦予的記憶跟我是一樣的。「你可以從地球港上看見它！」

我們一下子被拉回原本熟知的世界。地球港位於一塊小型大陸東緣，屹立在一座十二英里高的基座上。在地球港頂部，補完閣員仍在已毫無意義的儀器間工作。船隻從星塵間悄然入港，我看過照片，但從沒實際看過——事實上，我認識的人中完全沒有人去過地球港。為什麼要去？我們可能根本不受歡迎。更何況，你永遠可以在觀看器上看到照片，而且一樣很清楚。對曼娜莉瑪來說——對我親愛又惹人憐的曼娜莉瑪——去那個地方的行為令人費解。我不禁覺得，以前那個完美世界中的每件事，其實不如表面那樣簡單明瞭。

維吉妮雅（新的曼娜莉瑪）本來想用舊通用語說話，最後卻放棄了。她改用法語說：

「我姑姑——」她指的是某個跟她有親戚關係的女子。幾千年來，從沒人有過姑姑。「是一個信徒，她曾帶我到阿巴丁格那兒，感受它的聖潔和好運。」

舊的那個我有些震驚，變成法國人的我則對此有些憂慮。這個女孩居然在人類變得詭異之前就做過這般異常的事。阿巴丁格是一部早就廢棄的電腦，是地球港之柱的一部分。類人胎膜把它當成神，而人們有時也會去看它。這種行為本身實在是俗氣又令人生厭。

——又或者曾經是這樣。直到一切又再次變得新奇。

我壓下語氣中的煩躁，問她說：

「那裡如何？」

她輕輕地笑了，但笑聲中蘊藏某種使我心寒的顫音。倘若舊的曼娜莉瑪有祕密，新的維吉妮雅會做出什麼行為呢？我簡直要憎恨起讓我愛上她的命運。就是這樣的命運，讓我覺得她碰觸我臂膀的手是我與永恆之間的連結。

她對我微笑，卻沒有回答我的問題。地面上的路正在修整，於是我們沿著斜坡，走進地下一層。依照法律規定，真正的人類、原祖人和類人胎膜都能在此走動。我不喜歡這種感覺。我從沒離開過出生地，並走超過二十分鐘。這個斜坡應該還算安全。最近原祖人已經越來越少，這些來自星群間的人儘管是真正的人類，卻為了適應上千個世界的環境，對自己的身體進行改造。至於類人胎膜，雖然不少長得很漂亮，但那其實是我們道德上的缺陷。他們是由動物培育成的人類，和機器人一同扛下真正的人類不願意做的繁瑣雜務。有流言說，他們甚至會和真正的人類雜交繁殖。我完全不希望我的維吉妮雅暴露在有這種家畜的地方。

她始終挽著我的手臂。當我們沿斜坡向下走，進入一條繁榮的過道，我抽出自己的手臂，摟住她的肩膀，將她拉近。這裡的燈光充足，相當明亮，比被我們拋在身後的日光還要清晰——然而卻是無處不詭異、到處都有威脅。如果是在以前，我會立刻轉身回家，不會讓自己暴露在如此恐怖的東西之中。但在這個當下、在這樣的時刻，我不忍心與剛剛尋獲的愛人分離，同時也害怕著如果我回到在塔樓裡的住所，她可能也會就這麼回去她自己的家。無論如何，成為法國人讓我多了一點追求危險的刺激感。

老實說，路上的人看起來很普通。有許多忙碌的機器人，有些是人形，有些則不是。我沒看到任何一個原祖人。除此之外的人——因為他們讓路給我們，所以我知道那些是類人胎膜——看起來就和地面上真正的人類沒什麼不同。有個外貌亮麗的女孩對著我擠眉弄眼。我不喜歡那種目光——俏皮、狡黠、挑釁——太過頭了——超過了界限。我懷疑她有狗的血統。犬種人在類人胎膜中最輕佻隨便。狗人裡甚至出了一個哲學家，錄製了一捲磁帶，表示狗是人類歷史最悠久的朋友，所以牠們有權比其他形式的生命體更親近人類。我看到這捲磁帶時心想，把狗培育成蘇格拉底的模樣也太幽默了。但到了這地方，在這地下層的頂端，我就不確定自己還是這麼想了。如果他們之中有某個無賴開始耍流氓，我能怎麼辦？殺了他嗎？但這樣就會有法律上的問題，補完機構的副局長肯定會來找我喝茶。

維吉妮雅並沒有注意到這一切。

她還是沒回答我的問題，反而開始問我地下頂層的事。我以前只來過一次，而且還是在小時候。但她不斷在我耳邊發出驚嘆，實在是非常令人心醉。

接著，事情就發生了。

起初我以為那是人。他在地底光線的掩蓋下矮了一截，但靠近後，我就發現完全不是這麼回事。他的肩膀肯定有五英尺寬，額頭上有又紅又醜的疤，看得出原本長在那兒的角從頭骨上被挖掉。他是個類人胎膜，顯然源自牛種。坦白說，我不知道這種有問題的傢伙竟然會被留下。

而且他喝醉了。

他走近時，我可以聽見他心中的雜音……他們不是人，他們不是原祖人，他們不是我們——他們在這裡幹麼？他們腦子裡想的那些字是什麼意思……他以前沒用法文心靈感應過。

這很糟。對他這樣的人來說，會講話沒什麼特別，但只有少數的類人胎膜懂得心靈感應——他們做的通常是特殊的工作，例如在只能透過心靈感應傳達指令的地底深處工作。

維吉妮雅緊貼著我。

我在心中以熟悉的通用語說：我們是真正的人類，你得讓我們過去。

對方沒有回應，反而發出一聲咆哮。我不知道他是在哪裡喝了什麼東西這樣醉醺醺，總之，他收不到我傳達的訊息。

我可以看到恐慌、無助與憎恨在他的思緒裡成形，接著，他舞動雙手，以彷彿要撞毀我們身體的氣勢衝了過來。

我集中意念，將「停止」的命令投射給他。

沒有用。

一陣恐懼襲來——我意識到自己丟給他的命令是用法語。

維吉妮雅尖叫。

牛人迫近眼前。

——他在最後一刻偏了方向，彷彿什麼也沒看見似的經過我們身邊；他發出的吼聲充斥在巨大通道中，他把我們拋在後頭。

我仍摟著維吉妮雅，轉身去看究竟是什麼玩意兒讓他放過我們。

我眼前所見之事怪異至極。

我們的影子沿著廊道往反方向跑遠——在我的影子奔跑時，黑紫色的披風飛在靜止的空中，而維吉妮雅緊跟著我，金色連衣裙在身後飄動。那形影十分逼真。牛人是追著他們。

我困惑地望著這個景象，想起人們說的話：守護屏障已不會再保護我們。

有個女孩靜靜站在牆邊，我幾乎將她錯認成雕像。她說：

「請別過來。我是貓。要要他是很簡單的。但你們最好回地上。」

「謝謝，」我說：「謝謝。妳的名字是？」

「有差嗎？」那女孩說：「我不是人。」

我覺得有些受到冒犯，於是堅持地說：「我只是想跟妳道謝。」跟她說話時，我看見她的明豔與美麗，如同火焰；她的皮膚白淨，有著奶油般的顏色；而那頭長髮——比人類的秀髮更為細緻——那是波斯貓的狂野金橙色。

「我是喵梅兒，」女孩說：「我在地球港工作。」

我和維吉妮雅聞言都愣住了。貓人的地位在我們之下，應該避而遠之，但地球港卻在我們之上，應該尊而敬之。那……喵梅兒算是哪一邊？

她笑了起來。我覺得她的笑容比維吉妮雅的微笑更順眼，她彷彿揭開了一個與情慾有關的新世界。我知道她並不想對我怎樣——看她的態度舉止就知道了。也許，她只懂得這樣笑。

「別那麼拘謹，」她說：「不必在意。你們最好趕快走，我聽見他回來了。」

我轉身尋找那個喝醉的牛人。沒看到他的身影。

「從這裡上去吧，」喵梅兒說：「這是緊急逃生梯，可以把你們帶回地面。我不會讓他跟過去的。你說的是法語嗎？」

「對，」我說：「妳怎麼——？」

「快走，」她說：「抱歉，是我多問了。快！」

我走進小門，有道旋梯通往地面。走階梯有失我們身為真人的尊嚴，但在喵梅兒的催促下，我別無選擇。我點點頭，向喵梅兒道別致謝，拉著身後的維吉妮雅步上樓梯。

到了地面，我們停下腳步。

維吉妮雅喘著息。「你不覺得很可怕嗎？」

「我們現在安全了。」我說。

「才不安全，」她說：「一想到不得不跟她說話，就讓人覺得髒！」

維吉妮雅覺得喵梅兒比喝醉的牛人更糟糕——但她似乎覺得我有所保留，因為她又說：

「遺憾的是，你會再見到她的……」

「啊？妳怎麼知道？」

「我並不知道，」維吉妮雅說：「我猜的。但我總是猜得很準，非常準。畢竟，我去看過阿巴丁格。」

「親愛的，我剛剛還在問妳那裡怎麼樣呢。」

她不發一語，搖搖頭，沿街走開。我別無選擇，只能跟著她走。我不禁有些煩躁。

我有點生氣地又問了一次。「那裡怎麼樣呢？」

她彷彿自尊受傷的少女。「沒有怎麼樣，那裡什麼都沒有，只是向上爬了很久。是老太婆逼我跟她去的，結果那天機器卻不見客。總而言之，我們受到許可，從一個升降井下來，然後又回到顛簸不平的地面，一整天都浪費了。」

她一口氣講完，而且還不是看著我說。好像覺得這個回憶有些令人難堪。

然後，她把臉轉向我，褐色的雙眼注視著我的眼睛，彷彿正在探索我的靈魂。（靈魂，屬於我們法語的一個詞，舊通用語裡完全沒有類似的字。）她目光閃動，懇求著我。

「在這全新的一天，請你不要這麼無趣。讓我們好好對待全新的自己。保羅，如果我們要當個法國人，就做一些真正的法國人會做的事。」

「咖啡店！」我大喊。「我們需要咖啡店！而且我知道哪裡有。」

「哪裡？」

「過了地下二層，在機器人出現的地方。那裡的類人胎膜獲准能隔著窗戶看我們。」儘管舊的我大多將他們當成窗子或桌子，但「被類人胎膜盯著看」這樣的想法，卻讓新的我感到非常有趣。舊的我從沒遇過任何類人胎膜，但我很清楚他們不是真正的人。即使他們看起來像人類，也會講話，卻是用動物培養來的。如果不是變成全新的自己，變成法國人，我無法意識到他們也能很醜或很美，可以美如畫，或者更勝於畫，更浪漫。

維吉妮雅顯然也想到了這點。她說：「他們很可愛啊。那間咖啡店叫什麼？」

「油油的貓。」我說。

油油的貓。我怎麼也想不到，它會將我們帶往一場噩夢，困在天水之中，導向呼嘯的狂風中。我怎麼想得到，這會跟阿法拉法大道有關？

如果我知道，這世上不會有任何東西能讓我去到那裡。

其他新的法國人比我們更早到達這間咖啡店。

一名脣上留著濃密褐色小鬍子的服務生為我們點餐。我仔細端詳，看看他是不是因服務技巧高超而獲准在人群中工作的類人胎膜，但他不是，他就只是機器人。雖然他宏亮的聲線裡有著跟老巴黎人一樣的熱誠，設計師甚至為他內建了一個小動作，讓他在緊張時會以手背去抹鬍子，還讓小小的汗珠懸在他的前額髮際線下。

「女士、先生，啤酒嗎？還是咖啡？紅酒得等到下個月。每到十五分和四十五分會出太陽，四十分會下五分鐘的雨，到時您就可以好好享受一下傘了。我是阿爾薩斯人，您可以跟我說法語或德語。」

「什麼都行，」維吉妮雅說：「你決定吧，保羅。」

「啤酒，謝謝，」我說：「我們都要金色啤酒。」

「沒問題，先生。」服務生說。

他轉身離開，用力將布甩上手臂。

維吉妮雅瞇起眼睛，逆著太陽。「我希望現在就下雨，我從沒見過真正的雨呢。」

「寶貝，要有耐心。」

她認真地轉過身。「保羅，『德語』是什麼？」

「另一種語言，另一種文化。我讀過一篇報導，他們說明年會將它重新復甦。但是當個法國人不是挺好的嗎？」

「嗯？親愛的？」

「是還不錯，」她說：「比當個數字編號好多了。可是保羅——」然後她停下，因為困惑而眼神迷離。

「保羅。」她說。她從內心深處由衷呼喚我的名字——那分真誠超越了新的我、舊的我，甚至超越塑造我們的補完閣員心中的一切算計。那是一聲充滿希望的吶喊。我伸向她的手。

我說：「親愛的，妳什麼都可以跟我說。」

「保羅，」她幾乎要哭出聲。「保羅，為什麼一切來得這麼快？這是我們的第一天，我覺得可以就這樣跟對方共度餘生，做那些結婚要做的事——不管那是什麼。我們好像該找個牧師或什麼的……但說真的，我完全不懂。保羅、保羅、保羅……一切為什麼會這麼迅速呢？我想愛你，真的愛你，但我不希望是被設定愛上你。我希望這是真正的我。」她說話時雖然聲音鎮定，淚水卻從眼中湧出。

然後，就是我所謂的錯誤選擇。

「寶貝，不用擔心，我敢肯定補完閣員已將一切都編訂完善了。」

就在這個瞬間，她失控地大聲哭出來。我從沒見過成年人哭泣。這感覺很奇怪，也很可怕。

坐在隔壁桌的一個男人走過來站在我身旁，但我沒理他。

「親愛的，」我試圖跟她講道理。「親愛的，這件事我們可以解決——」

「保羅，讓我走，這樣我也許就能真正屬於你。讓我走個幾天，或幾週，或幾年。然後如果——我是說如果——如果我真的回來，你就會知道那是真的我，不是機器設定好的編程。上帝啊，保羅——上帝在上！」她的聲調變了。「但什麼是上帝？保羅？他們給了我們說話用的文字，但我卻不知道那是什麼意思。」

在我身邊的男人說話了。「我可以帶妳去見上帝。」他說。

「你是誰？」我說：「誰說你可以插嘴？」我們還說舊通用語時，完全不會講出這種話。看來，當他們賦予我們新的語言，也在其中嵌入了個性。

陌生人依舊客氣——他跟我們一樣是法國人，但脾氣很好。

「我的名字——」他說：「叫作馬克西米連．馬赫特。我曾經是個信徒。」

維吉妮雅的眼睛亮了起來。她盯著那個男人，心不在焉地擦了擦臉。他高大精瘦，晒得黝黑——他怎麼這麼快就晒黑了？——一頭紅髮，留著跟機器人服務生簡直一模一樣的鬍子。

「女士，妳提起上帝，」陌生人說：「上帝一直都在——在我們周圍，在我們身邊，在我們裡面。」就一個看起來如此世故的男人而言，他這段話真的是很怪。我站起身要向他道別，維吉妮雅已猜到我要做什麼。她說：

「你人真好。保羅，讓他坐下吧！」

她語帶懇求。

機器人服務生帶著兩個錐形玻璃瓶回來，金色液體上面覆蓋泡沫。我以前從沒見過啤酒，但我知道它嘗起來會是什麼味道。我把假裝的錢幣放在托盤上，收下找回來的假零錢，給了服務生假小費。補完機構還沒設計出給所有新文化各自使用的幣別，所以你沒辦法用真正的錢來購買吃喝的東西。食物和飲料都是免費的。

機器人抹抹鬍子，用（紅白格子花紋）餐巾輕拭額頭上的汗水，以詢問的眼神望著馬克西米連．馬赫特。

「先生，您要坐這裡嗎？」

「對。」馬赫特說。

「需要我為您服務嗎？」

「有何不可？」馬赫特說：「只要這些好心人同意就可以。」

「好的。」機器人用手背抹抹鬍子，消失在吧檯的陰暗處。

從頭到尾，維吉妮雅都沒有把目光從馬赫特身上移開。

「你是教徒嗎？」她問道：「你像我們一樣被塑造成法國人，卻仍然是信徒嗎？你怎麼知道你就是你？我為什麼會愛保羅？補完闍員和他們的機器是不是真的能控制我們體內的一切？我想當我自己。你知道該怎麼當『我自己』嗎？」

「女士，我當不了『妳』，」馬赫特說：「這對我來說是何等榮幸。但我正在學習如何當我自己。妳瞧，」他轉過來對著我。「我變成法國人已經兩個禮拜了，我知道有多少屬於我自己，有多少是給予我們語言和風險的新程序加進來的。」

服務生帶著一個小燒杯回來。那個杯子立在一根桿子上，看起來就像地球港的邪惡微縮模型。裡面的液體是乳白色的。

馬赫特向我們舉杯。「祝兩位健康！」

維吉妮雅盯著他，彷彿又要哭出來了。在他和我啜飲時，她擤了擤鼻子，把手帕收好。這是我第一次見到有人表演擤鼻子的動作。但那似乎與我們獲得的新文化相當契合。

馬赫特對著我們兩個笑開，彷彿要開始演講似的。時間到了，太陽準時跳出來，陽光在他身上打出一圈光環，讓他看起來像個魔鬼——或是聖人。

但先開口的是維吉妮雅。

「你去過那裡？」

馬赫特微微揚起眉毛，皺了皺，說：「對。」他的聲音極輕。

「那你聽到了嗎？」」她接著問。

「聽到了。」他露出陰鬱表情，似乎有些不安。

「它說了什麼？」

做為回答，他向她搖了搖頭，彷彿有些東西不該公開談論。

我想插話，想了解這到底是怎麼一回事。

維吉妮雅完全不理我，繼續追問。「但它真的有說些什麼嗎？」

「對。」馬赫特說。

「重要嗎？」

「女士，我們別談這個了。」

「一定要談，」她哭著說：「這可是攸關生死的事。」她的手指緊緊交握，指關節都變白了。她的啤酒還擺在面前，絲毫沒動過，在陽光下逐漸變得溫熱。

「好吧，」馬赫特說：「妳可以問……但我不保證會回答。」

我忍不住了。「你們到底在說什麼？」

維吉妮雅以鄙視眼神看著我。但即使如此，她的鄙視也是對情人的鄙視，沒有過去那樣寒冷遙遠。

「拜託，保羅，你不會懂的，先等等吧。馬赫特先生，它對你說了什麼？」

「我，馬克西米連・馬赫特，會和一名訂婚的褐髮女孩同生共死。」他歪著嘴笑了。「我甚至還不知道『訂婚』是什麼意思哩。」

「我們會弄清楚的。」維吉妮雅說：「它是什麼時候說的？」

「『它』是誰？」我對著他們大叫。「我的上帝，你們到底在說什麼？」

馬赫特看著我，在說出「阿巴丁格」時壓低了音量，然後對她說：「上個星期。」

維吉妮雅的臉一陣慘白。「所以那是真的——是真的！真的！親愛的保羅，它什麼也沒對我說，但它對我姑姑說了一些我永遠忘不掉的事！」

我溫柔地緊緊拉住她的手臂，試圖看進她眼中——但她卻看向了別處。我問：「它說了什麼？」

「保羅和維吉妮雅。」

「然後？」我說。

我簡直要不認識她了。她緊抿嘴唇，沒有生氣；她的狀況不太一樣，或者說更糟。她進入一種充滿壓力的緊繃狀態。我想，這也是我們數千年來從沒見過的狀態。「保羅，若你跟得上，就去想想這個簡單的事實吧。機器把我們的名字給了那個老太婆——但它是在十二年前告訴她的。」

馬赫特突然站起身，椅子倒地，服務生朝著我們這邊跑來。

「就這樣吧，」他說：「我們全都一起回去。」

「去哪兒？」我說。

「去阿巴丁格那兒。」

「為什麼是現在？」我說——而維吉妮雅分秒不差地脫口而出。「它還在運作嗎？」

「它從不休息，」馬赫特說：「只要妳從北邊走。」

「你是怎麼到那裡的？」維吉妮雅說。

馬赫特一臉憂愁地皺了眉頭。「只有一個辦法：阿法拉法大道。」維吉妮雅站了起來，我也是。

然後，就在起身的同時，我想起來了：阿法拉法大道。那是一條懸在半空的廢棄道路，就像蒸氣痕跡一樣縹緲。它曾是可列隊遊行的正式大道，征服者由此下到地面，貢品也由此上達天聽。但它早已傾圮，失落於雲霧間，與世隔絕近百世紀。

「我知道那裡，」我說：「那是條廢棄的道路。」

馬赫特沒講話，只是盯著我瞧，彷彿我是個局外人。

而維吉妮雅只是平靜且臉色蒼白地說：「走吧。」

「但為什麼呢？」我說：「為什麼？」

「你這蠢蛋！」她說：「如果我們沒有上帝，至少還有一臺機器，那是補完機構唯一無法理解的古早遺物。它或許能透露未來，或許不是機器，總之，它肯定來自不同的時間。親愛的，我們就不能利用它一下嗎？如果它說我們『是』我們，我們就是『我們』了。」

「如果它沒這麼說呢？」

「那我們就不是了。」她因為悲痛而沉著一張臉。

「什麼意思？」

「如果我們不是我們，」她說：「那就只是補完閣員編寫出來的玩具、娃娃或木偶；你不是你，我不是我。但如果阿巴丁格——那個在十二年前就認識保羅與維吉妮雅這兩個名字的阿巴丁格——只要它說我們是我們，那我就不在乎它到底是預言機器，或神，或魔鬼，或是其他東西。我都不在乎，至少我擁有真相。」

對此，我又能說些什麼？馬赫特領在前頭，她則跟著走，我在一字縱隊的最後。我們離開**油油的貓**的陽光。離開時，一陣小雨下了起來，店裡的服務生一下子露出了機器人的原貌，直直盯著前方。我們穿過地下層的邊緣，進入高速公路。

離開高速公路後，我們發現自己進入一整區美麗的住宅——全是廢墟。樹群自己鑽進了建築物中，鮮花恣意蔓延過草坪，穿過敞開的門，在沒有屋頂的房中燦爛綻放。當地球人口下降，城市變得寬敞空蕩，誰還需要這麼一幢處在空曠郊野中的房子呢？

有一瞬間，我好像看到了一家子類人胎膜（包括小孩），在我們艱難跋涉過鬆軟的碎石路時盯著我看。又也許，在房子邊上出現的那些面容，只是我的幻想。

馬赫特不發一語。

維吉妮雅和我手牽著手走在他身邊。在這趟奇怪的遠足中，我本來可以開開心心，但她緊緊握著我，不時咬著下嘴唇。我知道這對她來說非常重要——這是她的朝聖之路（在古代，朝聖代表的是步行前往一些具有影響力的地方，非常有益身心。）我不介意跟著。事實上，當她和馬赫特一決定從咖啡店離開，就不可能阻止我跟著來。但我也用不著那麼認真地看待這件事，對吧？

馬赫特到底要什麼？

馬赫特是誰？短短兩星期內，那顆腦袋究竟學會了什麼樣深刻的想法？他怎能比我們先進入這個充斥危險和冒險的新世界？我並不信任他。這是我這輩子第一次感覺到孤單。一直一直以來，只要我的意念觸及補完機構，某些保護裝置就會猛烈而全面地將我的心武裝起來。心靈防備抵禦一切危險，醫治所有傷痛，帶我們迎向人人都配給到的十四萬六千零九十七天。但現在不一樣了。我並不認識這個人，卻得依賴他，而非那一直以來守護、保護著我們的力量。

我們從破敗的道路轉入一條宏偉大道，路面是如此光滑無瑕，沒有任何東西長在上頭，除了一些角落的地上散落著塵土。

馬赫特停了下來。

「就是這裡，」他說：「阿法拉法大道。」

我們陷入一陣沉默，望向失落的帝國公路。

在我們左方，大道隱沒在一道平緩的曲線中，通往我長大成人的城市極北處。我知道北邊還有另一座城市，可是忘了它的名字——何必記得？那兒肯定跟我住的地方一模一樣。

但在右方——

大道右方急上升，就像一面陡坡隱沒在雲裡，而在隱沒處的稜口邊上，散發一股災厄的氣味。我無法確定，但這條大道一到那兒，就彷彿被難以想像的力量整段剪除，而阿巴丁格就矗立在雲外某處，那個能解答所有問題的地方……

至少，他們是這麼想的。

維吉妮雅緊緊依偎著我。

「我們回去吧，」我說：「我們是城裡的人，對廢墟一無所知。」

「只要你想，就可以做到，」馬赫特說：「我只是想幫個忙。」

我們兩人都看著維吉妮雅。

她用褐色的眼睛注視著我，眼中流露懇求之情。這股情緒比起女人或男人，甚至是全人類更古老。

在她開口之前，我就知道她要說什麼了：她會說她一定得知道。

馬赫特閒散地碾碎腳邊的幾顆鬆軟的石子。

最後，維吉妮雅開口：「保羅，我不是單純追求冒險，但我之前說的都是認真的。是不是真有那一點可能，我們是被『告知』要彼此相愛？如果我們的幸福，如果屬於我們的自我，全來自電腦的執行運作，或在我們睡覺和學法語時對著我們說話的機械音，那還算什麼生活？回到古老的世界或許很好玩——那一定真的很有趣。我知道，你帶給我前所未有的幸福和快樂，在今天之前我從未懷疑過。如果那真的是我們，那麼我們就真的擁有某些美好事物，而我們也有權弄清楚。但如果不是——」她突然哽咽。

我想要說：「如果不是，也會一樣的。」可是，當我將她拉近，馬赫特不祥而陰沉的面容卻越過維吉妮雅的肩膀看著我。沒什麼好說了。

我緊緊抱著她。

馬赫特腳下有細細的血流出來，被地上的塵土吸乾。

維吉妮雅也轉過身。

「馬赫特，」我說：「你受傷了？」

馬赫特對著我揚起眉，冷漠地說：「沒有呀。為什麼這麼問呢？」

「有血——就在你腳下。」

他瞥了瞥。「喔，那個啊，」他說：「那沒什麼，只是某種不會飛的非鳥生物的蛋。」

「住手！」我以心靈感應遏止他，用的是舊通用語。我根本沒想過要試著用新學來的法語發念。

他詫異地退了一步。

在這一無所有之地，某則訊息突然進入我腦中：謝謝你謝謝你好棒請回家謝謝你好棒走開人壞人壞人壞。有動物或鳥在某處警告我要提防馬赫特。我以意念隨口向牠道謝，然後將注意力轉向馬赫特。

他和我彼此對視。這就是所謂的「文化」嗎？我們現在算人了嗎？自由是否也涵蓋猜忌、恐懼和憎恨的權力？

我根本就不喜歡他。那些代表被遺忘的罪惡的詞彙進入我心中：暗殺，謀殺，綁架，瘋狂，強姦，搶劫……

我們以前從不知道這些事；但我卻感覺到了這一切。

他以非常平等的態度對我說話。為了避免被對方的心靈感應讀取，我們都小心翼翼地防衛自己，因此溝通管道只剩下同理心和法語。「這是你的主意，」他真是謊話連篇。「或者，至少是你女人的……」

「難道是因為這世界遭到謊言入侵，我們才會這樣莫名其妙被騙上雲端？」我說。

「這是有原因的。」馬赫特說。

我輕輕將維吉妮雅推向一旁，把自己的心防備好，以至於因反心靈感應頭痛欲裂。

「馬赫特，」我說。我可以聽見自己的聲音裡帶有動物般的咆哮。「告訴我，你為什麼要帶我們到這裡。否則我就殺了你。」

他沒有退縮，只是面對著我，準備放手一搏。他說：「殺？你是指要讓我死嗎？」但那話語一點說服力都沒有。我們沒有人知道要怎麼打架，但他作勢抵抗，而我作勢攻擊。

在我的思維護盾底下，一陣動物的思維鑽了進來：好人好人抓他的脖子沒有空氣他啊呀沒有空氣他啊呀像破掉的蛋……

我完全沒思考這念頭來自何處，直接接受了建議。這麼做很簡單。我走到馬赫特身邊，伸出雙手，勒住他的喉嚨，使力擰。他試圖推開我的手，又試圖踢我，而我只是緊緊抓著他的喉嚨不放。如果我曾是補完閣員或者開路艦長，或許會知道怎麼搏鬥。但我沒有當過；他也沒有。

當一陣突如其來的力量抓住我的手，一切便結束了。

我嚇了一跳，放開來。

馬赫特不省人事。那就是「死」嗎？

不可能。因為他又坐起來了。維吉妮雅跑向他，他揉揉喉嚨，並用粗魯的聲音說：

「你不該那麼做的。」

這給了我勇氣。「說，」我朝他吐了口水。「說你為什麼要我們過來，否則我會再弄一次。」

馬赫特虛弱地咧嘴一笑，把頭靠在維吉妮雅的手臂上。「因為恐懼。」他說：「恐懼。」

「恐懼？」我知道法語的這個字——peur——但不知道意思。這是指某種不安或動物性的驚慌嗎？

此時我已敞開了心智思考，他便以思緒回應：對。

「但為什麼你喜歡？」我問。

這很好吃，他想。它讓我感到噁心、興奮、充滿生命力，就像某種強效藥，幾乎和使春一樣美好。我以前上去過那裡，在那個很高的地方。我吃了很多恐懼。那感覺既奇妙、又糟糕、也美好，全部雜在一起，我在一個小時裡活過上千年。我想要更多，但我想，如果和其他人一起，一定會更刺激。

「我現在就要殺了你。」我體內的法國人說：「你非常……非常……」我得想一下適合的字眼。「你非常邪惡。」

「不要，」維吉妮雅說：「讓他說下去。」

他跳過口語，直接朝我投射意念。這是補完閣員從不讓我們擁有的東西——恐懼和真實。我們醉生夢死，連下等人那些動物都比我們更有生命力。機器人沒有畏懼，而我們就是這樣，我們是以為自己是人的機器人！而現在，我們自由了。

他看見我心靈中浮現一道原始、赤紅的怒意，於是改變了話題。我沒有騙你，這是通往阿巴丁格的路，我到過那裡，它還在運作，就在那個方向，它永遠不會休息。

「它還在運作，」維吉妮雅大叫。「你看，他也這樣說，它在運作！他說的是真的。喔，保羅，拜託，我們繼續走好嗎！」

「好吧，」我說：「我們繼續走。」

我扶他起身。他看起來挺尷尬的，就像有什麼丟人現眼的事被別人發現。

我們走上堅不可摧的大道，路面踩起來挺舒服的。

在我的心靈深處，那隻看不見的鳥（或其他動物）以意念對我叨念：好人好人讓他死把水帶走把水帶走……

那時，我、她和他邁步向前，維吉妮雅走在我們兩人之間。我沒有留意。真的沒有留意。

我希望我有。

我們走了好長一段時間。

那個過程對我們來說挺新鮮：知道沒有人守護我們、知道自己呼吸的空氣是自由的空氣，而且正在沒有天氣機器的幫助下移動，真的是一件令人興奮的事。我們看見很多鳥，發現當我向牠們投射意念時，牠們的心靈會嚇一跳，並且封閉起來。牠們是自然出生的鳥，是我從來沒看過的品種。維吉妮雅問我牠們叫什麼，我就硬是把我們用法語學過的鳥名都拿來用，也不管那到底符不符合事實。

馬克西米連．馬赫特的心情也愉快起來，甚至為我們唱了首歌（雖然有點走音），大意是說，我們往高處走，而他往低處，但他會在我們之前抵達蘇格蘭——這沒道理，可是那活潑的旋律讓人很愉快。

每當他在前頭和維吉妮雅與我拉開一段距離，我就會把〈馬庫巴〉那首歌做些變化，在她可愛的耳邊輕聲唱出那些樂句：

她不是我本來尋覓的女人。
遇見她完全是場意外。
她說的不是正統法語，
是帶著馬提尼克的含糊口音。

我們樂於進行這樣的探險和自由，直到肚子開始咕咕叫，麻煩也隨之開始。

維吉妮雅走到一根燈柱前，用拳頭輕輕敲，說：「餵我」。基本上，那根柱子應該要打開，提供我們一頓晚餐，或者告訴我們接下來幾百碼哪裡會有食物。但它沒有。它什麼事都沒做，這東西一定是壞掉了。

就這樣，我們展開一場敲打柱子的遊戲。

阿法拉法大道現在大約比周圍的鄉村高了五百公尺，野鳥在我們下方盤旋。鋪築過的路面塵土很少，雜草叢更少，沒有塔架在底下支撐的宏偉道路迂迴穿入雲裡，像一條飄揚的緞帶。

我們打膩了柱子。裡面既沒有食物，也沒有水。

維吉妮雅變得焦躁不安。「現在回頭於事無補，搞不好往另一個方向找食物還更遠……真希望你身上有帶點東西。」

我怎麼會想到要帶吃的呢？誰會在身上帶吃的啊？當食物到處都是，誰會想到要帶食物？我親愛的愛人真是不講理，但她是我的愛人，因為亂發脾氣的這種可愛瑕疵，使我更加愛她了。

馬赫特不停敲著柱子（一部分是因為他不想捲進我們的爭吵），結果卻導致意想不到的結果。有一瞬間，我看見他沒什麼特別地俯身向前，對著一盞大燈的柱子謹慎又俐落地施以重擊；下一刻，他卻像狗一樣吠了起來，並且以極快的速度向上坡衝去。他消失在雲端之前，我聽見他好像大聲嚷嚷著什麼，但太模糊了，聽不清。

維吉妮雅注視著我。「你現在要回去了嗎？馬赫特跑掉了，我們可以說是我太累。」

「妳認真的嗎？」

「當然，親愛的。」

我笑了，心中有點生氣。是她堅持要我們過來，現在她卻打算轉頭放棄，只是為了討好我。

「沒關係，」我說：「它離這裡應該不遠了，我們繼續。」

「保羅……」她站得離我很近，褐色的眼眸帶著憂慮，好像試圖透過眼睛直視到我的心底。我向她傳送意念：妳希望我們這樣說話嗎？

「不要，」她用法語回答。「我想要一次只說一件事。保羅，我是真的想去見阿巴丁格，我必須去，這是我一生中最重要的事。但於此同時，我也不想去。那上頭有些不對勁。我寧願在錯誤的情況下擁有你，也不願失去你。我們可能會出事。」

我焦急地問：「妳是不是產生了『恐懼』的感覺？就是馬赫特說的那個？」

「喔，沒有，保羅。完全沒有。這感覺並不令人興奮，反而像是機器裡有什麼東西壞掉——」

「——妳聽！」我打斷了她。

前方的雲霧深處傳來一陣類似動物的哀號。聲音中有言詞文字，肯定是馬赫特發出來的。我以為我聽到了「小心」，但當我以心靈對他進行探索，卻因為距離的關係原地打轉，我不禁頭暈目眩。

「親愛的，我們跟上去。」我說。

「好，保羅。」她說，聲音中帶有某種混雜幸福、順從和絕望的情緒……

我們動身前，我仔細地看了看她。她的的確確就是屬於我的女孩。天色已昏黃，燈沒有亮。在璀璨的黃色天空中，她的褐色髮髮被染成金色，一雙褐眼的虹膜更近漆黑；年輕卻飽經風霜的面容，似乎比我此生見過的任何臉孔都值得深入探索。

「妳是我的。」我說。

「是的，保羅，」她如此答道，接著燦爛一笑。「你說出來了！真是太好了。」

圍欄上有一隻鳥，先以銳利的目光看著我們，然後飛走。也許牠不喜歡人類說的蠢話，便逕自撲向底下的幽暗空間。我看見牠飛得更低更低，懶洋洋地揮動翅膀。

「親愛的，我們不像鳥兒那麼自由，」我對維吉妮雅說：「但是我們比過去一百個世紀的人都更自由。」

她挽著我的手臂，對我一笑。那就是她的回答。

「現在，」我又說：「我們要追上馬赫特。用手臂緊緊抱著我，我要敲看看這根柱子，就算沒拿到晚餐，搞不好可以搭個便車。」

我感覺她抱緊了自己，便敲了那根柱子。

那是哪一根呢？頃刻間，無數柱子從我們身邊飛過，令人眼花撩亂。我們正快速移動著，腳下的地面卻穩固如山。就算是地下的服務樓層，我也沒見過這麼快的道路。維吉妮雅的連衣裙被風吹得猛烈作響，噼哩啪啦，像是彈手指的聲音。我們一下子就進到雲裡，然後又從雲中出來。

我們眼前出現一個嶄新的世界。雲層在上下分開，偶有藍天從中穿透。我們穩穩向前，古代工程師一定將通道設計得十分精巧。我們不斷向上、向上、再向上，卻不覺頭暈。

我們又到了另一片雲。

接下來發生的事，恍若電光火石間。

有個黑色物體迎面衝來，猛擊中我的胸口。我是在過了很久之後才意識到那是馬赫特的手臂，他試著要在我們穿過雲層時把我拉住。但沒有多久，我們就進了另一片雲，我還來不及開口對維吉妮雅說些什麼，便又受到第二次重擊。那種痛楚難以承受，我這輩子還沒有過這樣的感覺。接著，不知道為什麼，維吉妮雅突然往我身上倒來，摔到前方。她用力拉著我的手。

我想要叫她別拉了，因為很痛，卻一口氣上不來。於是我努力按她的希望去做，而不是跟她爭辯。我奮力朝她的方向移去。就在此時，我才意識到自己腳下空空如也——沒有橋，沒有噴射通道。什麼都沒有。

我掛在大道邊緣，在斷裂路面的上緣，除了一些環形電纜外下面什麼也沒有。而在電纜下方——那遙遠、遙遠的底下——有條不知道是河還是路的細小帶狀物。

我們在渾然無覺的狀態下跳過路面上的巨大裂口，所幸我沒有跌得太遠，胸膛還能壓在路面上緣。

這些疼痛都不算什麼。

再過一會兒機器人醫生就會來治療我了。

這時，我看見維吉妮雅的表情，突然想起這裡沒有機器人醫生——沒有我們的世界、沒有補完機構。除了風和疼痛之外，空無一物。她在哭。我花了點時間才能聽懂她在說什麼：

「我做到了！我做到了！親愛的，你死了嗎？」

由於人們一向會在自己被安排好的時間離開，所以我們兩個都不確定「死」是什麼意思，不過我們知道那代表生命終結。我試著告訴她我還活著，但是她一直在我身體上方晃來晃去，不停想把我拖離墜落的邊緣。

我用手把自己撐起來坐好。

她跪在我身邊，親吻我的臉。

我的那口氣終於喘過來了。「馬赫特在哪兒？」

她回頭看。「我沒看見他。」

我也試著想看。但她不讓我做其他動作。「你好好地留在這裡，我再到處看看。」

她勇敢地走到被截斷的大道邊緣，朝裂口下方望了一眼。雲層在我們身邊快速飄過，彷彿被抽風機抽走的煙霧。她從那些雲霧的縫隙中間看下去，大聲地說道：

「我看見他了。他看起來很好笑，就像博物館裡的蟲一樣，在電纜上爬著。」

我奮力用手和膝蓋讓自己靠近她一些，也跟著她的目光。他就在那裡，像一隻沿著線段移動的小點，而鳥兒正在他下方翱翔。這景象看起來非常非常不安全。也許，他是浸淫在為了要一直「快樂」所需要的「恐懼」中。但不管那是什麼，我一點兒也不想要那種「恐懼」。我要的是食物、水和機器人醫生。

但這些東西這裡都沒有。

我掙扎著起身。維吉妮雅試圖幫我，不過我已經站起來了。她也只能碰碰我的袖子。

「我們繼續吧。」

「繼續？」她說。

「去阿巴丁格那兒。那上頭可能會有友善的機器人，待在這裡只能受寒風吹，況且，燈也還沒熄。」

她皺起了眉。「但馬赫特……？」

「他要到這裡還得花上幾個小時。我們可以再回來。」

她順從了我說的話。

我們再次走上大道左方。在我敲打每根柱子的時候，我要她緊緊抱著我的腰。這路上肯定有給旅客用的重新啟動裝置。

敲到第四根，它開始運作了。

我們在阿法拉法大道上往上奔馳，狂風再次猛吹我們的衣服。

路向左轉，我們幾乎要摔出去。我趕快抓回平衡，想轉到另一個方向。

然後我們就停了下來。

這，就是阿巴丁格。

一條散落著許多白色物體的走道——有旋鈕、拉桿，以及好多顆跟我的頭差不多大的殘缺球體。

維吉妮雅站在我身邊，沉默不語。

跟我的頭差不多大？我踢了踢其中一顆，然後就明白那是什麼了——甚至可以說非常確定。這是人。人體裡面的部分。我從沒見過這些東西；還有那個，那個在地上的絕對是手骨。沿著牆面，還有上百個像這樣的物體。

「來吧，維吉妮雅。」我保持平淡的語氣，把思緒隱藏起來。

她不發一語地跟上，對地上的東西很是好奇，但似乎沒有認出來。

而我……我正看著那堵牆。

最後，我發現了它們——那些屬於阿巴丁格的小門。

其中一扇門上寫著「METEOROLOGICAL」。這不是舊的通用語，也不是法語，但看起來非常相似，所以我知道那和大氣的運作有關。我把手放在門的面板上，面板變成半透明，顯示出一串古代文字。先是一些沒有意義的數字，後面接上一些毫無意義的字詞，然後出現：

Typhoon coming.

我學的法語沒有教我「coming」是什麼，但「Typhoon」顯然是指颱風：一種大型的大氣擾動。我想，這讓天氣機器處理就好，和我們沒有關係。

「這沒用。」我說。

「這是什麼意思？」她說。

「大氣會遭到擾動。」

「喔，」她說：「這對我們來說沒差，不是嗎？」

「當然沒差。」

我試了試隔壁寫了「FOOD」的面板。當我的手碰觸到小門，牆裡發出好似叫痛的嘎吱聲，彷彿整座塔都在反胃。門開了一點點，一陣可怕的惡臭湧出，然後門又關上。

第三個門上寫「HELP」。我碰它的時候什麼事都沒發生。也許，這指的是古代的某種徵稅手段？我摸了它，但也沒有得到什麼。第四扇門比較大，底部有個部分已經打開。在頂端，這扇門的名字叫「PREDICTIONS」。對那些認得古法語的人來說，這個字解釋得很清楚了：就是那個意思。寫在底部的名字則比較神祕，上頭寫著「PUT PAPER HERE」。我猜不出那是什麼意思。

我試著用心靈感應：什麼都沒發生。一陣風吹過我們，一些鈣化的圓球和旋鈕在路面上滾動。我再試一次，竭盡全力尋找那些因早已逝去的意念留下的印記。我心中響起一陣尖叫——聽起來不像人類的細長尖叫。就這樣。

我的確因此心煩意亂。我並沒有感覺到「恐懼」，但我擔心維吉妮雅。

她正盯著地面瞧。

「保羅，」她說：「那個，地上那些奇怪的東西——那不是人類的外皮嗎？」

我曾在博物館看過一張古代的X光片，所以我知道這張皮毛還包裹那些提供人體內部結構的材料。上面沒有球狀物，所以我很確定他死了。以前怎麼可能發生這種事呢？為什麼補完機構會讓它發生？但話說回來，補完機構一直將塔的這面設為禁區。或許，違反規則的人會遭遇某種我無法理解的獨特懲罰。

「保羅，看，」維吉妮雅說：「我可以把手伸進去。」

我還來不及阻止她，她已經把手伸進寫著「**PUT PAPER HERE**」的扁平開口裡。

她尖叫起來。

她的手卡住了。

我試著拉出她的手臂，可是沒有效果，她開始因疼痛而喘著。突然間，她的手被放開了。

一串文字清楚地刻在她的皮膚上。我將披風撕下來包住她的手。

她在我身邊啜泣，我又把她手上的包紮解開。於是，她在包紮解開的同時看見自己皮膚上的字。

那些字以清楚的法語寫著：妳一輩子都會愛著保羅。

維吉妮雅讓我拿披風包紮她的手，然後抬起臉讓我親一下。「這值得，」她說：「保羅，一切苦難都值得。現在我知道了。我們來找回去的路吧。」

我又親了她一下，安慰她。「妳一直都很清楚，不是嗎？」

「當然，」她破涕為笑。「補完機構不可能連這種事都能做到。這部老機器好聰明喔！保羅，它是神還是魔鬼？」

那時的我還沒有讀過這兩個詞，所以只是輕拍她當作回答。我們轉身離開。

直到最後一刻，我才想到自己還沒試過「PREDICTIONS」功能。

「等我一下，親愛的，我撕一小塊繃帶。」

她耐心等著。我把繃帶撕下一塊，大概有我手的大小，然後在地上撿起一個曾經屬於人的組件。那應該是手臂的前端。我折回去，把布伸入開口槽。可是，當我轉向那扇門，有隻好大的鳥兒坐在那裡。

我用手把鳥推到一邊，牠對我呱呱叫，甚至威脅似的用叫聲和尖銳的喙驅趕我。我趕不走牠。

我試著使用心靈感應：我是真正的人類，走開！

那隻鳥的晦暗心靈在剎那間拋給我一串「不不不不不！」除此之外就沒了。

我趁著機會拿拳頭用力打牠，牠搖搖晃晃跌到地上，在路面那些白色垃圾中重新站穩，然後張開翅膀、乘風而去。

我把那塊布伸了進去，在心裡默數到二十，然後拉出來。

上面的字清清楚楚，可是非常詭異：你會再愛維吉妮雅二十一分鐘。

她似乎很快樂，對預言再沒有疑慮，但因為手被寫上了字的疼痛而有些顫抖。她的聲音彷彿是從很遠的地方傳到我這裡。「親愛的，它說了什麼？」

我刻意不小心讓風吹走破布，它像鳥兒般振翅飛走。維吉妮雅也看到它被吹走了。

「噢，」她失望地大喊。「我們搞丟它了！那上面怎麼說？」

「就跟妳的一樣。」

「但是保羅，是哪些字呢？它究竟是怎麼說的？」

在愛與心碎中，或許也帶了一點「恐懼」。我對她撒了謊，輕輕說道：

「它說『保羅會永遠愛維吉妮雅』。」

她對我嫣然一笑。她豐腴的體態迎風而立，既堅定又幸福，再度成為幼時我在街區裡注意到的那個胖呼呼又可愛的曼娜莉瑪——同時又不只這樣。她還是我在這個新世界中新發現的愛人。她是我的馬提尼克小姐。那訊息很荒謬，從「FOOD」開口槽那兒就能判斷出機器壞了。

「這裡沒有食物和水，」我說。事實上，圍欄邊還有一灘水，可是裡面滿是吹落在地的人體組件。我沒有心思喝。

維吉妮雅是多麼開心，儘管手受了傷，沒有食物也沒有水，依然興高采烈地走著。

我想，二十一分鐘。到這邊大概花了六個小時，如果我們還留在這裡，就要面對不可知的危險。

我們精神奕奕地沿阿法拉法大道往下走。我們見到了阿巴丁格，而且還「活著」。我不覺得自己「死了」，但這些字早就沒有意義，所以我很難想像那是什麼意思。

斜坡是如此陡峭，我們像馬那樣昂首闊步，風以驚人的強度吹拂著臉——一直這樣吹著，這個「風」——但我是到一切都結束後才查到「通風口」這個詞。

我們從沒親眼見過整座塔——從古代的噴射通道把我們放下的地方看去，那就只是一面牆，塔剩餘的部分被雲遮蔽，而雲就像在巨大物體前飛舞的碎布。

天空的一邊是紅的，另一邊則是汙漬般的黃。

大滴大滴的水開始打在我們身上。

「天氣機器壞掉了。」我大聲對維吉妮雅說道。

她試著回喊，但話都被風帶走。我重複剛剛說的「天氣機器壞掉了」。儘管風正將頭髮甩上她的臉，天上掉下來的零碎水滴也在她焰金色的長袍上打出斑斑點點，她還是幸福滿滿地點了點頭。這些都無所謂。她攀住我的手，我們一步一步往下，抵抗著下坡的衝力、穩住自己的腳步，她一臉開心地對著我笑。那雙褐眼充滿信心與生命力。她看見我在看她，便親了親我的上臂，而腳步沒停。她知道的，她永遠都是我的女孩。

來自天上的水（我後來才知道，那就是真正的「雨」）傾盆落下，霎時也把鳥給包在裡面。一隻大鳥猛然振翅，迎向呼嘯的風。儘管牠的飛行時速可能有好幾里格，但還是設法在我面前停了下來。面前的牠呱呱亂叫，然後就被風給吹走。然而這隻鳥剛離開不久，另一隻鳥就撞上我的身體，我才要低頭看牠，牠卻馬上被狂風給帶走，我只得到牠明亮而空洞的心中的感應回音：不不不不！

現在是怎樣？我想。鳥的建議實在很有限。

維吉妮雅拉住我的手臂，停了下來。

我也停了下來。

阿法拉法大道斷裂的邊緣就在面前，陰沉的黃雲游過斷處，彷彿有群毒魚趕著要去做什麼見不得人的事。

維吉妮雅在大叫。

我聽不到，所以俯下身，讓她的嘴快要碰到我的耳朵。

「馬赫特在哪裡？」她大喊。

我小心翼翼地將她帶到馬路左側，那邊的圍欄能稍微保護我們，抵擋住狂風，以及隨之落下的水。

這時，我們都無法看太遠。我讓她跪了下來，將自己的身子壓低，依在她身旁。落下的水都打在我們背上，而圍繞我們的燈光轉成黯淡汙穢的黃色。

周圍依然有能見度，只是有限。

我很想就這麼坐在圍欄的庇護之中，可是她輕輕推了推我，希望可以為馬赫特做點什麼。然而那超乎我能力所及，就像任何人在這種情況下一樣。如果他能找到庇護，那他就會很安全；但如果他還在外面那些電纜上，狂暴的推進氣流會在瞬間把他帶走，那麼馬克西米連．馬赫特這個人就再也不會存在。他會「死」，而且他體內的零件會把某塊空地染成白色。

維吉妮雅相當堅持。

我們爬到邊緣。

一隻鳥對準我的臉飛掠過來，力道十足，就像子彈。我退縮，被一只翅膀擦到臉頰，那刺痛感有如火燒。我完全不知道羽毛竟能這麼硬。如果這些鳥以這種方式撞擊阿法拉法大道上的人，我想牠們的心理機制肯定壞掉了。牠們是不可以這麼對待真正的人類的。

我們匍匐而行，終於爬到了邊緣。我想將左手指甲卡進圍欄的石質材料，但那是平的，除了裝飾性的凹槽外，沒有可以抓的地方。我的右臂攬著維吉妮雅，先前在途中撞上路緣受的傷還沒好，使得爬行變得疼痛難耐。在我遲疑的時候，維吉妮雅已經向前推進。

我們什麼也沒看見。

我們被黑暗包圍。

風和水如拳頭般擊打我們。

她的長袍拖累著她，像一隻擔心主人的狗。我想讓她回到圍欄的遮蔽處，這樣可以在那裡等待大氣擾動結束。

突然間，一道光照亮了我們。那是野生的電力，也就是古代人所謂的「閃電」。後來我發現，在天氣機器無法觸及的區域，這種現象相當頻繁。

明亮而迅速的光芒打亮了一張凝視著我們的白色臉龐。攀在下方電纜的他嘴張得開開的，肯定是在大吼大叫。我永遠都不會知道他的表情是「恐懼」還是「幸福」。他臉上有滿滿的激動。明亮的光熄滅了，我彷彿聽到一聲呼喊的回音。我以心靈感應探觸他的心，但那兒什麼都沒有，只有幾隻晦暗、頑劣的鳥兒正將意念投注給我：不不不不不！

維吉妮雅在我手臂底下繃緊身體。她扭動著，我用法語向她大喊，可是她聽不見。

於是我改用心靈。

有人在那裡。

維吉妮雅的心猛地對我發難，滿滿的嫌惡：那個貓女，她會碰到我的！

她扭了一下，突然之間，我的右臂一空。即便燈光昏暗，我也能看見閃爍微光的金色長袍在大道邊緣一閃而過。我以心靈探出去，捕捉到她的哭喊：

「保羅！保羅！我愛你！保羅……救我！」

隨著她身體的墜落，思緒也隨風消逝。

那人是我們在迴廊初次遇見的喵梅兒。

我來找你們兩個，她將意念投注給我，雖然鳥兒不是真的很在乎她就是了。

鳥跟這些有什麼關係？

你救了牠們。在那個紅髮男人想殺光牠們的時候，你救了牠們的幼雛。我們都在擔心，不曉得你們這些真正的人類在獲得自由後會對我們做些什麼。後來我們發現，你們之中有些人很壞，會殺掉別的生命；有些人則很好，會保護生命。

我想著，是不是這裡的一切都是有好有壞？

或許我不該卸下自己的防備。人類沒必要學會戰鬥，但類人胎膜必須要懂。他們在爭鬥中繁衍後代，為麻煩的事情付出努力，即使只是像喵梅兒這樣的貓女孩，她擊中我下巴的拳頭仍重得像機器驅動似的。要在「颱風」之中帶我橫越電纜，唯一的辦法（無論是不是貓），就是讓我身體放鬆，並且失去意識。再說，她並沒有用來麻醉的東西。

我在自己的房間醒來，感覺非常舒適。機器人醫生就在房裡。

「你受了驚嚇，我已和補完機構次長取得聯繫，你要的話，我可以抹掉你最後一天所有的記憶。」他的表情相當愉快。

狂風在哪兒？而像巨石一樣在我們周遭不停下墜翻騰的大氣呢？不受天氣機器控制、傾瀉而下的大水呢？那件金色的長袍，還有馬克西米連·馬赫特——那張瘋狂渴望恐懼的臉，他又在哪兒？

我想著這些，但機器人醫生沒有心靈感應，他什麼也讀不到。我惡狠狠地瞪著他。

「屬於我的真愛，」我大喊。「她在哪裡？」

機器人沒有譏諷的能力，但這個機器人卻嘗試這麼做。「你說那個沒穿衣服、一頭熾烈秀髮的貓咪女孩嗎？她去找衣服穿了。」

我瞪著他。

他古板又狹隘的機器腦開始編織起他自己的齷齪遐想。「先生，我真的得說，你們『自由人』變心得實在太快了……」

誰想跟機器爭論？跟他回嘴不值得。

但另一臺機器呢？二十一分鐘……到底是怎麼辦到的？它怎麼會知道？我也不想和那臺機器爭論。它肯定是一臺倖存下來的強大電腦——也許本來是用於古代戰爭，但我一點也不想去追究這點。有些人可能會稱它為神，而我則不會把它當一回事。我不需要「恐懼」，也不打算再回到阿法拉法大道。

但你聽聽看我可憐的心聲！——經歷過這些以後，我還能去咖啡店嗎？

喵梅兒走了進來，機器人醫生離開。

21 迷失的喵梅兒之歌

她幹了件好事，是她，
一塊汙點遮住大鐘，是她，
但她愛上了原祖人啊，
那件好事是什麼，又在哪兒？

——引自〈迷失的喵梅兒之歌〉

她是個蘿莉女郎，而他們是真正的人類，是造物之主，但她敢與他們鬥智，而且還能取勝。這種事前所未有，日後也絕對不可能發生。但她確實是贏了。她的體質不是由人類萃取而來，只是具備了人的外型，源頭依舊是貓，名字中有個「喵」字。她叫喵梅兒，父親是喵麥金塔。當她與有法律條文當靠山的補完閣員進行心機鬥爭，最終是由她獲勝。

事情發生在地球港。那是高樓中的高樓，自成一座小城，高達二十五公里，矗立在地球海西端。

傑斯寇斯特在第四閥門外有個辦公室。

｜

傑斯寇斯特喜歡晨曦，但大部分補完閣員都不喜歡，所以對他而言，要保有偏愛的辦公室和公寓沒什麼困難。他主要使用的辦公室空間深九十公尺，高與寬皆二十公尺，後方就是「第四閥門」，整面門幾乎達一千公頃，螺旋狀，像隻大蝸牛。傑斯寇斯特的公寓雖然大，但在包圍地球港那密密麻麻的建物裡，看起來不過是格小鴿籠。地球港坐落於此，像一只超巨大的紅酒杯，從地底岩漿層延伸進高空的大氣層。

地球港是人類在機械使用熱潮時期的產物。雖然在歷史連貫期最開始，人類就會使用核子火箭，但如果要乘載離子動力與核子動力的星際飛船，或是聚集光子帆船組成星際艦隊，仍得藉助化學燃料火箭。人們沒耐心用這種方式一點一點把東西射上天空，於是發明了百萬噸級的火箭。結果就是：等推進器脫離後就會掉下來砸毀某處。後來，戴夢尼人從天外某個地方回到地球——他們祖先的家鄉——然後教導人類使用防水、抗壓、長時間不鏽蝕且耐用的材質建造火箭——然後就離開了，再也沒回來。

傑斯寇斯特經常在自己公寓四處看，想像著壓縮在其中嘶嘶叫的白熱氣體從閥門中湧出，流進他的房間以及其他六十三個相同的房間，不知道會是什麼景象。不過，現在的他擁有厚重的木造後牆，而閥門本身則成為某些野蠻生物居住的空曠洞穴。現在再也沒人需要那麼大的空間，這些隔間就夠實用了。空蕩蕩的閥門實在派不上用場。現在，介面重塑太空船會靜靜從各個星星那兒開進來，依法律規定停靠地球港，不製造出任何噪音，當然也沒排放什麼熱氣。

傑斯寇斯特看著遠在下方的高空雲朵，自言自語地說：「天氣不錯，空氣很好，平靜無事，吃點東西吧。」

傑斯寇斯特常這樣自言自語。他獨來獨往，可稱得上是個怪咖。身為人類最高議會的議員，他是有些煩惱，但都不是什麼私人問題。他的床上方掛了一幅林布蘭——世上僅存的一幅林布蘭。這世上唯一還能欣賞林布蘭的人，也只有他了。後牆掛著某個遠古文明遺留下來的織毯。每天早上，他會欣賞陽光在那上頭演出的精采畫面——柔化、燃亮、變換各種色彩——那景象帶給他生動的想像，彷彿過去的那些紛爭、謀殺，各種人類鬥爭的戲碼再度於地球上演。他還有一本莎士比亞、柯勒格羅夫、兩頁傳道書，全都鎖在床邊的箱裡，全宇宙只剩四十二人還讀得懂古英文，傑斯寇斯特就是其中之一。他喝的紅酒是機器人在自己位於落日海岸的葡萄園釀造的。簡言之，他這個人會把私下的生活打理得舒舒服服、率性自在，好更慷慨無私地在公務上貢獻專長。

在這特別的早晨，當他醒來，完全不曉得將會有個美麗的女孩無可救藥地愛上他，而且愛得死心塌地。這一切都要等到他在政府單位裡工作一百多年後才會知情。（那將會是地球上另一個和他現在所處的政府一樣強大、歷史同等久遠的政府。）他也還不知道，自己將會為了某個一知半解的原因，自願投身危險的反叛陰謀。還好，現在時間還沒到，他還有無知的幸福。此時的他起床後只煩惱：該不該在早餐時來杯白酒呢？在每年的第一百七十三天，他都一定要吃雞蛋。雞蛋是很稀罕的，他不想吃太多，讓自己過得太奢侈，全吃光的話反而是剝奪了這種享受。他悠悠哉哉在房間裡晃，嘴裡念念有詞。「要白酒嗎？要白酒嗎？」

喵梅兒將進入他的生命，但他渾然無覺。梅兒注定會贏，而連她自己也不知道。

自從人類經歷新知人階段，重新帶回政府組織、金融制度、報章媒體，再度有了國族語言、疾病與偶發的死亡事件，下等人類的問題就開始浮現。他們不是真的人，只是大群具備人類形體的地球動物。他們會說話、歌唱、讀寫、勞動、愛戀與死去，但不在人類法律管轄範圍內。人類的廣義法律將他們定義為「類人胎模」，並給予類似動物或機器人的法定地位，對於來自外部世界的真正的人類，則一律稱作「原祖人」。

多數下等人都會老老實實工作，對自己等同奴隸的身分毫無質疑。有些下等人則變得非常有名，像喵麥金塔，他就成了第一隻能在正常重力下立定跳五十公尺遠的地球物種。他的影像被傳遍上千個世界。他女兒喵梅兒的工作是蘿莉女郎，負責接待從外部世界遠道而來的人類與原祖人，讓他們賓至如歸。能在地球港工作是個特權，但為了這份所得不高的工作，她必須非常拚命。人類與原祖人長久以來都過著寬裕富足的生活，不曉得貧窮是什麼滋味，而補完閣員早已制定了命令，源自動物血統的下等人類必須生活在古代世界的經濟體系下。不論是買房、採購食物，任何貨物交易，或是下一代的教育費用，都得用他們自己的貨幣支付。他們之中一旦有人破產，就會被送到「廄驤院」，以瓦斯毒氣無痛處決。

很顯然，人類在解決自己的生存問題之後，不管地球上的動物再怎麼演進，都不打算讓他們和自己平起平坐。

補完閣員傑斯寇斯特七世不認同這種政策。他是個淡薄、無畏，沒有野心又一心奉獻工作的人。可是他對於「統治」擁有的熱情與挑戰之心，就跟「愛」一樣深厚。兩百年來，因為對自己的自信，以及總能高票當選的結果，讓他就此發展出一種強烈意志，認為一切都要順著自己的意思進行。

傑斯寇斯特是極少數贊成下等人權的真正的人類。他認為，只有讓下等人類擁有鞏固權力的工具——武器、權謀、財力以及——這個最重要——足以對抗人類的組織動員力，否則人類永遠不會去改正長久以來的錯誤。傑斯寇斯特不怕起義造反，他最在意、最渴求的就是公平正義，其他的事他都不放心上。

每當補完閣員聽到傳言，說有下等人類圖謀造反，他們都會交給機器警察去搜索調查。

但傑斯寇斯特並不這麼做。

他成立自己的警力，雇用下等人類當警員，希望能在敵方陣營中招募到一些人——他們能明白他雖然處在敵對立場，卻是懷著善意的友好對手。而且，最好的狀況是，過一段時間後這些人還能幫他聯繫下等人類的首領。

假設這些首領真的存在，那麼他們顯然非常精明。像喵梅兒這樣的蘿莉女郎，是否洩露過什麼線索，讓人懷疑她滲透了地球港那縝密的情報網，並且就是站在最前線的情報員呢？如果真有其人，那麼他們必定萬分謹慎。心靈感應監控者（無論機器或人類）會不時隨機抽樣檢查每個人的思維電頻波段，但即使是監視電腦偵測到的，也不過是些幾乎不可測的微量喜悅。雖然，根據這些下等人類的現實環境，實在是沒什麼令人高興的理由。

在下等人類有史以來名氣最大的貓裔運動員（也就是喵梅兒的父親）過世時，傑斯寇斯特終於觀察到能證實懷疑的一絲線索。

他親自來到喪禮現場。喵麥金塔的遺體被安置在一艘冷凍火箭，將被發射到太空。來參加的除了哀悼者外，也有好奇圍觀的人。對運動的愛不分國族、橫跨各界，而且超越物種。在場的有原祖人類：他們是真正的人類，百分百的純種人，他們以及他們的祖先為適應成千上百個宇宙世界的生存條件，都經過身體改造，所以外貌特別古怪駭人。

而下等人類，這些從動物派生出的「類人胎膜」也在。他們大多身穿工作服，看起來比來自地球之外的真正的人類更像人。凡是身長不足半個人類，或體型超過人類六倍的類人胎膜，會被禁止培養長大。他們全都必須擁有人類外貌和可辨識的人聲。在他們的小學裡，失敗的處罰就是處死。傑斯寇斯特俯瞰群眾，在心中自問：「這些人被我們設定了最嚴苛的生存基準。求生，絕對是成長進步的條件，這麼強大的動力也是從我們這兒得到的——而我們竟然認為他們不可能超越我們？這難道還不夠蠢嗎！」只是，人群中的真正的人類似乎都不是這樣想的。儘管這完全是一場屬於下等人的喪禮，他們的態度卻蠻橫無禮，用手杖去敲那些下等人類。而那些熊類人、牛類人、貓類人與其他下等人卻立刻退讓，嘴裡還咕噥道歉。

喵梅兒就站在父親的冰棺旁。

此刻，傑斯寇斯特不只是監視著她，也是在欣賞這美麗的女子。他如果是一般平民，這種行為就相當卑劣。不過，身為補完閣員，他這麼做卻完全合法：他正在讀取她心中的念頭。

接著，他發現了意想不到的東西。

在冰棺被送走後，她叫喚著：「咿—特力—凱利，幫我吧！幫幫我！」

她想的內容並非由文字組成，而是像說話一般跳了出來，傑斯寇斯特只能就著那粗糙而原始的聲音進行調查。

傑斯寇斯特之所以能當上補完閣員，就是因為他行事果敢大膽。他想事情非常快，快到其實無法深思熟慮，靠的全是心理的整體感受，而不是邏輯推理。他決定逼這女孩和自己成為朋友。

當他正打算挑選有利的時機出手，又改變了心意。

喵梅兒從喪禮返家時，一群憂傷的友人護送著她。他們都是下等人，保護喵梅兒免受前來弔唁的運動迷打擾。這些粉絲雖出於善意，卻不見得懂分寸。傑斯寇斯特直接闖進這群友人之中。

喵梅兒認得他，依規矩向他行禮。

「補完閣員大人，沒想到您會親臨，您和我父親相識嗎？」

傑斯寇斯特一臉沉重地點點頭，說了些安慰與悼念的話，博得在場人類與下等人的認同，紛紛低聲讚許。

不過，他垂放在身側的左手正不停地打著暗號，小心！小心！這是地球港職員之間的暗語——大拇指反覆敲著第三指。當他們必須提醒彼此警戒注意，又不想驚擾外界來的過客時，就會這麼打暗號。

但處於極度憂傷中的喵梅兒差點讓傑斯寇斯特的計畫付之一炬。當他還誠心誠意說著一些冠冕堂皇的偽善話語，喵梅兒就大聲地說（而且大家都聽見了）：「你說我嗎？」

傑斯寇斯特持續他的慰問：「……正是妳啊！喵梅兒，妳絕對有資格繼承妳父親之名。在大家如此悲痛的時刻，妳是我們的指望。喵麥金塔總是全力以赴，為求無愧於心、燃燒自我。現在他英年早逝，除了妳之外，還有誰能像他一樣？再會，喵梅兒，我回辦公室工作了。」

回到辦公室四十分鐘後，喵梅兒就來了。

＝

傑斯寇斯特和她相對，仔細讀著她的表情。

「這是妳生命中很重要的一天。」

「是的，大人，是非常悲痛的一天。」

「我指的——」他說：「不是妳父親的去世，不是這場喪禮。我說的是接下來所有人都要面對的未來；而在這個當下，則是妳和我兩人。」

喵梅兒瞪大了眼。她從沒想過傑斯寇斯特是這種人。斯托寇斯特是能在地球港自由穿梭的官員，時時迎接來自外部世界的賓客，並監督司儀部門；喵梅兒隸屬接待組，當他們必須安撫心情低落的賓客，或盡量別讓大家吵起來時，就會需要像她這樣的蘿莉女郎。她就彷彿古代的日本藝妓，具有令人讚賞的專業能力。她不是個放縱又隨便的女孩，但若是需要，她也能調情，能打情罵俏，穩住場面。現在，她注視著傑斯寇斯特——這人看起來不像是要做什麼非分之舉。但是，她想著，妳永遠不會知道男人在打什麼主意。

「妳很懂男人。」傑斯寇斯特說，想把主動權丟給她。

「應該是吧。」她露出奇怪的表情，開始用在蘿莉女郎培訓班學到的（勾人）三號笑容看著他——但下一刻又意識到這樣不太對，又努力擠出一個正常微笑。她覺得自己簡直像在扮鬼臉。

「妳看著我，」傑斯寇斯特說：「好好觀察我是否值得妳信任。我將會親手引導我們的命運。」

她看著他，想不出究竟有什麼事能將他——高高在上的補完閣員——與自己——一個下等人女孩——連在一起。他們根本沒有任何共通點。永遠也不會有。

但她還是盯著他看。

「我想幫助下等人類。」

她實在不敢相信自己聽到什麼。這個開頭很爛，而通常緊接著的就是毫不掩飾的求歡。可是，他臉上卻散發著認真的神情。她等著他說下去。

「現在，妳的族人就連要跟我們談話的政治權力都沒有。我不是要背叛真正的人類，但我願意讓你們握有一些優勢。要是你們和人類關係打好，長遠來看，將能發展出各種救命之計。」

喵梅兒盯著地板，紅髮柔順，像波斯貓的軟毛，彷彿有團火焰圍繞她的腦袋。她的雙眼看似人類，卻擁有反射所有光線的能力。她的虹膜是古代貓眼的翠綠，她將視線從地板移開，抬起來直直望著他。那眼神帶有爆發的力道。「你想要我做些什麼？」

他看了回去。「看著我，看我的臉。妳確定——真的確定我對妳沒有非分之想嗎？」

喵梅兒的表情有些困惑。「除了滿足私慾，別人還會想從我身上得到什麼？我只是個蘿莉女郎，不是什麼重要人物，也沒受過什麼教育。長官，你知道的事比我這輩子能懂的還多。」

「或許吧。」他仍看著她。

她開始覺得自己不再只是蘿莉女郎，而是一個公民。這讓她有些不習慣。

他開口，語氣慎重而嚴肅。「妳的領導者是誰？」

「長官，是堤準克專員，他負責管理所有外部世界訪客。」她謹慎地看著傑斯寇斯特。這人看來不像在耍花樣。

他似乎有點惱怒。「我不是說他。他是我的下屬。我是說，在下等人類中，誰是你們的領袖？」

「我父親曾經是，但他過世了。」

傑斯寇斯特說：「抱歉，是我不好，請先坐下吧。不過，我指的也不是他。」

喵梅兒非常疲憊，坐到椅子上時不經意顯露出性感撩人的姿勢，幾乎能輕易打亂任何一個正常男人的心。她穿著蘿莉女郎的制服，站著的時候顯得合適貼身，自然又時髦，坐下時又會散發意外挑逗人心的裸露感。這是為了蘿莉女郎的工作所需做的特殊設計，不至於讓男人感到下流，產生反感，又能靠剪裁、開衩與小縫，帶來意料之外的視覺刺激。

「我得請妳將衣服收攏一些。」傑斯寇斯特的語氣突然冷淡了些。「就算我是高層官員，畢竟還是個男人；我們現在的談話太過重要，容不得任何分心。」

他的語調有點嚇到她了。她無意挑逗，只是，這一天喪禮忙碌下來，她根本沒有心力多想什麼。除了工作的制服外她也沒別的衣服穿了。

傑斯寇斯特從她臉上的表情就知道她在想什麼。

他沒有遲疑，繼續了剛才的話題。

「年輕的女士，我問的是妳背後的領導人。妳說了妳的上司，說了妳的父親，但我要知道的是妳組織的領導人。」

「我不懂你在說什麼，」她幾乎要啜泣起來。「我不懂。」

傑斯寇斯特這時想，看來得賭一把了。他用心理威壓直迫對方要害，口中吐出的話簡直像鋼條一樣貫到喵梅兒臉上。他一個字、一個字，緩慢而冷酷地說：「呷……特力……凱利……是……誰？」

女孩奶油色的臉龐原本是因哀戚而泛白，現在則完全沒有血色。她掙扎著閃開他，眼睛像兩團火焰那樣灼熱發亮。

她的眼睛……就是兩團火焰。

（下等人類的女孩不可能對我施展催眠術，傑斯寇斯特在眩暈中想著。）

她的眼睛……像兩團冷冽的火焰。

房間逐漸自周圍淡去，女孩消失了。她的雙眼變成一朵冷豔白火。

火焰之中站著一道男人的身影，雙臂像是翅膀，但翅骨相接的肘部長出了人類的手。他的臉孔清晰、素白，冰冷得像是古代的大理石像，眼睛是濁白色。「我就是葉特勒凱利，你會相信我的。你可以直接對我女兒喵梅兒講話。」

影像溶去、消失。

傑斯寇斯特看見女孩以奇怪的姿勢坐在椅子上，直直地盯著他，視線彷彿沒有焦點，穿過他的臉面。他正準備用玩笑的語氣誇讚她的催眠技術，卻發現自己雖然醒了過來，女孩卻還深陷催眠狀態。她的身體繃得很緊，再度衣衫不整，露出撩人的模樣。但她目前的模樣吸引不了任何人，只是令人憐憫，彷彿出了什麼意外。傑斯寇斯特對她說話。

雖然不預期能得到答案，但他仍對她說話。

「你是誰？」他對她說，想測試她受催眠的程度。

「我是從未被人大聲呼喚過名字的人。」女孩以尖銳的氣音說話。「我是被你破解了祕密的人。我已將自己的模樣、自己的名字烙印在你心中。」

傑斯寇斯特從沒有以這種方式與幽魂打過交道。他果斷地下了一個決定。「如果我開放心思，你願意在我的監視下將它探索一遍嗎？這種事你做得到嗎？」

「我非常在行。」女孩吐出的話猶如嘶嘶氣音。

喵梅兒起身，雙手搭上傑斯寇斯特的肩膀。她凝視他的雙眼，傑斯寇斯特也看著她。雖然傑斯寇斯特是個強大的心靈感應者，但從女孩那兒湧現的心靈電流還是大得出乎他的意料。

在我的意識裡找吧，他這麼要求，只找和下等人類相關的思維。

我找到了，喵梅兒的操控者用念力回應。

你了解我打算怎麼幫下等人類了嗎？

這次的心靈連線全靠女孩的心智做中繼站，傑斯寇斯特聽見她的呼吸變得很大聲。他努力鎮定心情，好感覺對方是在偵查自己心思的哪個部分。目前為止，一切順利。他默默想著：地球上有這樣高等的智慧能力，而我們這些補完閣員竟然完全不知情！

女孩咳著發出一聲乾笑。

不好意思，你繼續，傑斯寇斯特在心裡說。

你的這項計畫可以再多透露一點嗎？那陌生的心靈發出念頭。

全都在這了。

喔，陌生的心靈說，所以你是要我幫你想點子了？那你願意將鐘洞和記憶庫裡關於滅絕下等人類的信息金鑰交給我嗎？

當然可以給你，如果我拿得到那些信息金鑰，傑斯寇斯特回應，但鐘洞的主控碼與主開關閘不行。

好吧，我接受，心電交流的另一方說，你要什麼回報？

在我向補完機構提出的政策中，你要支持我。當談判協商的契機出現，如果有辦法，就替我控制好下等人類，別讓他們失去理智。在後續的協議中，保持光明磊落與誠信。不過我要怎麼得到那些金鑰……如果讓我來破解恐怕得花上一整年。

讓這女孩看一眼吧，那奇怪的心靈傳來念頭，我會在她後面看著，這樣可以吧？

可以，傑斯寇斯特答。

中斷？那心靈想。

下次怎麼搭上線？傑斯寇斯特回覆。

照舊，透過這女孩。絕對不要提到我名字。可以的話，連想都不要。可以中斷了嗎？

中斷吧！傑斯寇斯特發念。

剛剛一直抓著他肩膀的女孩現在捧著他的臉，堅定又熱烈地親吻他。他從未碰觸過下等人，更沒想過自己會親吻下等人——但感覺不賴。不過，他還是將女孩的手臂從自己脖子拿開，將她側轉過身，讓她靠著他。

「爹地！」喵梅兒愉悅地輕嘆。

突然，她緊繃地看著傑斯寇斯特的臉，然後一躍逃開，跑向門邊。「傑斯寇斯特！」她大叫著。「傑斯寇斯特大人！我怎麼會在這裡？」

「妳達成任務了，小妞，妳可以離開了。」

她搖搖晃晃地朝房內走回來。「我想吐。」她說完，然後就吐在地板上。

傑斯寇斯特按了個按鈕叫來清潔機器人，又拍拍桌子要咖啡。

喵梅兒放鬆下來。兩人聊了一會兒關於他對下等人類的期望；她待了一小時。等到她要離開時，他們已達成共識。兩人都沒提起葉特勒凱利，也都不打算讓他們的目的曝光。就算監控者監聽，也無法察覺任何可疑跡象。

喵梅兒離開後，傑斯寇斯特看著窗外。在遠遠的下方有雲，他知道底下的世界正處於日夜交替的暮光時刻。現在他擁有幫助下等人類的計畫，也接觸到一般思考正常的人不知道、也想像不到的力量，他更加確定自己是對的。他一定要將計畫貫徹執行。

至於他的夥伴——就是喵梅兒！

在一切世界的歷史中，還能有比這更古怪的外交使者嗎？

III

不到一星期，他們就制定好行動內容。他們要在最核心處動手：也就是補完閣員議會。這麼做的風險很高，但假使可以在鐘洞裡執行，幾分鐘內就能完成所有工作。

傑斯寇斯特喜歡這樣做事。

他不知道的是，喵梅兒對他有兩種想法。她一方面是他一同謀事的夥伴，小心翼翼全力配合，認同兩人投身的革命理想。而另一方面——喵梅兒有著女孩的特質。

她的女人味比任何原祖女人更真切。

她深知自己身上的魅力：專業的迷人微笑、精心保養的柔軟紅髮；她的身軀年輕曼妙，有著堅挺的胸部與誘人翹臀。她十分清楚如何透過那雙美腿蠱惑原祖男性，真正的人類更沒有任何事能瞞得過她。慾求不滿的男人總是容易漏餡，女人的妒火也根本藏不住。她之所以如此了解人類，最大的原因在於她不是人類，她得靠模仿來學習人的言行，而模仿是相當需要自覺的。一般女人視為理所當然，或可能一輩子才在意一次的種種細節，對喵梅兒而言都是必須細心鑽研的學習重點。她是因為受了訓練才懂得當女孩，因為去消化、理解才當得了人；骨子裡，她是隻擅長觀察學習的貓。現在，她愛上了傑斯寇斯特，她自己也很清楚。

即使她沒有察覺，這樣的戀愛心情有時還是會傳出去，變成誹聞，並在加油添醋後變成傳說，再昇華成浪漫佳話。她不曉得的是，在很久以後，述說她的詩歌開頭幾句會廣為流傳：

她幹了件好事，是她，
一塊汙點遮住大鐘，是她，
但她愛上了原祖人啊，
那件好事是什麼，又在哪兒？

這些都是未來發生的事，但她還不知道。

她知道的是自己的過去。

她記得某個來自地球之外、曾把頭靠在她大腿上的王子。他曾在道別時一邊啜飲默特酒，一邊說：

「真是有趣啊，喵梅兒。妳還不算人類，卻是我在這裡遇到最聰明的地球人。妳知道嗎？這趟到地球，花了我星球大半的財產，而我有什麼收穫呢？沒有，沒有收穫，完完全全沒有。直到我遇見妳。如果管理地球政府的是妳，我早就能得到我人民需要的東西，這個世界也會變得更富有——人士，他們是這麼稱呼這裡的。故人鄉。天啊，妳瞧瞧，這裡唯一有腦的是隻母貓。」

他的手指在喵梅兒腳踝滑來滑去，喵梅兒不為所動。這是待客服務的一部分，而她也自有一套方法，不讓這種待客之道太過頭。地球警署監視著她。對他們而言，喵梅兒是應對外界訪客相當好用的工具，就像地球港會客大廳一張舒服的凳子，或是一臺自動飲水機，專為受不了地球無味開水的陌生人提供氣泡水。她不能發展私人情感或干涉任何事務，一旦她引發事端，他們就會給她嚴厲的懲處，就像往常對付動物、下等人或其他物種那樣。他們會先開一個簡短正式、但沒有上訴機會的公聽會，然後直接——把她做掉。於法允許，社會慣例也這麼鼓勵。

她吻過一千個——甚至一千五百個男人，並讓他們感覺賓至如歸。在他們要離開時，聽他們抱怨幾句或說些心事。做這份工作掙錢很容易厭煩，但常能得知一些大開眼界的事。有時，她看著那些人類女性趾高氣昂的模樣，不禁覺得好笑，而面對這些人類女性身邊的男人時，她知道自己懂得比她們多。

一次，有個女警必須翻閱一份記錄，內容說的是兩個來自新火星的開拓者。喵梅兒事先接獲指示，必須跟他們保持密切聯繫。那名女警讀完報告後看著喵梅兒，猙獰的表情上寫滿忌妒。她強壓著暴怒的情緒。

「妳還敢自稱為貓。什麼貓——妳是豬！妳是狗！妳是畜生。可別因為能替地球工作就以為自己像人類那麼高貴，人類補完機構竟讓妳這種怪物接待外界來訪的真正的人類，我覺得根本違法！但我拿這件事沒轍，可是，只要妳敢碰地球男人，小妞，鐘洞一定會『處理』妳的！只要妳敢靠近地球男人、只要妳敢在這兒玩什麼把戲——有聽清楚嗎？」

「有的，女士。」喵梅兒回答，然後在心裡想。「這可憐的傢伙完全不懂穿搭，髮型也弄不好，怪不得會對能把自己妝扮漂亮的人這麼憤慨。」

那個女警大概以為自己毫不掩飾的恨意能嚇倒喵梅兒——但其實一點兒也沒有。下等人類對這種恨意習以為常。再說，比起表面客氣有禮、背後批評毒舌，這種直接的叫罵並沒有比較糟。這是他們日常生活的一部分。

不過，現在一切都改變了。

喵梅兒愛上了傑斯寇斯特。

傑斯寇斯特愛她嗎？

不可能的。不對，也許，這樣的確違法、的確不尋常、不合禮俗，但不是不可能。傑斯寇斯特肯定能察覺到她的感情。

但他完全沒表現出來。如果他真有感覺到的話。

過去也有幾次人類與下等人相戀的事。每次每次，下等人都會被處理掉，而真正的人類則會接受洗腦。有某些法律專門禁止這種事。創造出下等人的人類科學家賦予他們許多真正的人類沒有的能力——五十公尺的跳遠距離、從地底兩英里深處發出心靈感應、能在緊急通道口守候一千年的烏龜人、不需任何報酬、心甘情願守著大門的牛人；這些科學家還給了許多下等人人類的外型，因為這樣設計起來比較方便。人類的眼睛、五根指頭的手掌、人類的身長——一切都是為了施工方便。他們把下等人類做得和真正的人類差不多大小形狀，就不需要多設計不同尺寸的器物和家具。只要有人類的形體，就能配合所有東西。

但他們忽略了人的心。

而現在，她，喵梅兒，愛上了一個男人。一個年紀大到可以當她曾祖父的人類男子。

但在他身邊時，她一點也不覺得自己像是他的女兒。她記得和父親在一起，自然會有一種陪伴的感受湧上，像是一股十分純真的感情，讓她能完全忽略父親比自己更像貓的事實。他們之間有某種悲傷又永遠無法彌補的隔閡。那些一直沒說出口的話——然而兩人都說不出那會是什麼，說不定，那根本無法被描述。他們的極度親密反而製造出巨大隔閡——而且是一道令人心碎又無法言喻的隔閡。現在，她的父親去世了，這個真正的人類來到她身邊。他親切、善良——

「就是這個，」她悄聲對自己說：「我在來來去去的男人身上從沒見過這樣的溫柔，這也是我可憐的族人從沒展現過的深厚情感。不是因為我的同胞發展不出那樣的厚度，但當他們出身卑微，被視作爛泥，死後也被當垃圾處置，這些下等人怎麼可能發展出真正的仁慈？仁慈有一種感動人心的特性，那是身而為人最珍貴的部分。這種特質在那個人身上彷彿沒有盡頭。而最奇怪、最不合理的地方是，他竟然從未真正愛過任何人類女性。」

她沒有繼續想下去，心裡一陣寒。

平靜下來後，她繼續喃喃自語。「又或者他有愛過，但那都是那麼久以前的事了，現在也無所謂。他已經有我——但他自己知道嗎？」

IV

補完閣員傑斯寇斯特知道，但對此毫無知覺。他習慣別人都要效忠於他，他自己工作時也全心奉獻。他很清楚，忠誠很可能會變為痴迷或肉體上的依賴，特別是女人、小孩和下等人類，他們最容易這樣。他以前老是碰上這種狀況。他冒險接近喵梅兒，是因為他相信她特別聰明，相信她身為蘿莉女郎、在地球港警署做接待工作，一定懂得克制私人情感。

「我們生錯時代了，」他想：「當我遇上這輩子見過最聰慧美麗的女人，卻得把工作擺第一優先。只因為這件事關係著人類與下等人類的命運。實在太棘手了，我們一定不能牽涉到私人情感。」

他這麼想著。而他也許是對的。

如果那個無名人士——那個他不敢想起的人——發令攻擊鐘洞，他們都將賠上性命。這時候不能意氣用事，重要的是鐘洞，重要的是公平與正義，重要的是人類要生生不息地進化。他自己如何並不重要，因為他已經做到大部分的工作；喵梅兒也不重要，因為就算他們失敗，也只不過是讓她一輩子當下等人。鐘洞才是最關鍵。

要讓他的提議成功，必須付出的代價很高。但如果直接在鐘洞動手，整件事只要幾分鐘就能搞定。

鐘洞——當然不是真的鐘。那是個立體局勢顯示表，有三個人高，設置在會議室下方約一層樓深的位置，形狀就像古時候的大鐘。補完閣員的會議桌因此在中央挖了個洞，讓補完閣員能隨時查看任何以手動或心靈感應喚出的局勢報告。在鐘洞下方被地板遮住的「記憶庫」，則是儲存整個系統的重要資料庫。地球上其他三十幾處都有備份資料，另有兩處位於星際空間，其中之一就設在九千萬英里長的黃金戰艦旁。自從打完羅姆索格那場戰，它就一直留在那兒。另一處則偽裝成小行星。

大多補完閣員正因人類補完計畫的工作而身處外部世界。

除傑斯寇斯特之外，還在地球上的閣員只有三名——補完女士喬安娜・慈恩、補完閣員依善・歐拉斯科嘉，以及補完閣員威廉・自他方。（自他方是一支來自北澳星的望族，在許多代前就移民回地球。）

葉特勒凱利將初步計畫告訴傑斯寇斯特。

傑斯寇斯特應該要藉傳喚的方式把喵梅兒帶進會議間。

傳喚必須搞得一派嚴肅認真。

如果值班人員正在交接，他們得確保她不會被機器執法者快速處決。

喵梅兒將在會議間裡進入半睡眠狀態。

然後，傑斯寇斯特要在鐘洞裡把葉特勒凱利想追蹤的項目叫出來——只要一次就行，資料追蹤由葉特勒凱利負責，而他也會分散其他補完閣員的注意力。

看起來很容易。

但實際操作時當然沒那麼簡單。

這項計畫似乎有不少漏洞，但這時傑斯寇斯特已經無能為力。他忍不住開始咒罵自己為什麼要對這個政策規劃一頭熱，因此捲進這件麻煩事。到了這個關頭，要想好聚好散地退出已經太晚。再說，他做出了承諾——而且他也對喵梅兒心動了。他將她當成人一樣喜歡著，而不只是蘿莉女郎。他知道下等人類有多麼珍惜自己得到的身分與地位，他絕不想看到喵梅兒下半輩子都活在懊悔之中。

傑斯寇斯特心情沉重，但腦袋仍然轉得很快。他走向會議室。幾個月來都在門外看到的那個常駐傳達員（是個狗女孩），向他做了會議簡報。

他不曉得喵梅兒或葉特勒凱利會怎麼聯繫他。一旦他進入會議室，就會被緊密的心電攔截網包圍住。

他坐在桌前，有點不耐煩——

接著，他差點從椅子上跳起來。

謀反者偽造了會議報告，上面的第一項就是：「喵梅兒，喵麥金塔之女，貓族（純種），一一三八區。犯行自白：陰謀輸出類人胎模原料。參照：德．普林森馬赫星。」

補完女士喬安娜．慈恩已按鈕叫出這顆星球的相關資料。那裡的居民源自地球，他們無比壯碩，但是為了維持原本地球人的外型，必須忍受劇烈疼痛。他們有一個初代先祖正在地球上，頭銜是暮光親王——普林斯．范．德．薛摩林。他是因外交與貿易的雙重任務前來。

因為傑斯寇斯特遲到，所以喵梅兒被帶進會議間時，他還在瀏覽會議備忘。

補完閣員自他方詢問傑斯寇斯特是否擔任主席。

「在下懇請諸位博雅紳士，」傑斯寇斯特說：「請同我一起籲請補完閣員依善主持這次會議。」選主席只是禮貌做個形式。傑斯寇斯特不當主席才能更清楚地看著鐘洞與記憶庫。

喵梅兒身穿囚衣。這種衣服在她身上還是好看。他以前只看過喵梅兒穿蘿莉女郎套裝，當她穿上淡藍色的囚犯束腰外衣，那模樣更加年輕、更像人類，看起來更柔弱，也更畏怯。只有她披肩上的火紅秀髮、坐下時的輕盈身段，以及文靜端正的姿勢，才讓人感覺到她來自貓族。

補完閣員依善要求她說：「妳已經自首了，現在再坦白招供一次。」

「這個人，」喵梅兒指著暮光親王的照片。「想去專門表演虐待人類小孩的娛樂場所。」

「妳說什麼！」三名補完閣員同時大吼。「妳說什麼地方？」補完女士喬安娜完全不能容忍殘酷行為，大聲地質問她。

「經營那場所的人和這位先生看起來很像。」喵梅兒說，手指向傑斯寇斯特。

沒人來得及阻擋她，她已迅速繞過房間，碰觸傑斯寇斯特的肩膀。她的動作非常輕，沒有人擔心那會帶來什麼傷害。傑斯寇斯特感到心電感應接通一股電流，聽見喵梅兒腦中的咯咯鳥叫，立刻明白葉特勒凱利已經接觸到喵梅兒。

「那個場所的主人，」喵梅兒繼續說：「體重比這位先生少五磅，再矮兩寸；頭髮是紅色，他的店在地球港的夕寒街角，沿著大街走過去，地下位置。在下等人之中，一些有惡行惡名的人都住在那一區。」

鐘洞轉為乳白色，快速排列好後閃出數百張照片，都是住在那區的下等人類惡棍。傑斯寇斯特下意識注視著模糊的白色影像，並沒有特別專心。

畫面淨空了。

又顯示出一個房間的模糊圖像，裡面有小孩在玩萬聖節的惡作劇。

補完女士喬安娜大笑著說：「那些不是小孩，只是機器人。只是古時候的無聊把戲罷了。」

「接下來，」喵梅兒繼續說：「這個人就要了一美元、一先令，想帶回家。那是真的錢幣，有個機器人曾經找到過一些。」

「那是什麼東西？」補完閣員依善問。

「古時候的錢——古代的美利堅與澳大利亞真的使用過的貨幣。」補完閣員威廉說，他非常熱中蒐藏錢幣。「我有些複製品。不過，除了國家博物館外，其他地方都沒有原始的真品。」

「機器人在地球港正下方一個古代的藏匿地點發現過那些錢幣。」

補完閣員威廉幾乎可說是對著鐘洞大叫。「翻遍每個藏匿點，把那些錢給我找出來。」

鐘洞變得暗濁，在搜尋那些龍蛇雜處的地區時，它已閃現地球港塔樓西北區塊的每一個警察哨，現在則換成掃描塔下的警察哨。畫面跑過上千組圖片，讓人一陣頭昏，最後停在一間老舊的工具庫房，有機器人正在擦拭某種圓形的金屬片。

補完閣員威廉看了非常激動。「把那東西弄來，」他大喊著說：「我要自己買下！」

「行，」補完閣員依善說：「雖然有點違反正常程序，不過可以。」

機器上顯示出主搜尋裝置，並把機器人帶進電扶梯。

補完閣員依善說：「這算不上什麼案件。」

喵梅兒發出嗚咽。她的演技很好。「然後，他要我幫他弄一顆類人胎膜卵，E型，鳥類種源。他要帶回家鄉。」

依善戴上搜尋裝置。

「也許……」喵梅兒說：「這顆蛋已經進入銷毀流程了。」

鐘洞與記憶庫開始以高速掃視所有銷毀裝置，傑斯寇斯特感到自己的神經綳緊。鐘洞裡閃逝而過的數千筆圖像快到肉眼看不清，人類根本不可能記得住，但正透過他的眼睛讀取鐘洞資料的這顆腦袋，並不屬於人類──它甚至可能是鎖在電腦裡的。傑斯寇斯特想，堂堂補完閣員被當成人體望遠鏡使用，還真有些丟人。

機器停住。

「妳騙我們，」補完閣員依善大吼著說：「沒有找到任何證據。」

「可能是那個外界來的人。」補完女士喬安娜說。

「跟監他，」補完閣員威廉說：「如果他會偷古代錢幣，就可能偷其他東西。」

補完女士喬安娜對喵梅兒說：「妳這笨蛋，竟然浪費我們的時間。我們本來應該要去處理一些真正重要的跨境事務。」

「這的確是跨界案件啊。」喵梅兒哭著說。剛剛她一直將手擺在傑斯寇斯特肩上，這時則自然滑落，於是轉接中斷，心靈連結也隨之斷線。

「這由我們來判斷。」補完閣員依善說。

「妳可能會因此受罰。」補完女士喬安娜說。

補完閣員傑斯寇斯特不發一語，臉上卻因為欣喜而暗自發光。只要葉特勒凱利的實力有他所展現的一半，下等人類就有可能善加利用查哨位置與逃亡路線清單，不必害怕人類政府單位草率判處安樂死、加以處決。

V

當晚，長廊傳出一陣歌聲。

下等人因某種不明的原因歡聲雷動。

就在那晚，喵梅兒為一位從外界轉運站前來的客人獻上舞蹈，像野貓般瘋狂地扭動身軀。當她回到家上床休息前，跪在父親的相片前，為傑斯寇斯特的舉動感謝葉特勒凱利。

他們所做的努力得過幾個世代才會為人知曉。到那時，傑斯寇斯特將會因為捍衛了下等人類的權利得到讚賞，而仍對葉特勒凱利這號人物一無所知的政府當局，將接受下等人類選舉出來的代表，為他們的生活謀取更多福利。到那個時候，喵梅兒早已不在人世。

在那之前，喵梅兒一生長壽，過得很幸福。

在年紀大到不能再當蘿莉女郎後，她轉行成了廚師，一手好料理相當出名。傑斯寇斯特曾去找過她。他在用餐快結束時問了一件事。「下等人中流傳著一首好笑的歌，我應該是唯一聽過的人類。」

「我不太留意流行歌的，」喵梅兒說。

「歌名叫做『她幹的好事』。」

喵梅兒的臉一下子紅了起來，一路紅到襯衫領口。中年的她已明顯發福，或許跟她開餐廳有關係。

「喔，那首歌啊！」她說：「真的是滿好笑的。」

「歌詞裡提到妳愛上了一個真正的人類。」
「哪有……」她說：「我才沒有。」她深情地看著傑斯寇斯特，碧綠的雙眼還是跟以前一樣美。傑斯寇斯特開始覺得有些尷尬。這太個人了，他比較習慣政治上的交涉，私人情感總讓他不太自在。
室內的燈光變換，喵梅兒的貓眼對著他發亮。她看起來一如他從前認識的那位魅惑紅髮女孩。
「我沒有愛上任何人，那不能算愛……」
喵梅兒在心裡吶喊，我愛的人是你，我愛的是你，就是你。
「不過那首歌說，」傑斯寇斯特繼續強調。「他是個原祖人類，該不會是那個暮光親王普林斯．范．德．薛摩林吧？」
「你說的那個人是誰啊？」喵梅兒問得很小聲，心中卻正焦急地大喊：親愛的，難道你真的不懂嗎？
「那個大猛男啊。」
「喔，他啊。我都忘了。」
傑斯寇斯特從座位起身。「喵梅兒，妳這一生十分精采。妳已成為一位公民、當上議員、成為領袖——還有，妳算過自己生了多少孩子嗎？」
「七十三個，」她馬上回嗆：「我可不會因為孩子太多就不記得他們。」
傑斯寇斯特不再開玩笑，臉色變得正經，並且以溫柔的語氣說：「我沒有惡意，喵梅兒。」
他永遠也不會知道，在他離開後，喵梅兒躲到廚房哭了好久。許多年前，當喵梅兒決定和他並肩作戰，他就一直是她深愛的人——即使她知道他們注定沒有結果。
在喵梅兒以高齡一百零三歲去世後，傑斯寇斯特還是不斷在地球港裡看見她的身影。她的曾孫女們長得跟她非常像，其中有好幾個都將蘿莉女郎的接待工作做得非常出色。

她們早已不是低人一等的奴隸。她們是合法公民（特留等級），而且擁有附照片的身分證件，能保障她們的身分、財產與權益。傑斯寇斯特是她們的教父。當這群全宇宙最性感挑逗的生物對著他笑鬧、拋飛吻，他經常覺得不太好意思。比起滿足個人欲望，他一心想要的是完成政治抱負。長久以來，他一直熱愛、愛得無法自拔的——

就是公平與正義。

終於，他要離世的那天也到了，他清楚自己將不久於人世，而且心中沒有一點懊悔。幾百年前，他曾有個妻子，也好好地愛過她。他們的子孫已繁衍了許多代。

在最後的最後，他還有件事想弄清楚。於是他呼叫了遠在世界底部的無名人士（又或是他的繼任者）。他在心底吶喊，越喊越大聲。

我已經幫助了你的族人。

「是的。」在他腦中傳來極輕極淺的遙遠低語。

我就快死了，但有件事我一定要得到答案：她愛過我嗎？

「沒有你，她仍然活了下去，就像她對你無止境的愛。她放手，是為了你好，不是為了她自己。她曾愛過你，超越生、超越死、超越時間，你們將會永遠在一起。」

永遠在一起？

「永遠永遠，在人類記憶裡。」那個聲音說完，然後就靜了下來。傑斯寇斯特躺下，靠上枕頭，等待這長日將盡的一刻。

22 名為楔尤之星

一

梅瑟在運輸船和小渡輪衛星上得到的待遇完全不同。運輸船的服務生會在帶食物來時嘲笑他。「叫得大聲點，」某個鼠臉管家這麼說：「這樣的話，他們在皇帝誕辰日上播放懲罰錄音時，我們才會知道是你。」

另一個胖管家用溼潤又鮮紅的舌尖舔了舔肥厚的紫紅嘴脣，然後說：「我認真的，老大，如果真的那麼痛，你們早死光了。那星球上鐵定發生了什麼有趣的事，就是你和那些東西在一起的時候——不知道你們怎麼叫那些東西——說不定你會變成女人，或者是變成兩個人。聽好了，小表弟，如果真那麼好玩，記得讓我知道一下啊……」梅瑟不發一語。他自己的麻煩已經夠多了，沒心思再去想這些下流人士的白日夢。

渡輪上的情況則不太一樣。那些生技製藥人員熟練又迅速，絲毫不帶個人情感地解開他的鎖銬，把他的囚服全脫下來留在運輸船上，並在他裸著身子登上渡輪時，將他全身打量了一遍，彷彿他是某種稀有植物，或是手術檯上的一具屍體。他們觸碰他的方式相當靈巧，像在進行檢查，幾乎可以說很親切。而這全是因為他們只將他當成某種樣本，而非罪犯。

裹在醫療工作服中的男男女女盯著他看，彷彿他已死去。

他試圖說話。一名比其他人更老、更有威嚴的男人堅定而清楚地說：「先別說話，我馬上親自回答你的問題。我們現在做的初步檢查是要確定你的身體狀況。請轉身。」

梅瑟轉過身，某個清潔人員用非常強效的抑菌劑抹擦他的背。

「這會有點刺，」其中一個技術人員說：「但不會太痛。我們要判斷你不同層皮膚的韌性。」

梅瑟第六節腰椎上方開始冒出尖銳、細微的灼痛感，他被這種不帶情感的態度弄得有些煩，終於忍不住開口：「你們不知道我是誰嗎？」

「我們當然知道你是誰，」有個女人的聲音說：「角落的檔案裡有一切資料。如果你想，主治醫師之後會跟你討論你的罪刑。現在安靜點，我們要進行皮膚測試了。不要拖太久的話，你會舒服一點。」出於誠實，她又加上了一句：「我們也能得到比較好的結果。」

他們一秒也沒浪費，馬上回到工作。

他用眼角餘光偷瞄他們。他從這些人身上完全感受不到地獄接待室的氛圍，也不覺得他們是披著人皮的惡魔，更看不出這裡就是楔尤的衛星——懲罰與羞辱最終極之地。他們只像普通的醫療人員——就是他犯下那無以名狀之罪前，在日常生活會遇到的那種。

他們的例行檢查一個接一個。一名戴著手術口罩的女人對著白色檯子擺了擺手。

「請爬上去。」

自從在皇宮邊界被守衛抓住，就再也沒人對梅瑟說過「請」字。他照她的話做，接著便看到前端加了襯墊的手銬。他停下動作。

「請照做。」她下令道。另外兩、三個人轉過頭來看他們。

第二個「請」字讓他震了一下。他得說些什麼。他們只是一般人，而他也再次成為了人。他感到自己的音量拔高，在問出問題時幾乎爆出一陣刺耳的雜音。「拜託，女士，懲罰要開始了嗎？」

「這裡不會有懲罰，」女人說：「這裡是衛星。上去，我們要在你跟總醫師說話之前先強化你的第一層皮膚，然後你就能跟他討論你犯的罪——」

「妳知道我犯了什麼罪？」他說，語氣彷彿在跟鄰居打招呼。

「當然不知道，」她說：「但所有來到這裡的人都被認定為曾經犯罪。一定有人這樣認為，否則那些人不會來到這裡。大部分人都會想討論自己犯下的錯誤，但拜託你，請不要延誤我的工作。我是個皮膚技師，而下到楔尤星地表的時候，你一定會很需要我們竭盡所能，為你進行最好的手術。現在，請躺到檯上，等你準備好跟總長談話時，除了罪名之外，你還能多一件拿來講的話題。」

他照做了。

另一個戴口罩的人（可能是個女孩）用冰冷輕柔的指尖抓住他的手，以他從來沒見過的方式替他銬上襯墊手銬。他以為自己早看過這個帝國所有的審問機器，但這又和它們完全不同。

負責清潔的人向後退了一步。「都清乾淨了，長官、醫生大人。」

「你想要哪種？」皮膚技師說：「瞬間劇痛還是不省人事幾小時？」

「我為什麼會想選擇劇痛？」梅瑟說。

「有的樣本在到達這裡時會想要這樣，」技師說：「我想那取決於他們來到這裡之前，其他人對他們做了什麼。我就當作你沒受過任何夢刑好了。」

「沒有，」梅瑟說：「我被漏掉了。」他心想，我還真是不知道自己居然還有漏掉的東西。

他記得自己最後一次審判。那時他被接上線，插在證人席中。房間挑高又漆黑，明亮的藍光打在法官團隊身上。他們的法官帽是一種完美的致敬，對象是許久以前的主教禮帽。法官彼此交談，但他聽不見內容——突然之間，隔音的效果消失，他聽見其中一人說：「看看那張惡狠狠的臉，這種人肯定什麼事都幹得出來。我投痛苦航站一票。」「不選楔尤星嗎？」第二個聲音說：「那個介僕體之地。」第三個聲音則表示：「那應該很適合他。」第一個聲音說。此時，其中一個法庭工程師大概注意到犯人正在偷聽，於是他又被隔離了。從那時起，梅瑟就認為自己經歷了人類的殘酷與智慧能想像出的一切。

但這個女人卻說他逃過了夢刑。這宇宙中還有人比他更慘嗎？下方的楔尤星上一定有很多這樣的人。他們從沒回來過。

他就要成為他們的一員了。他們會不會向他吹噓被送到這裡以前做過哪些事呢？

「你自己選的。」女技師說：「醒來時別太緊張，這只是普通的麻醉過程。你的皮膚會在化學和生物層級上受到加厚與強化。」

「會痛嗎？」

「當然，」她說：「但不用想太多，我們不是在懲罰你。這裡的疼痛只是一般醫療上的疼痛，任何做過大量手術的人都會遇到。至於『懲罰』本身——如果你是這麼稱呼它——是在楔尤上。我們唯一的工作是要確保你在降落後還能活下去。就某種角度而言，我們是為了救你的命先做預防措施，你現在可以心懷感激。同時，要是你能先了解末梢神經會對皮膚的改變有所反應，也能替自己省去很多麻煩。你最好有心理準備，在恢復期間會非常不舒服。不過——當然了，到時我們也會給你幫助。」她押下一個巨大的槓桿開關，梅瑟暈了過去。

醒來時，他身處一間平凡的醫院病房，但對此沒什麼感覺。梅瑟覺得自己像是躺在火堆。他抬起一隻手，想看手是否著了火，但它看起來就跟以前一樣，只是有點紅腫。他試著在床上翻身，火焰卻爆開來，變成一陣燒灼感，讓他手停在半空中。梅瑟無法抑制地發出呻吟。

「你已經服過止痛藥了。」某個聲音說。

是個女護士。「頭先不要動，」她說：「我會給你一半強度的愉悅感，這樣你就不會覺得自己的皮膚有什麼大不了。」

她把某種軟帽蓋在他頭上。這東西看起來像金屬，卻有絲的觸感。

他得把指甲摳進掌心才能讓自己別在床上打滾。

「想叫就叫吧，」她說：「很多人都會這樣，這帽子需要一、兩分鐘在你腦中找到正確的腦葉。」

她退至角落，不知道做了些什麼。他看不見。

那兒有個開關。

火焰並未從他皮膚上消失，他仍能感覺到，只是突然之間就不再那麼難受了。從大腦汩汩湧出的甜美愉悅充滿心中，朝著神經傳導而去。他曾去過娛樂皇宮，但從沒有過這種感受。

梅瑟想要謝謝那個女孩，於是在床上轉過身去看她。當他這麼做，可以感覺到自己渾身上下都竄過一絲疼痛——但那痛很遙遠，而那些從他腦袋湧出、沿脊髓向下直至神經的愉悅感是如此強烈，以至於疼痛只不過像一陣遙遠、疏離又不重要的訊號。

她直挺挺地站在角落。

「謝謝妳，護士小姐。」他說。

她不發一語。

排山倒海的愉悅感穿透他的身體，彷彿一首以神經訊息寫就的交響樂。雖然在這種情況下很難看見什麼，他還是努力想看清一點。他讓眼神聚焦在她身上，發現她也戴著一頂金屬軟帽。

他指著那東西。

她一路羞紅到脖子。

女孩眼神迷濛地說：「你看起來人很好，我以為你不會這樣揭穿我……」

他給了她一個親切的笑容……印象中應該是吧。但在皮膚疼痛、大腦被愉悅淹沒的狀況下，他實在不確定自己到底露出了什麼表情。「這是違法的，」他說：「這違法違得可大了……但感覺還不錯。」

「不然你覺得我們是怎麼忍受這地方的呢？」護士說：「你們這些活體樣本來到這裡，說話與態度都像普通人一樣，然後你們便下到楔尤。你們會在楔尤遇到一些可怕的事，地表工作站會把一部分的你們送上來，一而再、再而三。在我的兩年任期期滿之前，我也許得看見你接受快速冷凍、準備好隨時分解的腦袋十幾次。你們這些囚犯應該要知道我們受到怎樣的折磨，」她低聲呢喃，不斷輸送進來的愉悅電流讓她維持放鬆而且幸福的狀態。「你們應該要一到那裡就馬上死去，不要再用你們的罪來糾纏我們。我們是聽得到那些尖叫的……你知道嗎？即使在楔尤對你們下手之後，你們聽起來還是像一般人一樣。你們為什麼要這樣呢？樣本先生？」她咯咯笑著。「你們真的太傷害我們的感情了。怪不得像我這樣的女孩總時不時必須走上歹路。這真的、真的很舒服，就算現在得替你做好前往楔尤的準備，我也完全不介意。」她搖搖晃晃來到他床前。「可不可以幫我把帽子拔下來？我連抬起手的勇氣都沒有了。」

梅瑟看到她的手正顫抖著，想伸向軟帽。

他的手指撫上女孩從軟帽落下的柔軟頭髮。當他試著將拇指塞進帽子邊緣，好將帽子脫下來，突然意識到：這將是他觸碰過最可愛的女孩。他覺得自己似乎一直以來都深愛著她，而且會永遠這麼愛著。女孩的帽子被摘了下來，她直直地站在那兒，在找到椅子扶撐之前還踉蹌了一下。她閉上雙眼，深呼吸。

「等我一下，」她以正常的聲調說：「我馬上就去幫你。你們這些新來的人為了克服皮膚問題獲得帽子時，是我唯一能放縱一下的機會。」

她轉向房裡的一面鏡子，重新整理自己的頭髮。她背對著他時說：「希望我沒說什麼關於下面的事。」

梅瑟還戴著帽子。他深愛著這個把帽子放到他頭上的美麗女孩。一想到她曾經感受過他現在享受的這種愉悅感，他的眼淚幾乎要奪眶而出。他永遠不會說出任何傷害她的話，而他確信，現在的她希望有人可以告訴她，她沒提到任何關於「下面」的事——即便那只是一些跟楔尤地表有關的客套話。於是，他體貼地向她保證。「妳沒講，妳什麼都沒講。」

她來到床前，傾身親吻他的嘴脣。那個吻就像疼痛一樣遙遠，他什麼也感覺不到。他腦中的愉悅猶如尼加拉瀑布一樣向外噴湧，讓他容不下其他感受。但他喜歡那其中傳達出來的友善。他腦中某個嚴肅又理智的角落對他悄聲說道：這大概是他最後一次親吻女人的機會。不過即使是這樣，也無所謂。

她以十根手指熟練地調整了他頭上的帽子。「吶，好了。你是個溫柔的人，現在，我要假裝自己忘了帽子，把它留給你，直到醫生來為止。」

她露出一副燦爛的笑容，捏了捏他的肩膀。

——然後便快步走出了房間。

穿過門時，她的白裙閃閃發光，他發現她有一雙極為勻稱的腿。

她很好，但那帽子……噢，最重要的是那頂帽子啊！他閉上眼睛，讓軟帽繼續刺激他大腦的愉悅中樞。皮膚的疼痛還在，但就跟靠在角落的椅子一樣不重要。那分疼痛只是剛好在房間裡的某個東西而已。

手臂上傳來實在的觸碰，讓他不禁睜開眼睛。

那名相貌威嚴的年老男人站在床邊，正露出疑惑的笑低頭注視著他。

「她又來了。」老人說。

梅瑟搖搖頭，努力想表示那位年輕的護士沒有做錯任何事。

「我是馮馬克特醫師，」老人說：「現在，我要把這頂帽子從你頭上拿下來。你會再次感覺到痛，但我想應該不會太糟。離開這裡之前，你還可以再用這頂帽子幾次。」

他以迅速而準確的手勢把帽子從梅瑟的頭上抽走。

梅瑟立刻因皮膚上爆出的燒灼感坐起身。他放聲尖叫，然後看到馮馬克特醫師就在一旁冷靜地盯著他。

梅瑟喘著氣說：「現在——現在比較好了。」

「我知道，」醫生說：「我得讓你拿掉帽子說話，你有一些決定得做。」

「好的……醫生。」梅瑟喘息著。

「你犯了一項重罪，之後將會降到楔尤的地表。」

「是。」梅瑟說。

「你想要告訴我你犯了什麼罪嗎？」

梅瑟想到了在永恆日光照射下的白色宮牆，他碰觸到那些小東西時發出的柔軟喵嗚；他的手臂、雙腿、後背和下顎全繃緊了。「不想，」他說：「我不想談這件事。那是一種沒有罪名的罪，對抗帝國皇室……」

「好吧，」醫生說：「這態度正確。罪行本身已經過去，你的未來還在前方。現在，我可以在你下去前摧毀你的心智——如果你想要我這麼做的話。」

「那樣做是違法的。」梅瑟說。

馮馬克特醫生溫柔而堅定地笑了。「當然，很多事情都是違反人類法律的，但世界上也有屬於科學的法律。在底下的楔尤星，你的身體將會為科學服務。無論那具身體擁有的是梅瑟或低等貝類的心智，對我來說都沒有差，我得留下足以讓這個身體繼續運作的心智能力，但我可以抹除你的人格歷史，然後讓你的身體有機會過得快樂一點。這是你的選擇，梅瑟：你想要做你自己嗎？」

「我不知道。」梅瑟前後搖著腦袋。

「我現在是趁著還有機會，讓你有點轉圜餘地，」馮馬克特醫生說：「下面的狀況挺糟的，如果我是你，我會選擇那麼做的。」

梅瑟看著那張圓潤的臉：他一點也不相信那張臉上輕鬆的笑容。或許，這是用來增加他身上懲罰的詭計。皇帝的殘忍眾所皆知——看看他對前任皇帝的遺孀王太后達夫人做了什麼。她的年紀比皇帝還小，他卻把她送到這個比死還糟的地方。既然梅瑟已被判到楔尤，為什麼這個醫生還想破壞規則？也許醫生已經被制約了，其實他根本不知道自己提出的好意實際上是什麼意思。

馮馬克特醫生讀懂了梅瑟臉上的表情。「好吧，你拒絕。你想要帶著自己的心智一起下去，這對我來說其實無所謂，你並不會讓我良心過不去。我想你應該也會拒絕下一項提議吧？你要我在你下去之前把眼睛拿出來嗎？沒有視力的話，你會舒服很多。關於這件事，我是從我們幫嚇阻廣告錄的聲音知道的。我可以灼燒你的視神經，這樣你就不會再有重獲視力的機會。」

梅瑟前搖後晃。那灼熱的疼痛已變成某種來自四面八方的搔癢。儘管皮膚不適，卻遠不及他精神上的心痛。

「你也拒絕這項提議嗎？」醫生說。

「我想是的。」梅瑟說。

「那麼，我接下來的工作就是把一切準備好。如果想要，你可以再使用這頂帽子一會兒。」

梅瑟說：「在我把它戴回去之前，你可以告訴我下面會發生什麼事嗎？」

「我可以告訴你一部分，」醫生說：「那裡會有個服務人員；一個男的，但不是人類。他是以動物為材料製造出來的類人胎膜。聰明，在道德上一絲不苟。你們這些樣本人會被放在楔尤的地表，那裡有一種特有的生命體，叫『介僕體』。當牠們定居在你們身體後，畢第卡──就是那個服務人員──會用麻藥把牠們挖出來，然後送上來這地方。我們會把那些組織培養物冷凍起來。它們幾乎能跟所有以氧為主的生命體相容。你在這整個宇宙中能看到的手術修復術，有半數都依賴我們從這裡運送出去的培養芽。而以生存的角度來說，楔尤是個非常健康的地方，你不會死在這裡的。」

「你的意思是──」梅瑟說：「我會受到永無止境的懲罰。」

「我沒那麼說。」馮馬克特醫生說：「如果我那麼說，就是我錯了。你不會馬上死。我不知道你在下面能活多久。只是要記得，無論到時你有多不舒服，畢第卡送上來的樣本將能幫助所有人類世界，還有那世界裡成千上萬的人。喏，把帽子拿去吧。」

「我寧可繼續講話，」梅瑟說：「這可能是我最後的機會了。」

「如果你忍受得了皮膚上的痛，那就繼續說吧。」醫生露出奇怪的表情看著他。

「我能在下面自殺嗎？」

「我不知道，」醫生說：「從來沒發生過這種事。但從那些聲音判斷，你可能會覺得他們很想這麼做。」

「有任何人從楔尤回來過嗎？」

「大概四百年前開始禁止人進入後就沒有了。」

「在下面的時候，我可以跟其他人說話嗎？」

「可以。」醫生說。

「那在下面的時候，負責懲罰我的人是誰？」

「沒有這種人，你這笨蛋，」馮馬克特醫生的音量大了起來。「這不是懲罰。人們只是不喜歡下去椺尤。我認為就算被判刑也好過來當義工。但那裡不會有任何人對你不利。」

「沒有獄卒？」梅瑟問道，聲音裡帶著一絲抱怨。

「沒有獄卒、沒有規矩、沒有禁忌，只有椺尤，以及照顧你們的畢第卡。你還想要保留神智和眼睛嗎？」

「我要留著它們，」梅瑟說：「我都走這麼遠了，最好還是把剩下的路走完。」

「那就讓我替你把帽子戴上，繼續第二次療程吧。」馮馬克特醫生說。

醫生輕巧又細心地調整了一下帽子，就跟之前的護士一樣。但他的速度比較快，看起來也完全沒打算拿出另一頂帽子戴上。愉悅感的湧浪就像一波狂野的醉毒，他皮膚的灼熱感竄向遠方。醫生離他很近，但在此刻，就連醫生也彷彿不存在。梅瑟完全不害怕椺尤。從他大腦不斷向外湧出的幸福脈衝之巨大，甚至容不下一點恐懼或疼痛的空間。

馮馬克特醫生正向他伸出一隻手。

梅瑟疑惑地想，他這是要幹麼呢？然後才意識到，這位好心給他帽子的親切老人其實是想跟他握手。他舉起自己的手（手臂好沉重）；這手跟它的主人一樣快樂。

他們握了手。隔著大腦的愉悅和皮膚的疼痛去感覺握手這個動作……梅瑟想著，這實在是非常新奇。

「再見了，梅瑟先生。」醫生說：「再見……晚安……」

II

衛星渡輪是個有很多事情可以做的地方。接下來的幾百小時就像一場漫長又詭異的夢境。

在他拿到那頂帽子的期間，年輕的護士又溜進他的房間兩次，偷偷和他一起戴上帽子。他們會讓他洗澡——他全身上下都因此開始結痂。他的牙齒在強效局部麻醉下全被拔出來，替換成不鏽鋼；他在熾烈光線照射下接受放射治療，帶走了皮膚的疼痛，然後他們對他的手指甲與腳趾甲進行特殊處理，用巨大的爪子逐一取代。有天晚上，他發現自己對著鋁製的床磨爪，留下一道道極深的抓痕。

他的神智始終沒有完全清醒。

有些時候，他會以為自己回到了家，和母親一起，又回到了小時候，並感到疼痛異常。而其他時候，在帽子的作用下，他只要一想到人們被送來這種地方受罰，就會在自己的床上不住大笑。這裡明明好玩得要死啊！沒有審判、沒有法官、沒人問一大堆問題，食物又好吃——雖然他並沒有多加留意（因為帽子比它們好太多了）。即便在清醒的時候，他也感到昏昏欲睡。

到了最後，他在戴著帽子的情況下被他們放進一個隔熱的個人艙。那是一艘單體導彈，可以從渡輪衛星投射到下方的星球。他全身上下都被包了起來，除了臉之外。

馮馬克特醫生像游泳一樣游進房間。「你很強壯，梅瑟，」醫生大吼著說：「你非常強壯！你有聽到我說的話嗎？」

梅瑟點頭。

「我們祝你一切安好，梅瑟，無論發生什麼事，記得，你都是在幫助這上頭的人。」

「我可以把帽子帶走嗎？」梅瑟說。

——馮馬克特醫生親自拿走帽子當作回答。兩個人關上個人艙的艙蓋，把梅瑟留在全然的黑暗中。

他的頭腦逐漸清醒，開始在束縛中掙扎。

雷聲怒吼，血腥味瀰漫。

梅瑟意識到的下一件事，便是自己處於一間非常、非常冷的房間，比他在衛星上的臥室及手術室都冷；有人正輕柔地將他抬上一張桌子。

他睜開眼睛。

那張碩大的臉——比梅瑟看過的任何一張人臉都大上四倍——正由上而下盯著他看；彷彿牛隻、溫和無害的巨大棕眼移動著，隨著檢查梅瑟的大臉來來回回。那是一個英俊的中年男子，鬍碴剃得乾淨光滑，棕栗髮色，嘴唇肉感而豐厚，扯開一半的笑容露出巨大又強健的黃牙。那張臉看到梅瑟睜開眼睛，便用低沉、友善的吼聲對他說話。

「我的名字是畢第卡，我是你最好的朋友。不過，在這裡不用那麼叫我，只要喊我一聲『朋友』，我就永遠願意為你效勞。」

「我痛。」梅瑟說。

「當然會痛，你現在全身都是傷。你墜落了一段很長的距離。」畢第卡說。

「給我帽子，拜託你。」梅瑟哀求著。那不是問句，而是要求。梅瑟覺得，自己內心有一小個專屬於他的永恆感受，全由那頂帽子決定生死。

畢第卡大笑。「在我們這下頭沒有任何帽子，要是有的話，我大概會自己拿來用吧——至少上頭的人是這樣想的。我這裡有其他東西，比帽子更好。別怕，朋友，我會把你治好的。」

梅瑟一臉懷疑。如果是在渡輪上，那頂帽子還能帶給他幸福的感覺。但在這裡，少說也得對大腦進行電流刺激，才能與這片楔尤大地可能帶來的折磨相抗衡。

畢第卡的笑聲彷彿綻開線的枕頭那樣填滿整個房間。

「你聽說過康達明嗎？」

「沒聽過。」梅瑟說。

「那是一種麻藥，效力之強大，所有藥劑書上都不能提到這東西的存在。」

「你有那個嗎？」梅瑟的聲音充滿希望。

「我的東西比那更好——我有超強效康達明。這東西的名字來自他們開發時的新法蘭西小鎮。化學家在上面多掛了個氫分子，讓效果變得極為強烈。如果以你現在的狀態去用它，三分鐘就掛點了。但在你的意識裡，那三分鐘將會像整整一萬年的快樂時光。」畢第卡意味深長地轉了轉那雙牛一般的棕色眼珠，然後用長度驚人的舌頭掃了兩下肥厚的紅色嘴脣。

「這樣的話，那東西有什麼作用？」

「你還是可以用它，」畢第卡說：「當你接觸了這間屋子外的介僕體，你就可以用它。到時候你會得到所有正面的藥效，不會有負面的部分。想不想看個東西？」

這問題的答案當然是**想**啊！梅瑟竊笑。難道他以為我等下還要趕著去參加別的茶會嗎？

「你從窗戶看出去，」畢第卡說：「告訴我你看到了什麼。」

這個星球的大氣很乾淨，地表近似沙漠，一片薑黃中帶著綠色紋路。而所謂紋路，是顯然受到乾風阻礙、遭到摧折的地衣和低矮灌木。這片大地的景觀單調，兩、三百碼外有群恍若生物的亮粉色物體，但梅瑟看不清楚，無法判斷那到底是什麼。在更遠處，他視線範圍極右的方向有座巨大的人腳雕像，足足有六層樓高。梅瑟看不到腳的上面連著什麼。「我看到一隻大腳，」他說：「但是——」

「但是什麼？」畢第卡說，彷彿一個壯碩高大的孩童，心中正藏著某個高深莫測的笑話的謎底。然而，即便高大如他，若和那隻巨腳上的任何一趾相比，不過只是個小矮子。

「那不可能是真的腳。」梅瑟說。

「那是真的。」畢第卡說：「那是開路艦長阿爾孚瑞茲，發現這個星球的男人。六百年過去了，他看起來還是很不錯。當然啦，現在他的大部分都已介僕化，但我想，在他心裡的某處應該還是存在著一些人類意識。你知道我是怎麼曉得的嗎？」

「你是怎麼曉得的？」梅瑟說。

「我給他六立方釐米的超強效康達明，然後他就會哼個幾聲給我聽——是那種出於真正的喜悅發出的細微悶哼，不知道的人可能會以為那是火山呢。超強效康達明就是有這種效果，而你之後可以拿到一大堆。你是個非常、非常幸運的人，梅瑟，你有我這個朋友，還有我的針筒提供你快樂時光。辛苦的都讓我來，你呢，獨享所有樂趣，如何？跟你本來想的很不一樣吧？」

梅瑟想，你這騙子！說謊！如果是這樣，那我們所有人在懲罰日聽到的那些不斷尖叫的警告，又是從何而來？為什麼醫生會提議要抹除我的意識、拿掉我的眼睛？

牛人憂傷地看著他，臉上露出受傷的神情，傷心地說：「你不相信我。」

「不是這樣，」梅瑟說，試著表現出一些真誠。「但我認為你漏了一些什麼沒說。」

「沒什麼了，」畢第卡說：「你會在介僕體找上你時嚇一跳，然後在開始長出新器官時變得有點沮喪——頭啊、腎臟啊、手掌之類的。我這裡有個傢伙出去後，一次就長了三十八個手掌，不過我把它們都移除了，冷凍起來、送到上面。我把每個人都照顧得很好。一開始呢，你可能會大喊大叫，但記得，只要喊我一聲『朋友』，我就會把整個宇宙最上等的享受準備好送給你。現在你想要來點炒蛋嗎？我自己是不吃蛋啦，不過大部分真正的人類都很喜歡。」

「蛋？」梅瑟說：「蛋跟我們說的這些事有什麼關係？」

「是沒有關係。這只是用來招待你們，讓你們在出去外面之前先填點胃。但這可以讓你的第一天過得比較好。」

梅瑟一臉不敢置信，看著這個高大的男人從冷藏櫃裡拿出兩顆珍貴的雞蛋，手法熟練地將它們打進一只小平底鍋，然後把鍋子放到梅瑟醒來那張桌子中間的加熱臺上。

「用炒的對吧？」畢第卡露齒而笑。「你之後就會知道我是個很好的朋友。當你到了外面，記住這一點。」

一個小時後，梅瑟到了室外。

他站在門口，內心出奇平靜。畢第卡像兄弟似的推了他一把，輕輕柔柔，恰好帶有些許鼓勵的力道。

「別逼我穿上鉛製太空衣，兄弟，」梅瑟看過那種衣服，足足有一個普通的太空艙那麼大。那衣服就掛在隔壁房間的牆壁上。「當我關上這扇門，外門就會開啟，你只管走出去就是。」

「然後會發生什麼事？」恐懼在梅瑟的胃裡翻攪，一點一點自體內掐緊他的喉頭。

「別又來了。」畢第卡說。過去一個多小時，他都在解答梅瑟心中一大堆關於外頭的問題。有沒有地圖？畢第卡對這個想法一笑置之。食物呢？他說無須擔心。其他人呢？你會遇到他們的。武器？要幹麼呢？畢第卡這樣回答。一次又一次，畢第卡堅定地告訴梅瑟，他是他的朋友。而梅瑟會遇到什麼事呢？就跟其他人會遇到一樣。

梅瑟踏了出去。

沒有任何事發生。天氣涼爽，風輕輕吹在他經過強化的皮膚上。

梅瑟憂慮地四下環顧。

阿爾孚瑞茲艦長猶如高山的巨大身軀占據右側大半地景，梅瑟完全不想跟那東西扯上關係。他回頭瞥向小屋，畢第卡已不再看著窗外。

梅瑟緩緩地走著，筆直向前。

地面上出現一道閃光，比玻璃碎片反射的陽光要暗一些，梅瑟感到大腿上傳來一股刺痛，好像有某個尖銳的東西輕輕戳了他一下。他用手刷過那裡。

瞬間，他覺得好像整片天空都塌了下來。

疼痛——而且其實比「疼」更糟，活生生的抽痛——從右側臀部往腿上竄，然後竄抵胸膛，截住他的呼吸。他倒了下去，撞到地面、一個吃痛。醫療衛星上完全沒有任何東西比得上這種痛。他躺在空曠的地上，試著不要呼吸，但還是憋不住。他每呼吸一次，抽痛感就隨著他的胸膛上下起伏。他翻身躺在地上，看著太陽。最後，他注意到這個太陽是粉紫色的。

他根本無法想到要去叫人，因為自己根本發不出聲音。不舒服的感覺像觸鬚一樣在他體內緊緊纏繞；因為不可能不呼吸，他開始把注意力放在用最不會痛的方式吸氣。大口喘氣太累人，輕輕啜吸空氣對他的傷害最小。

四周的沙漠空曠虛無，他連轉頭看看小屋都做不到。就這樣了嗎？他想。這就是所謂楔尤星的無盡懲罰嗎？

他的身旁響起了幾個聲音。

兩張異常粉紅的臉正由上往下看著他。他們可能是人類，他想，除了臉上長了兩個鼻子之外，那男人看起來挺正常的；至於女人，則超乎想像的滑稽：她兩邊臉頰上各長了一個乳房，前額則無力地垂著一大團新生嬰兒般赤裸的手指。

「是個新來的，」女人說：「長得不錯嘛。」

「一起吧。」男人說。

他們抬起他的腳，他連抵抗的力氣都沒有。當他試著對他們講話，嘴裡只冒出一陣刺耳的嘎嘎叫，彷彿某隻醜鳥正在大聲嚷嚷。

他們極為迅速地帶他移動，梅瑟看到自己被拖向一群粉紅色的東西。慢慢靠近後，他發現那是一群人——或者更精確地說，他們曾經是人。某個長了紅鶴鳥喙的男人正在啄自己的身體；一個女人躺在地上，頭是只有一個沒錯，但除了原本屬於她的身體外，還有個赤裸的小男孩軀幹從她脖子一側向外長出。那個男孩的身體彷彿全新，乾乾淨淨，卻像癱瘓一般無力疲軟，除了淺薄的呼吸之外毫無動靜。梅瑟環顧四周，人群中唯一有穿衣服的，是一個將大衣掛在半邊身體上的男人。梅瑟盯著他，終於發現男人的腹部外側長了兩個（還是三個？）胃袋。它們被那件大衣固定住，透明的腹膜壁看來極為脆弱。

「新人。」抓住他的女獵人說。她和那個有兩個鼻子的男人把他放了下來。

那整群人閒散地躺在地上。

梅瑟也恍惚地躺在他們之間。

有個老人的聲音說：「我想牠們馬上就要來餵我們了。」

「噢不！」「太早了吧！」「不要又來了！」

抱怨聲在人群中四處迴盪。

老人的聲音繼續大聲喊：「你們看，在大腳趾山附近！」

人群此起彼落發出悶哼，表示他們也看到了老人看到的東西。

梅瑟想問他們到底是在說什麼，但只發得出一聲「呱」。

有個女人——那算是女人嗎？——用手掌和膝蓋朝他爬過來。除了本來的兩隻手，她整個軀幹直到大腿一半處都長滿了手。有的看起來蒼老又枯槁，其他的則跟把梅瑟抓來的女獵人臉上的嬰兒手指一樣，粉嫩而新鮮。雖然沒有必要叫喊，但這個女人還是對著梅瑟大吼大叫。

「介僕體要來了，這次會很痛。等你習慣這個地方之後，就可以往下挖——」

她朝著環繞這群人的小土堆揮揮手。

「他們都埋進了土裡。」她說。

梅瑟又發出了「呱」聲。

「你不用擔心。」那個被手掌覆蓋全身的女人說。但下一秒，她就被那片閃光觸及，因而倒抽了一大口氣。

那片亮光也擊中了梅瑟。它就跟第一次一樣那麼痛，但又更深入、更具刺探性。梅瑟睜大了眼，因為他身體裡冒出一種詭異的感覺，而且他只能導出一項必然的結論：這光、這群東西——不管牠們到底是什麼玩意兒——正在餵食他，讓他變得更強壯。

牠們的智力（如果牠們有的話）並不屬於人類範疇，然而動機卻非常清楚。在那些充滿疼痛的戳刺之間，他感到牠們填飽了他的胃、將水分注入他的血液、抽出他腎與膀胱中的水、按摩他的心臟、替他運動肺部。

牠們做的每一件事都是出自善意，是為了要給予他幫助。

然而，牠們的每一個動作都令人劇痛不已。

霎那間，牠們又彷彿一片昆蟲聚集成的雲霧那樣升起、離開。梅瑟發現某處傳來一種奇怪的聲響——是一陣毫無章法的鬼吼鬼叫。他到處尋找，但接著那個奇怪的聲音就停了。

——原來，發出聲音的是他自己，是他在尖叫。他尖叫的聲音是如此難聽，害他以為那是哪個精神病患在亂叫，又或者是某個驚恐害怕的醉鬼，或失去理解力和理性的動物。

他安靜下來後，便發現自己又找回了說話的能力。

有個男人朝他走來。他跟其他人一樣赤裸著身體，但腦袋上穿了一根長長的釘子。他的皮膚在傷口兩端是癒合的狀態。「嗨，夥伴。」穿了釘子的男人說。

「嗨，你好。」梅瑟說。身處這種地方，這樣的閒聊問候顯得有些愚蠢。

「你不能自殺。」頭上穿了一根長釘子的男人說。

「不，你可以。」全身長滿手掌的女人說。

「我出了什麼事？」梅瑟發覺最初感到的痛消失了。

「你多了一個身體部位。」穿了釘子的男人說：「牠們會一直在我們身上種下新部位，過一陣子，畢第卡就會來把它們都割掉，只留下那些可能得多長一點的部分，就像她這樣。」他補充，並朝那個躺在地上，脖子上多了一個小男孩身體的女人點點頭。

「就這樣嗎？」梅瑟說：「牠們刺你是為了長新的部位，螫你是為了餵飽你？」

「不只這樣，」男人說：「有時候牠們覺得我們太冷，就會用火灌滿我們的身體；或者牠們覺得我們太熱，就會一條神經、一條神經地把你冷凍起來。」

那個長了小男孩身體的女人朝他們喊道：「有的時候牠們還會覺得我們不快樂，於是就強迫我們快樂。我覺得那是所有舉動之中最糟的。」

梅瑟的舌頭有些打結。「你們——我是說——你們是唯一的部落嗎？」

插了釘子的男人想笑，卻咳了起來。「部落？有趣有趣。這片土地上到處都是人，大部分都已經埋到地裡，我們這些人還能走動，所以選擇待在一起，好有個伴，這樣也能得到畢第卡多一點照顧。」

梅瑟想要再問另一個問題，但覺得自己渾身無力。這一天之中發生的事太多了。

地面像艘入水的船一樣搖晃了起來，一瞬間天昏地暗。他覺得有人接住了向下墜落的自己，並將他平放在地。然後，最感恩又最神奇的事情是：他就這樣睡著了。

III

不到一個星期，梅瑟就和這個團體熟了起來。他們是一群散漫而健忘的人，沒有任何人知道介僕體會在什麼時候發出閃光，過來替他們加上新的器官。梅瑟沒再被叮上第二口，但他在小屋外得到的傷口卻開始硬化。他稍微鬆開皮帶、放低褲頭，讓其他人檢查傷口，釘子頭把它仔細看了一遍。

「你長了一個頭，」他說：「一個完整的嬰兒頭。等畢第卡把它切下來，上頭那票人一定會很高興能收到這東西。」

——這群人甚至想要替他安排社交活動。他被介紹給其中的一個女孩，她會不斷在原本的身體長出另一具身體；她的骨盆變成肩膀，那副肩膀下面的骨盆又再變成另一副肩膀，如此不斷循環，直到她足足長成五個人那麼高。不過她的臉依舊完好。她有盡量對梅瑟親切一點。

但梅瑟還是被她嚇到了——他嚇得挖開了腳下柔軟又乾燥的易碎土壤，把自己埋進去，並在裡面待上了一百年——雖然後來他發現其實不到一天。當他終於出來，那個擁有許多身體的長女孩正在外頭等著他。

「你真的不用為了我特地出來。」她說。

梅瑟拍開自己身上的塵土。

他環顧這片大地：紫羅蘭色的太陽正要下沉，天空中參差交疊著深淺不一的藍色條紋，還有夕陽拖出來的橘色尾巴。

他回頭看她。「我不是為了妳才出來的。反正躺在那裡也沒有用，只是等著下一次被咬而已。」

「我想給你看一樣東西，」她說，然後指向某個低矮的土丘。「你把那挖開。」

梅瑟看她似乎沒有任何惡意，於是聳聳肩，開始用尖銳的爪子破壞那個土堆。因為有了堅硬的皮膚和手指末端的巨大掘爪，他發現自己可以像狗一樣輕易把東西挖開。在他忙碌的手掌下，泥土如瀑布噴湧。他挖出的洞窟底部冒出某個粉紅色物體。他小心翼翼地繼續挖著。

他知道那是什麼。

而且他也沒猜錯。那是一名男子。深深沉睡，身體的一側整整齊齊向外長出好幾排多餘的手臂，而另一側則完全正常。

梅瑟回頭看向那個擁有許多身體的女孩。她扭著身體靠近了一些。「這跟我想的一樣，對嗎？」他說。

「對，」她說：「馮馬克特醫生幫他把腦袋燒掉，也拿走了他的眼睛。」

梅瑟坐回地上，看著女孩。「妳要我這麼做，但沒有告訴我為什麼。」

「我只是為了要讓你看到，讓你知道，讓你思考。」

「就這樣？」梅瑟說。

女孩似乎嚇了一跳。她扭動著身體，順著個個相連的身軀，一個又一個的胸口向上拱。梅瑟不是很懂空氣到底是怎麼進入她所有的胸口，而他並不為她感到難過。他不會為任何人感到難過，除了自己。

等那陣突如其來的痙攣停止，女孩對他笑了一下，表示抱歉。

「牠們剛給我種了新的器官。」

梅瑟神情嚴肅地點了點頭。

「這次是什麼？一隻手嗎？我覺得妳負責的已經很多了。」

「噢，這些嗎，」她轉頭看著自己一個接一個的身體說：「我答應過畢第卡要讓它們繼續成長。他是個好人。但那個人——那個你剛才挖出來的男人——那個新來的，你說說，到底是誰過得比較好？他？還是我們？」

梅瑟盯著她看。「妳要我把他挖出來，就是為了這個問題？」

「對。」女孩說。

「然後妳希望我會有答案？」

「不是，」女孩說：「至少不是現在。」

「妳到底是誰？」梅瑟說。

「在這個地方，我們不問這個問題。那不重要。但因為你是新來的，所以我還是會告訴你。以前的我曾是達夫人——皇帝的繼母。」

「是妳！」他驚呼一聲。

她笑了起來，悲喜參半。「你真的是剛剛到，還會把這當一回事！但我有更重要的事情要告訴你。」

她停頓一下，咬了咬下脣。

「什麼事？」他催促她。「妳最好在我又被咬一口之前告訴我。到時候我會有好一陣子不能思考也不能說話——現在就告訴我！」

她把臉湊向他。即使在粉紫太陽落下的慘淡橘光中，那張臉看起來還是非常可愛。她說：「人無法活到永遠。」

「是，」梅瑟說：「這我知道。」

「你要真心相信。」達夫人用命令的口氣說。

遠處光群閃爍，穿過黑色的平原。「挖吧，」她說：「挖個洞度過今晚，也許牠們會漏掉你。」

梅瑟挖起土，然後瞥了一眼他剛才挖出來的那個男人。

那具身軀沒有心智，活動起來彷彿水中的海星般柔軟；他正將自己再次推回土裡。

六、七天後，人群中突然傳來一陣大喊。

梅瑟認識一個半身人。他身體的下半部已經不見了，內臟被集中裝在半透明的塑膠綁帶綁成的容器。在介僕體帶著牠們避無可避的善意前來時，半身人示範給他看應該怎樣安靜地躺好。

「你不能反抗牠們，」半身人說：「牠們為了讓阿爾孚瑞茲不要動來動去，就把他變得像山那麼大。現在牠們想要讓我們快樂，把我們餵飽、清乾淨、為生活加點美好，你就躺好別動。不用去擔心、尖叫什麼的，每個人都會這樣。」

「我們什麼時候可以拿到藥？」梅瑟說。

「畢第卡來的時候。」

就在那天，畢第卡推著一架裝了輪子、彷彿雪橇的東西來了。他靠著滑軌翻過小丘，到了地面上就改用輪子。

他還沒到達，整群人就陷入一陣忙亂，人人都忙著把睡在地底下的人挖出來。等畢第卡到達他們等待的地點，他們已經挖出比自己的數量還多一倍的睡人——男的、女的、老的、小的。這些睡著的傢伙看起來其實跟醒著的人差不了多少；沒比較好，也沒比較糟。

「動作快點！」達夫人說：「他要等我們都準備好了才會開始打針。」

畢第卡穿了他那件厚重的鉛衣。

他抬起一隻手臂，親切地打著招呼，彷彿一名返家的父親，帶了要給孩子的禮物。人群聚集在他周圍，又不至於將他身邊塞得密不透風。

畢第卡把手伸向雪橇，將雪橇上一只綁了背帶的瓶子甩上肩膀，俐落拉開背帶上的鎖，垂下一條軟管。軟管中段有個小小的壓力閥，底部則是一根閃閃發光的注射針頭。

準備好後，畢第卡用手示意人們靠近，他們一臉喜悅，向他靠了過去。他走進人們排好的行列，穿過他們，直接來到脖子上長了小男孩的女孩面前。他的聲音從太空衣頂端的揚聲器裡傳出來，活像機器人。

「好女孩，妳做得很棒，妳可以得到一份很好、很好的禮物。」他把皮下注射器插進她身體，時間久到梅瑟看見一顆空氣泡泡從針筒裡慢慢向上，游進瓶子中。

畢第卡繼續走向下一個人。他以不可思議的優雅和敏捷度在人群之間移動，只偶爾吐出一、兩個字。針頭的光芒閃動，他急切地替每個人注射；人們彷彿睏了似的跌坐下，或根本躺到了地上。

他認得梅瑟。「嗨，夥伴。當初在小屋裡我簡直想把你打暈吶。不過你的歡樂時刻來了——你準備了什麼東西要給我？」

梅瑟一瞬間啞口無言，不懂畢第卡是什麼意思。於是有兩個鼻子的男人替他回答。「我想他長了一顆漂亮的嬰兒腦袋，不過還太小，不到可以給你的程度。」

梅瑟完全沒注意到針頭碰了自己的手臂。

當超強效康達明的藥效襲來，畢第卡已經轉向下一群人了。他想要追上畢第卡，用力擁抱那件鉛製太空衣，告訴畢第卡他有多愛他，卻一個踉蹌跌倒在地。不過一點也不痛。

多重軀幹的女孩就躺在他很近的地方。梅瑟對她說：「這樣是不是很棒呢？妳好美、好美、好美。我好高興可以來到這裡。」

長滿手掌的女人走了過來，在他們旁邊坐下。梅瑟覺得她看起來既高雅又迷人，渾身散發溫暖、善良的友好氛圍。他扭動著脫去自己的衣服。當這些美好的人類都赤身裸體，他竟然還穿著衣服，真是好傻、好自以為是。

那兩個女人對他細細低語，輕輕唱著歌。

在心底某個角落，他知道她們其實什麼也沒說，只是在表現出愉悅感——這感受來自一種強大到所有已知宇宙都列為禁藥的藥物。但他的腦中不斷喊著：好幸福！怎麼會有人能這麼幸運，來到這樣一個星球呢？他努力要把這些話告訴達夫人，但說出口的一切都含含糊糊、不清不楚。

他的腹部爆出一陣難忍的刺痛，藥馬上針對它壓了上去，將疼痛一口吞下。這就像醫院裡的那頂帽子，只是效果好上幾千倍。疼痛消失了，感覺好像是第一次有人能讓它緩和下來。

他強迫自己開始思考，用力集中腦袋裡所有注意力，對著兩名在沙漠中躺在他身旁的粉紅色裸體女子說：「啊，那一下可得太舒服了，搞不好我會長出另一個頭。畢第卡一定會非常高興！」

達夫人用力將諸多身體的第一節向上撐起九十度角，說：「我也是很強壯的。而且我也還能講話。不要忘記，老兄，記得，人無法活到永遠。我們也是可以死的，我們也可以死得像個真正的人。我就是這樣相信著死亡！」

梅瑟在一陣幸福感中對她露出微笑。

「妳當然可以相信，但現在這樣不是很好嗎……」

他一邊說，一邊覺得自己的嘴脣腫了，腦袋也變慢了。他非常清醒，但什麼事也不想做。於是，他坐在這美景環繞之地，在這些友善又充滿魅力的人之中傻笑。

畢第卡正在替刀消毒。

梅瑟不知道超強效康達明的藥力在他體內停留了多久，他既沒尖叫，也沒扭動，就撐過了介僕體的服侍。對他來說，神經的劇痛與皮膚的搔癢不過是旁邊發生的某件事，完全不算什麼。他看著自己的身體，帶著疏離而隨興的態度。達夫人和那個長滿手掌的女人一直待在他旁邊；很久之後，半身人才過來以強壯的手臂把他拖回人群。梅瑟一臉惺忪，友善地對他們眨了眨眼，又重新陷入舒服的恍惚裡。他偶爾會看到升起的太陽，然後把眼睛閉上一會兒，再張開時就又看到閃爍的星光。時間在此是沒有意義的：介僕體以特有的神祕方式餵養他，而藥則抵銷了他對身體循環的需求。

最後，他注意到那痛入心扉的疼痛再度回歸。

痛苦本身沒有任何變化；但他不一樣了。

他知道會在楔尤上發生的一切，他記得它們曾在他的快樂時光裡發生過。之前他只是注意到——而現在，他則全都感受到了。

他想問達夫人，在他們用藥之後過了多久，以及還要等多久才能再被注射一次，但她只是露出和善且疏離的幸福表情對著他笑。很顯然，擁有諸多軀幹的她把藥效留在體內的能力比他更強（此刻這些軀幹都順著地面攤平了）。她對他很好，但並不是能夠清晰交談的狀態。

半身人躺在地上，動脈在保護著他腹腔的半透明薄膜中搏動。

梅瑟捏了捏那男人的肩膀。

半身人醒了過來，認出梅瑟，然後對他露出一個開朗、慵懶的微笑。

「『早上好啊，我的孩子。』這句話出自一齣戲呢。你以前看過戲嗎？」

「你是說用牌玩的遊戲嗎？」

「不是，」半身人說：「我是說有真人在觀看器裡進行角色扮演的那種。」

「我沒看過，」梅瑟說：「不過我——」

「——想問畢第卡什麼時候會再帶著針頭回來。」

「對。」梅瑟說，對於自己的意圖竟如此明顯，他有些不好意思。

「很快，」半身人說：「就是因為這樣，我才覺得很像戲劇——我們都知道接下來會發生什麼，知道那件事什麼時候會發生，知道那些假人會做什麼，」他指向彷彿搖籃般懷抱所有赤裸人的小土丘。「然後也知道新來的傢伙都會問哪些問題——但我們就是不知道每一場要演多久。」

「什麼是『場』？」梅瑟問：「是某種針的名稱嗎？」

半身人大笑，那感覺很像是真正的幽默感。「不不，不是——你腦子裡裝的東西真的是很有趣欸。『場』是戲的一部分。我剛才的意思是，我們知道事情發生的順序，但這裡沒有時鐘，也沒有人會花心思去數到底過了幾天，或弄個日曆什麼的，再加上這裡的天氣幾乎一成不變，所以我們沒人知道哪件事花了多久時間。疼痛感覺起來很短，快樂的愉悅感覺起來很長。我自己是認為，它們大概都各有兩個地球週那麼久。」

有鑑於梅瑟在被定罪前並非廣泛閱讀的人，他並不知道「地球週」是什麼。但在此時，他也無法再從半身人那裡得到更多相關資訊了。半身人又被介僕體移植了一個部位，只見他臉色轉赤，對著梅瑟大吼道：「把它拿走！你這笨蛋！把它從我身體裡拿出去！」

梅瑟正不知所措地看著他，半身人突然轉向一側，用沾滿灰塵的粉紅色背部對著梅瑟，以嘶啞的聲音哭了起來，沉浸在自己的世界。

梅瑟完全不記得畢第卡到底過了多久才又回來。有可能是好幾天，也有可能是好幾個月。

畢第卡再次像個父親一般走在他們之間，他們也再次像群孩子那樣簇擁他。這一回，畢第卡對著梅瑟大腿上長出的小巧臉蛋露出了微笑——那是一張孩子的睡臉。小孩頭頂覆蓋著一層稀疏的毛髮，兩道精巧的眉毛就長在緊閉的雙眼上方。梅瑟得到了一針祝福。

當畢第卡把頭從梅瑟的大腿割下來，他覺得刀抵在他身體和那顆頭中間連接的軟骨上，又磨又鋸。頭被切斷了，他看到那個孩子做出痛苦的表情。畢第卡將具有腐蝕性的抗菌劑塗在傷口上，一陣遙遠、毫不重要的淡淡疼痛一閃而逝。血馬上止住了。

下回，換成胸口上長出兩隻腳。

然後他的頭旁也長了另一顆頭。

——不，還是說，那是在他身側長出小女孩的軀幹和腳（從腰部直到腳趾）之後的事呢？

他忘記順序了。

他也沒在算日子。

達夫人時常對他微笑，但愛在這種地方並不存在。在她擺脫了那些多餘的身體之後，直到下個畸形的部位長出來之前，她看起來就是個漂亮勻稱的女子。但他們之間最美好的是她對他說的話。她會一次又一次地露出笑容，帶著希望重複道：「人無法活到永遠。」

她在這句話中找到巨大的慰藉。不過對梅瑟而言，這並沒有太大意義。

日子就這樣過下去，樣本的外表不斷改變，新的可憐人繼續到來。畢第卡偶爾會帶來新人。他們會躺在一輛卡車上，默默無語地沉浸在腦袋燒掉後降臨的永眠中，一面等著加入其他族群。這些躺在卡車上的身體會在介僕體擊中他們時抽搐、扭動、大聲號哭，完全失去人類的言語。

最後，梅瑟真的想辦法追上了畢第卡。他一路追到小屋門口。他得不斷抵抗超強效康達明帶來的幸福感才做得到。但是，先前那些關於疼痛、困惑以及糾結的記憶讓他確信，如果梅瑟不在沉浸於幸福的時候問畢第卡這個問題，就無法在真的需要時找到問題的答案。他一邊抗拒滿腦子的愉悅感，一邊哀求畢第卡查看之前的記錄，告訴他到這裡之後到底經過了多久。

畢第卡不是很情願地同意了。但他並沒有因此走到門口。畢第卡透過小屋內建的廣播系統對梅瑟說話，從喇叭裡吼出的巨大聲響傳遍整個空曠的平原，稍微撼動了那群正處在各自幸福世界裡的粉紅人，讓他們以為好朋友畢第卡有話要對他們說。而當他說出來時，其實沒有人知道那是什麼意思，大家卻都覺得這其中必定帶有高深的寓意。然而那只是梅瑟來到楔尤後經過的時間：

「標準年——八十四年七個月三天又兩個小時十一點五分鐘。祝你好運，夥伴。」

梅瑟轉身離開。

在他心底的祕密角落——在那裡，他清醒地度過所有愉悅與痛苦的時光——不禁開始懷疑起畢第卡。到底是什麼原因讓這個牛人願意繼續留在楔尤？為什麼他可以不用超強效康達明就保持愉悅心情？畢第卡只是一個固守職責的工作狂嗎？又或者，他也懷抱著希望，期盼有天能回到自己的星球，受到一家子跟他長得一模一樣的小小牛人簇擁？儘管滿心喜悅，梅瑟仍偷偷為畢第卡詭異的命運掉了幾滴淚——不是為他自己。他早已接受了自己的命運。

他還記得自己最後吃的食物，那是用真正的鍋子烹煮的幾顆真正的雞蛋。介僕體讓他活了下來，他卻不知道牠們到底是怎麼辦到的。

他蹣跚走回那群人當中。達夫人赤身裸體站在沙塵滿布的平原上，熱情地朝他揮手，示意自己身邊有個位子正等著他來坐。雖然，他們周圍其實有好幾平方英里乏人問津的空曠區域，但他還是深深被她的善良感動。

IV

一年一年過去（如果那算是年的話），楔尤大地依舊如昔。

平原上有時會傳來猶如間歇噴泉般冒著泡的沸騰聲，微弱地飄至梅瑟的部落中，還能說話的人宣稱，那是阿爾孚瑞茲艦長呼吸的聲音。這裡有日，有夜，卻沒有任何植被變化，沒有四季轉換，也沒有人類的世代興衰。時間在此為這些人停滯，他們感受到的幸福和愉悅，跟介僕體賜予的驚恐和痛苦混合交雜，以至於達夫人那句話的意義變得如此遙遠而縹緲。

「人無法活到永遠。」

她說的只是某種希望，而不是人們能全心相信的事實。即使星群出現在這些人的軌道上，他們的腦子也不到能夠去追尋的程度；他們無法交換名字，也無法累積各自的經驗，並匯聚成一套更宏觀的智慧。對這些人來說，「逃離這裡」是個連夢想都算不上的概念。他們雖然看得見舊式化學火箭從畢第卡小屋後方的空地冉冉升空，卻完全不會想辦法躲進那些由變形血肉組成的冷凍收成品中。

某個囚犯在很久以前曾寫過一封信，把自己的筆跡留在岩石上。他不屬於這群人。梅瑟讀過這封信，其他幾個人也讀過，但沒有人有辦法告訴他那是誰寫的。事實上，他們也不在乎。

那封刻在石頭上的信是一封家書，信的開頭仍清晰可見。「曾經，我也像你一樣，會在一日將盡時走到窗外，讓風輕輕將我朝家的地方吹；曾經，我也像你，擁有一顆頭，兩隻手，手掌上有十根指頭。我頭前面的部位稱為『臉』，是我用來說話的地方。現在，我只能用寫的了——而且只能在我不痛的時候；曾經，我像你一樣，也能進食、飲水，並擁有名字。我已經想不起我曾擁有過的那個名字。收到這封信的你啊，你還能以雙腳站立，但我連站起來也沒辦法，只能每日等待那些光把食物一個分子、一個分子地放到我體內，然後再拿出去。別以為我是在受罰，這地方並不是懲罰，它是別的東西。」

這群粉紅色的人從沒真正思考過什麼是「別的東西」。

他們的好奇心早在很久以前便消亡殆盡。

接著，小小人出現的那天來臨。

在某個時間點（不是一小時，也不是一年，而是這兩者之間的某個時間長度），當達夫人和梅瑟帶著滿心的幸福，默默並肩而坐（他們不需要對彼此說任何話，藥已經替他們傾訴了一切），整個腦袋都充斥著超強效康達明帶來的喜悅——

一陣讓人不快的巨響從畢第卡的小屋中傳來，讓他們稍微清醒了一下。

他們和另外一、兩個人同時朝小屋的廣播喇叭看去。

雖然這件事不太需要再用言語表達，達夫人仍喃喃念了幾句。「我很確定，」她說：「那就是我們以前說的戰爭警報。」

他們又昏昏沉沉地浸入各自的幸福世界。

有個頭旁邊剛長出兩顆新頭的男人朝他爬來。他那三個頭看起來都相當高興，梅瑟想著，在這個莫名其妙的地方竟能看到他，真是令人愉快啊！在超強效康達明不斷發散的美好藥力下，他有點後悔沒趁自己的腦袋還清醒時問這人以前的身分，但那男人隨後便自己回答了這個問題。男人以強大的意志力撐開眼皮，向達夫人和梅瑟行了一個懶洋洋的軍禮，然後說：「敬愛的女士和先生，前巡邏艦長薩茲達在此，警報已經響起，向您報告在下……在下……還沒做好作戰準備。」

然後他倒頭就睡。

達夫人不容質疑的溫柔口氣讓他再度張開眼睛。

「艦長，他們為什麼在這裡拉警報？你為什麼選擇跟我們報告這件事？」

「女士，您和耳朵先生的腦袋應該是我們這群人中最好的，我想你們可能會有命令要交代。」

梅瑟四下張望，尋找著所謂的「耳朵先生」是誰。不過他指的就是梅瑟。那時的他整張臉幾乎被一叢叢新長出來的小耳朵蓋滿。不過，除了滿心期待畢第卡會在它們成熟後割走，讓介僕體給他一點別的東西，梅瑟完全沒把那些耳朵放在心上。

小屋傳出來的噪音逐漸增強，變得更高，來到幾乎令人雙耳炸裂的強度。

梅瑟的團體裡有越來越多人開始祟動。

有的張開了眼睛，四處張望，喃喃說著「這聲音好吵」，然後又沉回超強效康達明的幸福睡意中。

小屋的門打開。

沒穿太空衣的畢第卡跑出來。他們從沒看過他沒穿那件金屬保護衣就跑到室外。

畢第卡朝人群衝來，急忙亂找一陣，認出達夫人和梅瑟之後，抓起兩人（一邊一個，夾在腋下），帶著他們又跑回小屋。他們兩人被用力一甩，扔進雙開門的玄關裡，用足以摔碎骨頭的力道跌在地上——然後覺得能這麼用力摔到地上真是一件非常有趣的事。地板是斜的，他們朝屋裡滑去。過了一會兒，畢第卡也進到房間。

他對著那兩人大吼。「你們是人——或者說曾經是人，你們懂人，而我只懂得聽從命令。但你們看看這個東西，這種事我才不會去做！」

地上躺了四個漂亮的人類小孩，最小的兩個應該是雙胞胎，大概只有兩歲；另外還有個五歲的女孩和七歲左右的男孩。他們的眼皮全都鬆垮垮，太陽穴周圍也有著紅色的細線；頭髮全被剃光，表示大腦已被移除。

畢第卡絲毫不顧介僕體的威脅，逕自站在達夫人和梅瑟身旁大呼小叫。

「你們是真的人，而我只是頭牛；我會認真做我的工作，但不包括這個。這些只是小孩啊！」

梅瑟心中仍有一個保有智慧、強悍地存活下來的小角落，此時他的這個部分充滿了震驚與不敢置信。但他很難留住那些情緒，因為超強效康達明仍像大浪一樣沖刷著他的意識，讓一切看起來都好幸福、好可親。他心智最前緣充滿藥力的部分正對著他說：「有些小孩來跟我們在一起也不錯啊！」可是他心中的理智還在，一如他來到楔尤之前還有榮譽心的時候。那部分悄聲說著：「這比我們犯下的任何罪行都要糟糕！而且還是皇帝本人做的！」

「你幹了什麼事？」達夫人說：「我們能怎麼做呢？」

「我試過呼叫衛星，但畢竟我不是人類，他們聽懂我說的話之後就把通話切掉了。首席醫生叫我做好工作。」

「馮馬克特醫生嗎？」梅瑟問。

「馮馬克特？」畢第卡說：「他一百年前就死了，太老了。所以不是，不是他，把我的通話切掉的是一個新醫生。我沒有人類的情感，但我生於地球，身上流的是地球的血；我有我自己的情感，屬於牛的純粹情感！我不能允許這種事發生。」

「你做了什麼？」

畢第卡的眼神朝窗戶飄去，臉孔因為堅定的決心發著光。那種決心甚至超越了迫使他們敬愛他的藥力，讓畢第卡看起來就像這個世界真正的父親——負責、無私、值得尊敬。

他笑著說：「我猜他們會因此殺掉我吧。但總之，我發出了銀河警報——『所有船艦到此集合』。」

達夫人坐回地板，說：「那只適用於有入侵者的時候啊，這是假警報！」她讓自己再次鎮定下來，重新站起身。「能不能把我身上這些東西切掉？現在就切，以免有人闖進來。然後給我一件衣服——你有沒有可以抵銷超強效康達明的東西？」

「對，我要的就是這個！」畢第卡大喊。「我不會收下這些孩子的，妳快告訴我要怎麼做。」

於是，他就在小屋地板上把她重新修剪成一個正常人類的模樣。

小屋裡，那些腐蝕性的抗菌劑像煙霧一樣在空中發散。梅瑟一邊打著瞌睡，一邊覺得這一切非常戲劇化——也非常有趣。但接下來他就發覺畢第卡也開始修剪他的身體。畢第卡打開了一個非常、非常長的抽屜，把所有肉體樣本都放了進去。從屋子的寒冷程度判斷，那應該就是他的冷藏櫃。

畢第卡讓他們兩人靠牆坐下。

「我在想，」他說：「超強效康達明應該是沒有解藥的。有誰會需要那種東西？但我可以給你們我救生船上的注射針。那本來是要用來救人的——無論那人在太空中遇到什麼。」

小屋屋頂出現一陣嗡鳴。畢第卡用拳頭敲掉一扇窗戶，把頭探進窗戶的洞裡，朝上方看去。

「進來吧。」他喊。

外頭迅速傳來飛行器觸地的悶響，以及數扇門打開的聲音。那一瞬間，梅瑟心中升起一陣疑惑。這些人怎麼敢降落在楔尤星？但等他們一進來，他就發現那並不是人：它們是海關機器人。它們能夠以人類永遠無法企及的速度進行星際旅行。其中一名機器人戴著督察徽章。

「入侵者在哪裡？」

「這裡沒有——」畢第卡正想開口。

即使赤裸著身體，達夫人的一舉手、一投足仍散發著皇室的威嚴。她以極為清晰的聲調說：「我是前任皇后，達夫人。你知道我是誰嗎？」

「不知道，女士。」機器人督察說，它看起來就跟所有機器人一樣不自在。此時，超強效康達明的藥力讓梅瑟這麼想著：要是在楔尤的地表上能有機器人作伴，應該也挺好的。

「我現在宣布：這是緊急動員令，一如古語所言。聽懂了嗎？幫我聯繫補完機構。」

「我們不能——」督察說。

「儘管去問。」達夫人說。

督察照做了。

達夫人轉向畢第卡。「現在就幫梅瑟和我注射，然後把我們放到外面去，讓介僕體修復這些疤，一旦連絡上，就把我們帶進來。如果沒有衣服可以給我們穿，就用布把我們包起來。梅瑟忍得住痛的。」

「好。」畢第卡說，把眼神從那四個軟綿綿的孩子及塌陷的眼皮移開。

那一針注射之疼痛，燒灼得像是不存在於這世上的火。不過，對於抵抗超強效康達明的藥力肯定有用，因為畢第卡為了節省時間，捨棄了大門，直接從窗戶把他們送到外面。感覺到兩人需要治療的介僕體立刻撲到他們身上。不過，這次超強效康達明要處理的是其他狀況。

梅瑟沒有尖叫出聲，但他靠著牆哭泣——大概有一萬年那麼久——如果用客觀時間來算，也肯定有好幾個小時。

海關機器人在一旁照相，他們身上也有介僕體不斷閃動，有時甚至是一整群，但沒有發生任何事。

梅瑟聽到小屋裡的通訊器正在大聲呼喚畢第卡。「醫療衛星呼叫楔尤。畢第卡，去接接聽器！」畢第卡顯然沒有要接的意思。

另一陣比較溫和的呼喚是由海關官員帶進房間的通訊器發出來的。梅瑟非常肯定他們已經接上了觀看器，楔尤即將第一次呈現在其他世界的人眼前。

畢第卡從門口走過來，用從救生船拆下來的導航圖把他們兩人裹起來。

梅瑟發現，達夫人稍微調整了包裹在身上的披風，讓自己一瞬間看起來像個重要的大人物。

他們重新從門口走進小屋。

畢第卡的語氣彷彿充滿敬畏，低聲說道：「他們連絡上了補完機構，你們馬上就要跟某位補完閣員說話了。」

梅瑟無事可做，便在房內一角坐下，看著皮膚都已復原的達夫人，她一臉蒼白、緊張地站在房間中央。

某種無味無形的煙霧瀰漫整個房間，四處都是。全通訊器打開了。

某個人類的身影從中浮現。

一名衣著剪裁保守的女人看著達夫人。

「這裡是楔尤，妳是達夫人——妳呼叫我？」

達夫人指著地板上的小孩。「這種事情不該發生。根據補完機構和帝國之間的協議，這裡被劃為懲罰之地，但沒人提過任何關於孩子的事。」

螢幕上的女人低頭看向那些孩子。

「這種事只有喪心病狂的人才做得出來！」她大叫，並且一臉責備地看著達夫人。「妳是皇室的一員嗎？」

「女士，我曾是皇后。」達夫人說。

「而妳竟然允許這種事發生？」

「我允許？」達夫人發難。「我跟這件事一點關係也沒有，」然後她瞪大了眼睛。「我也是這個地方的囚犯。妳懂嗎？」

那個女人的影像反駁道：「不，我不懂。」

「我是樣本之一，」達夫人說：「看看外面那群人吧。幾個小時前我還是他們的一員。」

「調整我的方向，」女人的影像對畢第卡說：「讓我看那群人。」

她站得直挺挺的身體穿過了牆壁，像一道發光的弧線，進入人群的正中央。

達夫人和梅瑟看著她掃視眼前的景象——就連那個影像都喪失了原先的強硬和自豪。女人揮了揮手臂，示意畢第卡可以把她帶回小屋了。畢第卡把她轉回來，面對屋內。

「請容我向您致歉。」那個影像說：「我是喬安娜．慈恩女士，補完機構其中一名補完閣員。」

梅瑟向前鞠躬，但卻失去平衡，又得從地板上爬起。達夫人則以皇族的點頭禮表示對此頭銜的認同。

兩名女子注視彼此。

「妳必須對此進行調查，」達夫人說：「而調查完成後，請妳把我們都殺了。妳知道藥的事嗎？」

「別提到藥，」畢第卡說：「連名字都不能講，那是補完機構的祕密！」

「我就是補完機構，」喬安娜女士說：「妳正處於疼痛之中嗎？我根本不曉得你們還有人能活下來。我聽說過你們這顆禁星上有醫療備品庫，但我以為是機器人在照顧這些人，然後再用火箭把植入的新部位往上送。那裡有人類跟你們在一起嗎？負責的人是誰？對那些小孩做出那些事的又是誰？」

「負責的是我。」畢第卡站到影像前方，並未鞠躬。
「你只是個下等人類！」喬安娜女士大喊：「你是頭牛啊！」
「我是一頭公牛，女士，我的家人被冷凍在地球上，只要在此服務一千年，我就能換得他們和我的自由。至於妳的另一個問題，女士，是我負責所有工作。介僕體對我的影響不大，雖然我偶爾還是得切除自己身上的某些部分。那些部分不會進到備品庫，我把它們都丟了。妳知道這個地方的祕密規定嗎？」
身處另一個世界的喬安娜女士和身後的某人交談了一會兒，然後看向畢第卡，以命令的語氣說道：「不要提到藥的名字，也別說太多相關的事。把其他事告訴我。」
「此處，」畢第卡的口吻變得極為正式。「仍有一千三百二十一人，這些人可在受到介僕體移植時供給可用器官。另外，包括開路艦長阿爾孚瑞茲在內，大約還有七百多人已被這顆星球完全吸收，就算進行修裁也沒有用。帝國將此處設為最大限度懲罰之用，但補完機構會祕密開立、給予『藥品』補給——」他以詭異的腔調說著那幾個字，暗示那就是超強效康達明——「以中和其懲罰。帝國提供罪犯給我們，而相關手術材料則由補完機構發配。」
喬安娜女士舉起右手，以手勢表達肅靜與同情。她環視整個房間，最後眼神回到達夫人身上。也許她已經猜到了——達夫人的血管裡有兩種藥：超強效康達明和救生藥劑。這兩種藥正在相互爭鬥，她必須花極大的力氣才有辦法挺直身體站在這裡。
「你們可以鬆口氣了。我現在就可以告訴妳，我們會盡可能為你們解決所有問題。帝國已經滅亡，一千多年前，補完機構依據的基礎協議早已廢棄。我們不知道你們的存在，雖然遲早會知道，但我們非常抱歉沒有早點發現。現在有什麼立即能替你們做的嗎？」

「我們最不缺的就是時間，」達夫人說：「我想，因為介僕體和藥的關係，我們可能永遠沒辦法離開楔尤了。前者太過危險，而後者則應該永遠禁止，不能讓任何人知道。」

補完女士喬安娜·慈恩環視房間。當她的視線觸及畢第卡，畢第卡雙膝跪地，舉起巨大的手掌，臉上是滿滿的祈求。

「你想要什麼？」她說。

「這個，」畢第卡指著那些殘缺的兒童。「請下達對兒童的禁令。現在就禁止！」他最後以一聲哭號發出請求，而她也接受了。「女士，然後——」他彷彿太過羞赧，話只講到一半。

「如何？請說。」

「女士，我沒有辦法殺生，那不是我的天性。我可以工作、可以提供協助，但就是沒辦法殺人。我該拿他們怎麼辦？」他指著地板上那四個動也不動的小孩。

「留著他們，」她說：「留著就是。」

「我沒辦法，」他說：「沒有人可以活著離開這顆星球，我的小屋裡也沒有可以給他們的食物。他們會在幾個小時之內死掉，而政府組織……」他睿智地加了一句。「做起事要花很長、很長的時間。」

「你可以給他們『藥』嗎？」

「不行，如果我在介僕體強化他們的身體機能之前，先給他們那種東西，會直接致死的。」

補完女士喬安娜·慈恩銀鈴般的笑聲充斥整個房間，聽起來像在啜泣。「一群笨蛋——一群可憐的笨蛋——而且最笨的就是我！如果超強效康達明只能在介僕體注射後起作用，又何必要保密呢？」

畢第卡惱怒地站了起來。他眉頭緊鎖，卻弄不清楚是哪些話冒犯到他。

達夫人——這位沒落的帝國前任皇后——以禮節與魄力向另一位女士提議。「把他們放到外面去吧，讓他們去接觸這個世界。他們是會受傷，但可以讓畢第卡在他認為夠安全時立刻給他們藥。現在，請您先行離開，尊敬的女士……」

梅瑟在她倒下前接住了她。

「你們承受得夠多了，」喬安娜女士說：「一艘風暴艦已經載著重裝部隊前往你們的渡輪衛星，他們會扣住所有醫療人員，並找出對那些孩子犯下罪行的人。」

梅瑟壯起膽子說：「你們會處罰那個犯錯的醫生嗎？」

「你還敢說處罰？」她高聲大喊：「你這種人！」

「這樣才公平。我是因為做了錯事而受到懲罰，難道他不該嗎？」

「懲罰——懲罰！」她對著他說：「我們會治好那名醫生，然後，如果辦得到，我們也會治好你們。」

梅瑟頓時哭了出來。他想到超強效康達明曾帶給他的那片幸福之海，讓他忘卻楔尤星上可怕的痛苦與畸形；他還會有下一針嗎？他無法想像離開楔尤之後的生活會變成什麼樣。他是不是再也看不到溫柔又慈愛的畢第卡帶著手術刀出現呢？

他抬起滿是淚痕的臉，看著補完女士喬安娜．慈恩，抽抽噎噎地說：「女士，身在此處的我們都是瘋的，我不認為我們會想離開。」

她被那份情感震懾，難以承受，於是將臉別到一旁。她對畢第卡說：「即使你不是人類，還是充滿智慧——而且善良。給他們需要的藥吧，補完機構會決定該如何處置所有人。我會派機器士兵去你的星球進行調查。機器人會有安全問題嗎，牛人？」

畢第卡不喜歡她不經意用來稱呼他的名字，但也並未因此生氣。「機器人不會怎麼樣，女士。不過，一旦介僕體發現自己無法餵食或治療機器人，可能會因此受到刺激，所以派來的數量越少越好。我們並不知道介僕體是如何維生，或會因為什麼而死去。」

「盡可能越少越好。」她喃喃自語，然後舉起手，對著某個在遠處的技師下了命令，無味的煙霧包圍她，接著影像就消失了。

一個愉悅的刺耳聲音響起，「我修好了你的窗戶。」海關機器人說。畢第卡心不在焉地謝過它。機器人扶著梅瑟和達夫人進到玄關，他們一走到戶外，立刻被介僕體叮了一口。不過一切都無所謂了。

畢第卡走了出來。他用柔軟的大手抱著那四個孩子，將他們軟綿綿的身體放在小屋附近的地上，並在孩子因為介僕體的攻擊開始痙攣時注視著他們。梅瑟和達夫人看到他那雙棕色的牛眼漸漸變紅，寬大的臉上流滿淚水。

幾個小時（或幾個世紀）過去。

誰又能分得清兩者有何不同？

粉紅人群又回到他們的日常生活中，只是每針的間隔變得短了許多。昔日的艦長薩茲達在聽到這些消息後便拒絕再接受注射。同時，只要還走得動，他便會跟著海關機器人到處轉：照相、採集土壤樣本、計算軀體數量。那些機器人對已成為山脈的開路艦長阿爾孚瑞茲特別感興趣，而且就連它們也坦承，無法確定那裡面到底還有沒有有機生命體存在。那座山確實會對超強效康達明產生反應，但他們偵測不到血液，也沒有心跳，而由介僕體將水分移出移入的過程，似乎取代了以往屬於人類的身體循環。

V

然後，在某個清晨，天空打開。

船艦一艘接一艘降落；裡頭走出許多衣著完整的人們。

介僕體無視這些新來的傢伙。還處在幸福之海的梅瑟左思右想，卻不懂這是怎麼一回事，接著他才意識到：這些太空船裡滿滿都是通訊器，而那些「人」——不是機器人就是身處他方的人的影像。

機器人用獨輪手推車把數百名喪失心智的人帶到降落地點，迅速聚集了楔尤的人群。

梅瑟聽到一個他認得的聲音：是補完女士喬安娜．慈恩。「把我拉高一點。」她對著某人發出命令。她的形體向上增長，直到看起來有阿爾孚瑞茲的四分之一。她的聲音也被放大了。

「把他們都叫醒。」她下令。

機器人在人群中穿行，對著他們噴灑某種噁心又甜膩的氣體。梅瑟感到自己的腦袋清醒了。雖然超強效康達明仍在他的神經系統與血管持續發揮效用，但他的皮質層卻非常乾淨，足以讓他清楚地思考。

巨大的喬安娜女士以充滿憐憫的女性嗓音大聲說：「容我為您說明補完機構對楔尤星的最終決定。

「決定事則：持續供給手術備品，介僕體不會受到任何干擾。部分人類軀體將會留在此地繼續成長，移植物由機器人負責採集，任何人類或類人胎膜都不得在此居住。

「決定事則：牛種下等人類畢第卡將被授予即刻返回地球的獎勵，且給付其一千年應得之薪資的雙倍金額。」

畢第卡大吼抗議。「女士、女士！」即便沒有擴音，他的音量就跟使用擴音器的補完女士一樣大。

他的身軀龐大，有她的腳踝那麼高。身穿飄揚長裙的她低頭注視著牛人，以非常友好而且親切的語氣說：「你需要些什麼嗎？」

「讓我先完成我的工作，」他大叫著，好讓所有人都能聽到。「讓我完成照顧這些人的責任。」

還保有心智的樣本人都專注地聽著，已經沒有大腦的那些則都在挖洞，善盡那些強壯爪子該盡的職責，把自己再埋進楔尤柔軟的土壤裡。每當有一個人消失在土裡，機器人就會抓住他的手或腳，把他重新拉出來。

「決定事則：所有心智永久毀損的人都將接受頭部切除手術。他們的身體會留在此地，頭則會被帶離，並以我們能力範圍所及最舒適的手法殺死——很可能會是給予過量超強效康達明。」

「最後大絕招，」站在梅瑟旁邊的薩茲達艦長喃喃說道：「也就只能這樣啦。」

「決定事則：在這裡發現的孩童是帝國最後的子嗣。是一名過於熱心的官員把他們送到此處，以防他們長大後犯下叛國罪，而醫生沒對命令多加質疑，逕自付諸執行。該官員和醫生都已接受治療，他們關於此事件的記憶也抹除了，因此不會再對他們做過的事感到羞愧或哀傷。」

「這不公平，」半身人喊道。「他們應該跟我們一樣受到懲罰！」

補完女士喬安娜．慈恩低頭看著他。「懲罰已經結束了。我們會給你們想要的任何東西——但不會是另一人的痛苦。我繼續說。

「決定事則：由於你們沒有人想要繼續過原先的人生，所以我們會將你們移至鄰近的另一個星球。那個星球跟楔尤很類似，但更加美麗。那裡沒有介僕體。」

說到這裡，一陣喧鬧從人群中爆開，他們又喊又叫、哭泣咒罵、要求再議。所有人都不想放棄注射，如果他們非得留在楔尤上才能拿到藥，他們就會留下。

「決定事則——」巨大女人的影像以宏亮但女性化的聲線壓過人群中的嘈雜。「你們在新的星球上不會有超強效康達明，因為一旦沒有介僕體，那東西就會致你們於死。但你們會有帽子。記得——是帽子。我們會試著治好你們，讓你們重新再當個人，但如果你們放棄，我們也不會強迫你。帽子的效用非常強大，若是加上醫療協助，你們可以在擁有帽子的情況下活上非常多年。」

人群陷入一陣安靜，每個人都在打著各自的算盤，思考是能夠刺激愉悅腦葉的電流帽好，還是能讓自己淹沒在幸福感中上千次的藥物好。他們喃喃自語，似乎是同意了。

「有任何問題嗎？」喬安娜女士說。

「我們什麼時候能拿到帽子？」好幾個人問。他們還有足夠的人性，能嘲笑一下自己的沒耐心。

「快了，」她保證道：「很快。」

「很快。」畢第卡複述，再三安撫那些孩子，即使他已經沒有了管理者的身分。

「我有問題。」達夫人突然大喊。

「夫人請說？」對於這位前任皇后，喬安娜女士用她應得的禮節回應。

「可以替我們許配婚嫁嗎？」

喬安娜女士的表情有些震驚。「我不認為——」接著她就微笑了起來。「我不認為有什麼必須反對的理由。」

「我向您要求這個男人，梅瑟，」達夫人說：「即使在藥效最強、痛苦最深的時刻，他也從來沒放棄過思考。可以把他賜給我嗎？」

梅瑟曾想過這件事，但比較抱著隨緣的心情。現在他很高興自己什麼都沒說。喬安娜女士仔細將他打量一遍，然後點點頭，抬起手，給予祝福及道別。

機器人開始將粉紅色的人分成兩組。其中一組將被悄悄送上船，航向新世界——新麻煩和新人生。而另外一組人，無論這些人有多努力想沒入土中，都會被聚集起來，讓人類對自身的人性致上最後敬意。

至於畢第卡——他丟下所有人，帶著瓶子跑過平原，要把這充滿喜悅的大禮帶給那名跟山一樣高的男人，阿爾孚瑞茲。

（下冊完）

譯後記——如果沒有女孩與愛情，就加入貓與諷刺

譯者 黃彥霖

坦白說，在接到這本書的翻譯工作以前，我並不曉得考德懷納．史密斯（Cordwainer Smith）是誰。對他的本名林白樂（Paul Myron Anthony Linebarger）倒是有一點非常微薄的印象，但還是無法把這兩個名字連在一起。

於是我開始在自己的公用外部記憶庫（又稱Google）搜尋這個有著雙重身分的人。

林白樂出身顯赫，因為父親是孫文好友，於是他也順帶成了孫文的教子。他大學主修政治學，博士論文研究的是三民主義，後來當上美軍的情報官，在二戰結束前兩年被派往中國協調軍事情報行動，成了蔣中正的心腹之一。他是外交官、遠東情報專家、心理戰權威，會說六國語言。這樣的人去寫科幻小說？聽起來彷彿只是一種消遣。

然後我開始漫長的翻譯工作。因為是第一次接下整本書的翻譯，所以頻頻抓不準時間而撞牆。每當我脫離一個篇章便又被時間與字數推擠著跳入另一個篇章，彷彿〈醉船〉這篇的主角藍博，夢到自己變成了火箭，跌進由許多時空混雜、錯置而成的另一個宇宙之中。

這個宇宙中的考德懷納·史密斯是個浪漫的傢伙。雖然他的故事裡充滿了各種怪異、無法以理性邏輯去解釋的事件，但越深入這個世界就越發覺他是個極為可愛且樂觀的人。

考德懷納·史密斯生前竭力隱藏自己的科幻作家身分，「人類補完計畫」裡寫的也全都是他無法以林白樂的身分描寫的東西：想必他也覺得哪有心理戰專家能這麼理直氣壯地描寫自己對貓的愛戀、各式各樣闖進巨大陌生世界中的聰明小女孩，以及無時無刻都在發生的愛情故事呢？

「人類補完計畫」系列中的未來人類社會是一個充滿制度與編號的世界，你要麼沒有身分，要麼稱號落落長。處在這些由冰冷稱號及老大哥配給的「快樂」所堆疊出的人生之中，每個人都飄渺、無依且寂寞。做為故事的敘述者，考德懷納·史密斯所做的便是在每篇故事裡將他們之中的某些人喚醒，讓他／她們意識到自己的貧乏，彷彿是睡過頭、最後醒在充滿機器人的錯亂時代裡的睡美人，重新出發去尋找自己醒來的意義，以及那個終將（本來）就屬於自己的王子。她們年輕，對這個陌生的世界一無所知，但又都很聰明，最後迎向各自彷彿早就被註定好的美好結局，即使某些時候看起來不像是出於自己意願的也一樣。年輕的女孩們投入世界改革之中，成熟、老去，沒有任何一個有不好的結局。事實上，這本「人類補完計畫」系列故事中的主角們每個人都能「從此以後過著幸福快樂的日子」；即使死去，也是滿懷著愛。

而若是一篇故事中沒有女孩和愛情，那麼考德懷納·史密斯就會放入貓，或者諷刺，或者如貓一般旁觀的諷刺。出於他身為林白樂時的經驗，考德懷納·史密斯對於所謂「偉大戰爭」的荒謬性以及中國人性格裡的荒謬性有著非常幽默的嘲諷。而這樣的嘲諷，也在充滿浪漫愛情故事的「人類補完計畫」系列中，提供一絲不同的閱讀樂趣。

貓、女孩及恆久的愛情。這或許是一種很奇怪的觀點，但在這本書中飄盪了漫長的一年之後，這三樣東西是我認為考德懷納・史密斯的世界觀中最穩定、最基本的三種元素。

在九三年出版的《人類復興計畫：考德懷納・史密斯短篇小說全集》（*The Rediscovery of Man: The Complete Short Science Fiction of Cordwainer Smith*）中，長年與林白樂密切合作的編輯約翰・J・皮爾斯（John J. Pierce）撰寫了一篇簡介，提供了非常多在作品中看不出來的「幕後花絮」。做為一位建構連續世界觀的科幻作家，考德懷納・史密斯卻時常展現出一種非常「不連續」的重複以及斷裂感，依照皮爾斯提供的線索，這或許都跟一九六五年時林白樂不小心搞丟自己的創作筆記有關。

這種斷裂與重複，也加深了我在翻譯這本書的過程中受到的阻礙和錯置感：每篇故事看起來如此相像，又如此不同，彷彿是平行時空的歷史片段彼此穿越交錯，在你身為讀者逐漸投入書中的同時，又不斷讓你意識到，這一切都只是編纂出來的故事。

感謝木馬文化的立文願意等待努力在這種錯亂中分辨兩種語言的我，也謝謝幾位讓我拿著書中奇怪中文拼音追問的朋友（而我們最終弄懂原來Jwindz就是君子，needie指的是「女的」）。

翻譯《人類補完計畫》是一趟愉悅又痛苦的過程。而現在來看，對於自己能在讓台灣的科幻愛好者多接觸到一部科幻經典作品的過程中盡上一份力，多少是有點自豪的。

來吧，請容我邀您一起來讀這些非比尋常的未來故事，並聞聞阿皮星人的脆皮烤鴨香吧。

繆思系列 021

人類補完計畫——考德懷納・史密斯短篇小說選（下冊）

The Rediscovery of Man: The Short Science Fiction of Cordwainer Smith

作者	考德懷納・史密斯（Cordwainer Smith）
譯者	黃彥霖
社長	陳蕙慧
總編輯	戴偉傑
主編	張立雯
編輯	林立文
行銷	廖祿存
電腦排版	極翔企業有限公司
讀書共和國集團社長	郭重興
發行人	曾大福
出版	木馬文化事業股份有限公司
發行	遠足文化事業股份有限公司
地址	231新北市新店區民權路108之4號8樓
電話	02-2218-1417
傳真	02-8667-1065
Email	service@bookrep.com.tw
郵撥帳號	19588272 木馬文化事業股份有限公司
客服專線	0800221029
法律顧問	華洋國際專利商標事務所 蘇文生 律師
印刷	前進彩藝有限公司
初版	2018年3月
初版五刷	2023年5月
定價	新台幣560元（上下冊不分售）

ISBN 978-986-359-508-3

國家圖書館出版品預行編目(CIP)資料

人類補完計畫：考德懷納・史密斯短篇小說選（下冊）/ 考德懷納・史密斯（Cordwainer Smith）著；黃彥霖譯. -- 初版. -- 新北市：木馬文化出版：遠足文化發行, 2018.03
面；　公分. --（繆思系列；21）
譯自：The rediscovery of man : the short science fiction of Cordwainer Smith
ISBN 978-986-359-508-3（平裝）

874.57　　107002205